SCÉALTA AGUS SEANCHAS
PHÁDRAIG UÍ GHRÍFÍN

Scéalta agus Seanchas Phádraig Uí Ghrífín

in eagar ag

ÁINE MÁIRE NÍ FHAOLÁIN

An Sagart
An Daingean
1995

ISBN 1 870684 51 6

ISSN 0791–3583

An Cinnire Laighneach a chlóigh

Clár na nÁbhar

Brolach

'Séard atá anseo ná eagrán den chnuasach béaloidis a bailíodh ó Phádraig Ó Grífín, feirmeoir, iascaire, agus scéalaí, ó Bhaile Reo, Corca Dhuibhne, ó am go céile idir 1930 agus 1936. Tá na bunleagain de na téacsanna ar fad le fáil i Roinn Bhéaloideas Éireann, An Coláiste Ollscoile, Baile Átha Cliath.

Tá saothar iomlán an scéalaí léirithe anseo. Laistigh de na ranna, tá siad uile in ord aibítíre. Deineadh gach iarracht bheith dílis do bhunleagan na lámhscríbhinní. Cuireadh litriú na Gaeilge caighdeánta ar na bunleaganacha, chomh fada agus ab fhéidir gan cur isteach ar an gcanúint. Uaireanta úsáidtear slite éagsúla chun focail a scríobh, d'réir mar a bheadh éagsúlacht san fhoghrú ó am go ham (féach an Modh Eagarthóireachta).

Tá píosaí eolais sna nótaí ag deireadh an tsaothair faoi leaganacha éagsúla de na scéalta nach bhfuil le fáil in aon áit eile. Tá breis eolais le fáil ar na scéalta idirnáisiúnta i leabhar Sheáin Uí Shúilleabháin *The Types of the Irish Folktale*, ach níor bhacas leis na tagairtí sin a lua. Ar son na comparáide léirítear an dara insint mar aguisín, má bhíonn a leithéid i gceist.

Bhí sé mar chuspóir agam, agus mé ag tabhairt faoin saothar seo, cnuasach iomlán Phádraig Uí Ghrífín a chur os comhair an phobail léitheoireachta, cnuasach a léiríonn saibhreas agus beocht ár dtraidisiún béil. Tá súil agam gur éirigh liom, a bheag nó a mhór, an aidhm seo a chur i gcrích.

Máirtín Ó Súilleabháin i Meiriceá.
Eisean a bhreac a lán den ábhar.

ix

Dóibh siúd a mhúscail
chun na Gaeilge agus
chun na Gaeltachta mé.

Nóta Buíochais

Táim faoi chomaoin mhór ag na bailitheoirí a chuir an bailiúchán seo ar fáil dom, agus go háirithe ag Caitlín Ní Shúilleabháin, as ucht an méid cabhrach a thug sí dom agus mé i mbun taighde. Táim buíoch leis d'fhoireann na leabharlainne, Coláiste Phádraig, Maigh Nuad, don fhoireann i Roinn Bhéaloideas Éireann, go háirithe don Ollamh Séamas Ó Catháin agus do Bhairbre Ní Fhloinn, a roinn a gcuid ama go fial liom. Tá buíochas ar leith ag dul do cheann na Roinne, an tOllamh Bo Almqvist a thug cead an t-ábhar as an gCartlann a fhoilsiú anseo.

Gabhaim buíochas ó chroí do mhuintir Chorca Dhuibhne, a chuir fáilte fial romham, ní amháin is mé i mbun an tsaothair seo, ach leis na blianta beaga anuas. Gabhaim buíochas speisialta do T. Ó hIcí, S.P., P. Ó Nualláin, S.C., agus do mhuintir Uí Bheaglaoich, Baile na bPoc.

Tá buíochas mór tuillte ag Máire Uí Mhuirthile, a chlóscríobh an chéad leagan den saothar. Luaim go háirithe mo thuismitheoirí, a threoraigh ar mo shlí mé. Murach an cúnamh agus an tacaíocht a fuaireas uathu faid an aistir, ní fhéadfainn an saothar seo a chur i gcrích. Tá mo bhuíochas ag dul chomh maith do mo chairde, go háirithe i Maigh Nuad agus i gCorcaigh, a bhí lem' ais in am an lagmhisnigh; gura míle maith agaibh.

De bharr a spéise agus a dhúthrachta, tá mo bhuíochas tuillte, thar éinne eile, ag an gCanónach Pádraig Ó Fiannachta, a bhí flaithiúil lena chineáltas agus lena mholtaí i gcónaí. Go dtuga Dia faid saoil faoi shláinte is faoi mhaise dó.

ÁINE MÁIRE NÍ FHAOLÁIN
Baile Uí Bhróithe
13/7/1995

Foinsí na dTéacsanna

Is as na himleabhair seo a leanas i gCartlann Roinn Bhéaloideas Éireann a baineadh na téacsanna ar fad a usáideadh don saothar seo: 2, 3, 4, 16, 121, 127, 201, 218, 446, 602, 655, 1142, 1713, 1714.

Tá scéalta Uimh. 21, 27, 51 agus 87 foilsithe ag Seán Ó Dubhda in *Béal.* xviii (1950), 72-79, agus tá scéal amháin Uimh. 24 foilsithe ag Seán Ó Súilleabháin (1977), 33-34.

Caitlín Ní Shúilleabháin, Bean Fh. Uí Dhonnchú,
os comhair an tí inar chaith Pádraig Ó Grífín
deireadh a shaoil. 8ú Iúil 1995.

Noda

AT   *The Types of the Folktale*
Aarne, A. and Thompson, S., Helsinki, 1964.

Béal.   *Béaloideas* (Irisleabhar Roinn Bhéaloideas Éireann).

CB   *Céad Bliain*
Ó Ciosáin, M. (eag.), Baile an Fheirtéaraigh, 1973.

CD   *Corca Dhuibhne*
Ó Conchúir, D., B.Á.C., 1973.

CSS   *Na Cruacha: Scéalta agus Seanchas*
Ní Dhíoraí, A., B.Á.C., 1985.

DD   *Duanaire Duibhneach*
Ó Dubhda, S., B.Á.C., 1933.

HIF   *Handbook of Irish Folklore*
Ó Súilleabháin, S., Detroit, 1970.

LS   Bunleagan na Lámhscríbhinne i gCartlann Roinn Bhéaloideas
Éireann, Coláiste na hOllscoile, B.Á.C.

LSC   *Leabhair Sheáin Í Chonaill*
Ó Duilearga, S. (eag.), B.Á.C., 1977.

LSE   *Leabhar Stiofáin Uí Ealaoire*
Ó Duilearga, S. (eag.), B.Á.C., 1981.

MÓS   Máirtín Ó Súilleabháin (Bailitheoir).

OD   *Foclóir Gaeilge-Béarla*
Ó Dónaill, N., B.Á.C., 1977.

OLD   *Oral Literature from Dunquin*
Mac Congáil, N. and Wagner, H., Belfast, 1983.

PÓG   Pádraig Ó Grífín (An Scéalaí).

RBÉ   Roinn Bhéaloideas Éireann
(An Coláiste Ollscoile, B.Á.C.).

SAL   *Seanachas Amhlaoibh Uí Luínse*
Ó Cróinín, D. (eag.), B.Á.C., 1980.

SC   *Scéalta Cráibhtheacha*
Ó Súilleabháin, S., B.Á.C., 1952.

SM   *An Seanchaidhe Muimhneach*
Ó Siochfhradha, P., B.Á.C., 1932.

SÓD   Seán Ó Dubhda (Bailitheoir).

SPC   *Seanachas Phádraig Uí Chrualaoi*
Ó Cróinín, D. (eag.), B.Á.C., 1982.

STC   *Síscéalta ó Thír Chonaill*
Ó hEochaidh, S. et al., B.Á.C., 1977.

TCD   *Tríocha-Céad Chorca Dhuibhne*
Ó Siochfhradha, P., B.Á.C., 1939.

Baile na bPoc agus Baile Reo ón mBóthar.

Lios Bhaile Reo

Réamhrá

Cnuasach é seo de scéalta agus de sheanchas a bhailigh Seán Ó Dubhda, Caitlín Ní Shúilleabháin agus Máirtín Ó Súilleabháin ó Phádraig Ó Grífín, nó Peats Mhaurice mar a thugtaí air, ó thráth go céile idir 1930 agus 1936.

Saolaíodh Pádraig Ó Grífín sa bhliain 1856 i mBaile Reo, paróiste Chill Chúáin. Baile fearainn beag i dtuaisceart Chorca Dhuibhne is ea an áit seo, leis an bhfarraige ar an taobh thuaidh agus Cnoc Bréanainn ar an taobh thoir. Cé go bhfuil sé mar chuid de pharóiste Bhaile an Fheirtéaraigh anois, paróiste faoi leith ab ea Cill Chúáin an tráth sin, agus fós, in aigne na ndaoine.

Le hais Bhaile Reo ar an mbóthar ó thuaidh atá Baile na bPoc, agus cé gur dhá bhaile fearainn ar leith anois iad, is léir gurbh aon bhaile fearainn amháin a bhí iontu suas go dtí an séú céad déag, agus an dá ainm in aon ainm amháin orthu, ar nós 'Ballyrubicke'.[1] Dar leis an Seabhac, 'sé 'ruadh-bhuic' atá san ainm iomlán, agus gurbh fhéidir gur ainm duine atá ann ach é 'bheith truaillithe.[2]

Thart ar an am a rugadh an scéalaí, 45 duine a bhí ag maireachtaint ar an mbaile seo Baile Reo, cé go raibh breis agus 70 ann deich mbliana roimis.[3] Sna blianta céanna, bhí daonra Bhaile na bPoc tar éis titim ó 234 go dtí 28.[4] Dar ndóigh, bhí an Gorta tar éis bagairt chruaidh a dhéanamh ar an gceantar. Tháinig an dubh ar na prátaí i Mí an Mheithimh 1846. Ní raibh faic eile le n-ithe ag na daoine, ach pé méid cruithneachtan a bhí acu, agus an beagáinín éisc a sholáthraídís ar an bhfarraige. Bhí Lord Ventry ina thiarna talún ar a lán den cheantar ag an am, agus D.P. Thompson agus Sam Hussey ina n-athmháistrí aige. Cuireadh iachall ar na daoine an chruithneacht a sheoladh go Sasana, agus d'fhág sin nach raibh a ndóthain bia ann dóibh féin. De réir mar a chuaigh cúrsaí in olcas, thosaigh Thompson ag caitheamh aon tionóntaí nach mbíodh a chíos aige as a sheilbh. Cailleadh roinnt mhaith ón bparóiste leis an ocras. In aon tseachtain amháin i dtosach 1847, chuir an tAthair Seán Ó hAilpín an Ola Dhéanach ar 40 duine i gCeann Trá, sé mhíle ó bhaile agus faoi dheireadh na seachtaine sin, bhíodar uile, beagnach, caillte. Tógadh tigh na mbocht sa Daingean sa bhliain 1848. Tugadh 36 comhra ón nDaingean go Paróiste an Fheirtéaraigh in aon lá amháin i mBealtaine 1848, ach cuireadh cuid mhór daoine leis gan comhra ar bith.[5]

Ach bhí feabhas mór tagaithe ar an scéal faoin am a rugadh an scéalaí sa bhliain 1856. Cé go raibh roinnt mhaith daoine fós ag dul ar imirce, a bhformhór go dtí Sasana agus Talamh an Éisc, bhí feabhas ag teacht ar an saol dóibh siúd d'fhan sa bhaile. Chuir na hathmháistrí ba bainne ar an dtalamh a bhí fágtha ag na tionóntaithe. Sna blianta 1850 agus 1851, thosaíodar ar thionóntaithe a chur ar na bailte úd arís. Dóibh siúd go raibh a dtalamh fós acu, tháinig feabhas ar na barraí.[6] Bhí an t-iasc go flúirseach agus ba ghnách dóibh dul ag iascach gabhar agus maicréal ón Dúinín amach, agus is ar an méid a fuaireadar ansin a bhí cuid mhaith díobh ag maireachtaint. Báid saighne, don chuid is mó, a bhíodh acu, suas go dtí 1880 nó mar sin, nuair a deineadh na céad naomhóga i gCorca Dhuibhne.[7] Lá Shain Seáin a thosnaídís ag iascach, agus leanaidís orthu de ghnáth go dtí Lá 'le Michíl, an 29ú lá de mhí Mheán Fómhair.

Cé nach raibh córas léinn foirmeálta in Iarthar Duibhneach i lár na haoise seo chaite mar atá inniu ann, bhí an-mheas ag an bpobal ar oidhreacht, cultúr agus seanchas a gcine i gcónaí. Bhunaigh an Stát na céad scoileanna timpeall na tíre sa bhliain 1831, ach is léir gur mhair scoileanna gearra an cheantair seo, ar nós Scoil Ghearr Bhaile an Mhórdhaigh, ar feadh na blianta fada ina dhiaidh sin.[8] Is ansin a théadh cuid bheag de mhuintir Bhaile Reo agus Bhaile na bPoc chun léamh agus scríobh a fhoghlaim. Tugann Micheál Ó Mainín an cuntas seo thíos faoi chúrsaí oideachais i gCorca Dhuibhne i lár na haoise seo caite:

> Ní raibh leath na ndaoine laistiar de Dhaingean in ann fiú, a n-ainm a scríobh. De réir mheon na haoise bhíodar aineolach, ach bhí a n-oiliúint féin ag na daoine seo. Bhí féith na filíochta go beo bríomhar ina measc; bhí dlúchaidreamh acu lena chéile agus ní raibh aon mheirg ar a dteanga nuair a bhí géire cainte nó seanchaíocht sa treis. Pé bocht dealbh a bhí na daoine, bhí saol ragairneach á chaitheamh acu, agus dúil thar meon acu sa chuideachta agus sa tseanchaíocht.[9]

Is as an traidisiún sin a d'fhás an scéalaí seo, Pádraig Ó Grifín. Thug sé féith na scéalaíochta agus na seanchaíochta go láidir óna athair agus óna sheanathair leis. Ó Chonnachta a tháinig a mhuintir go Baile Reo, deirtear (Féach Uimh. 59). Insítear scéal mar gheall ar sheanathair an scéalaí, Páidí an Chonnaigh – gur deineadh cleamhnas idir é féin agus cailín ó Áth an Mhuilinn, agus tar éis do mháthair an chailín béile a ullmhú do chúigear ó Bhaile Reo, tháinig athrú aigne ar Pháidí. Bheartaigh an mháthair go ndíolfadh Páidí go daor as an mbia a bhí ite ag an gcúigear, agus d'ordaigh sí don Aturnae sa Daingean, bille an bhia a chur chun Páidí – ach bia i gcomhair deichniúir a luaigh sí! Mhair sé le bheith céad is dhá bhliain déag, agus deirtear gur ghoill seo air go lá a bháis. Thug sé an véarsa seo uaidh, agus é ar leaba a bháis, deirtear:

> Is cuimhin liom cúig bliana is is cuimhin liom cúig fichid,
> Is cuimhin liom long seoil á lúbadh is á briseadh,
> Is cuimhin liom an chúileann a bhí i mbun Áth an Mhuilinn,
> Agus is cuimhin liom bia cúigear á dhúbailt sa bhille.[10]

I mBaile Reo a rugadh Peats Mhaurice sa bhliain 1856, is ann a chaith sé a shaol agus is ann a cailleadh é ar an 13ú lá de mhí Feabhra 1936. Bhí tigh a mhuintire suite in aice an bhóthair i lár Bhaile Reo. (Níl aon rian den tigh sin le feiscint inniu). Chaith sé a óige ag feirmeoireacht agus ag iascaireacht i dteannta a mhuintire. Agus é ag fás suas, ba ghnách dóibh na hoícheanta fada geimhridh a chaitheamh ag scéalaíocht agus ag seanchaíocht i dtigh éigin ar an mbaile. Bhíodh an-dhúil ag na daoine sa té a bheadh go maith chun scéal a insint; bhídís ag trácht ar iascaireacht is ar fheirmeoireacht, ar sheanchas agus ar sheanaimsearacht.

Pósadh Pádraig Ó Grifín agus Cáit Ní Shíthigh ó na Grafaí, agus thógadar seisear clainne, Muiris, Seán, Labhrás, Bríd, Eibhlín agus Máire sa tigh céanna i mBaile Reo. Cailleadh duine dá chlann mhac agus é an-óg. Chuaigh an bheirt eile chomh maith lena iníon, Eibhlín, go Meiriceá. Pósadh Bríd sa Daingean, agus pósadh Máire le duine de mhuintir Shúilleabháin ó Bhaile Reo. Chaith Peats Mhaurice an chuid eile dá shaol i dteannta clainne Mháire. Trí dhuine dhéag a bhí sa chlann ag Máire, agus d'fhág sin gur seachtar déag ar fad a bhí sa tigh acu. D'aistríodar níos déanaí ón dtigh inar tógadh Pádraig go dtí tigh nua ar an taobh eile den mbóthar, agus tá muintir Shúilleabháin go dtí an lá atá inniu ann, sa tigh céanna.

Iascaire ab ea Peats Mhaurice, mar a thugtaí air, agus bhí féar dhá bhó aige. Tugann Seán Ó Dubhda cuntas air, agus é 76 bliana ag an am – ceithre bliana roimh a bhás:

> Duine meán-aoirde ab ea é agus folt bán air – é lom, cruaidh agus lán d'eachtraí ina cheann.[11]

Bhí Peats Mhaurice ina sheanfhear, dar ndóigh, nuair a bailíodh a chuid scéalta uaidh. Is dócha go bhfaighfí a thuilleadh uaidh ach amháin gur sciob an bás go tobann é. Dar le Seán Ó Dubhda, agus é ag bailiú scéalta uaidh sa bhliain 1932, bhí an scéalaí "críonna, neamh-chruinn, neamh-spéisiúil nuair a tógadh na scéalta beaga seo uaidh, agus dar liom go raibh na scéalta níosa chruinne aige roimis sin".[12] Is léir gur imigh sé amú ar uairibh san insint, rud atá le feiceáil in ábhar a bhailigh an Dubhdach, bailitheoir oilte, uaidh, chomh maith leis an ábhar a bhreac an bheirt eile. Ach bhí dúil sa scéalaíocht go dtí lá a bháis aige. 'Sé an chuimhne atá ag muintir Bhaile na bPoc air, ná gur bhreá leis nuair a thagadh cuairteoir chun éisteacht leis, ní bhíodh uaidh ach lucht éisteachta, agus dar le Seán Ó Dubhda, d'insíodh sé na scéalta díreach mar a chuala sé iad, sa mhéid is go gceapfá gur ó leabhar a bheadh sé ag léamh, agus leanfadh sé á n-insint, ní amháin ar feadh na hoíche, ach ar feadh an lae chomh maith dá ligfí leis.[13]

Is sa tigh céanna inar chaith Pádraig Ó Grífín a shaol, a tógadh an bheirt pháiste a bhailigh cuid an-thábhachtach dá chuid béaloidis uaidh, siadsan Caitlín agus Máirtín Ó Súilleabháin, iníon chríonna, agus mac iníne an scéalaí.

Rugadh Caitlín sa bhliain 1919. Tar éis a scolaíocht a bheith faighte aici, chuaigh sí in aimsir go dtí tigh Uí Bhúlaeir i mBaile an Fheirtéaraigh. Dá bhrí sin, ní bhíodh an deis aici éisteacht le scéalta a seanathar agus iad a scríobh síos ach amháin nuair a théadh sí ó thuaidh abhaile ar cuairt. Dá ainneoin sin, d'éirigh léi suas le cúig cinn déag de scéalta a thógaint síos uaidh, agus dar léi féin, ní chuireadh sí iachall riamh air scéal a insint, ach bhíodh sí ullamh chun scríobh nuair a bheadh fonn cainte ar an scéalaí. Cé nach bhfuil aon dáta cruinn againn, tá Caitlín den tuairim nach raibh sí níos mó ná cúig bliana déag d'aois ag an am sin. I dtigh Uí Bhúlaeir a d'ullmhaigh sí na cóipleabhair chun iad a chur go dtí an gCoimisiún Béaloideasa. Phós Caitlín duine de mhuintir Uí Dhonnchú ó Bhaile na Buaile, agus tá sí fós ag maireachtaint sa cheantar (féach Aguisín IV).

I rith a laethanta saoire don chuid is mó a scríobh Máirtín Ó Súilleabháin síos scéalta agus seanchas a sheanathar. Scríobh sé cuid mhór do na scéalta óna chuimhne, fiú tar éis bháis a sheanathar. I gcuntas a scríobh sé i Mí Lúnasa 1936, deir sé:

Bhí obair mhaith le déanamh agam ag iarraidh iad [na scéalta] do chur le chéile mar ní rabhadar ró-chruinn agam ach do chabhraigh mo mháthair liom anois is arís. Do bhíos an-mhall dá scríobh toisc ná rabhadar ró-mhaith agam agus níor thosnaíos dá scríobh nó go bhfuaireas na laethanta saoire.[14]

Rugadh Máirtín sa bhliain 1921. D'éirigh leis suas le 35 scéal agus píosa seanchais a thógaint síos óna athair críonna agus é ina gharsún óg. Idir 1935 agus 1936 dhein sé a bhailiúchan iomlán. Garsún an-chliste ab ea é, deirtear, agus tá gach aon scéal scríofa go breá slachtmhar aige. Chuaigh Máirtín go Meiriceá sa bhliain 1946, agus chaith sé cuid mhaith dá shaol ag obair i monarcha ann. Maireann sé fós i Meiriceá agus tá seachtar clainne aige.

Ba é an tríú duine a thóg síos a chuid béaloidis ó Pheats Mhaurice ná Seán Ó Dubhda, oide scoile ón gCarraig agus bailitheoir den scoth. Chaith Seán an chuid is mó de shaoire a shaoil ag bailiú béaloideasa, ní amháin i gCorca Dhuibhne, ach timpeall na tíre, agus tá againn anois os cionn 50,000 leathanach ó pheann an fhir chéanna. Rugadh Seán sa bhliain 1878, agus tháinig sé mar oide óg go dtí scoil na Muirí, tar éis dó a chúrsa oiliúna a chríochnú i gColáiste Mhaolbhríde i mBaile Átha Cliath. Ó bhí sé an-óg, chuir an Dubhdach spéis mhór sa Ghaeilge bheo, sna traidisiúin agus sa seanchas a mhair fós sa cheantar ina raibh sé tagaithe ina oide. Chaitheadh sé na laethanta agus na hoícheanta istigh ag éisteacht leis an saibhreas traidisiúin a bhí chomh forleathan sin ina thimpeall. De bharr a spéise agus a dhúthrachta, chuir sé aithne ar na scéalaithe ab fhearr, "agus ní cheilidís aon ní dá mbíodh acu ar fhear lách an chuardaigh".[15] Bhailigh sé an chuid is mó den mbéaloideas ar an edifón, agus dhein sé sár-obair ina dhiaidh á scríobh agus á n-eagrú. Nuair a d'éirigh an Dubhdach as an múinteoireacht, chaith sé roinnt blianta ina bhailitheoir oifigiúil ag an gCoimisiún Béaloideasa. Tá cuimhne fós ag Caitlín Ní Shúilleabháin ar an Dubhdach ag teacht chuig tigh a muintire chun éisteacht lena seanathair, agus Séamas Ó Duilearga, a bhí mar stiúrthóir aige, ina theannta. Thagadh sé ar a rothar agus ceathrú tobac aige do Pheats Mhaurice. Bhailigh an Dubhdach suas le daichead scéal agus píosa seanchais ar an edifón ó Phádraig Ó Grífín idir Mhí na Samhna 1930 agus Mí na Samhna 1935, trí mhí sarar cailleadh an scéalaí. Tá saothar iontach aimsithe ag an bhfear so, ní amháin ón scéalaí seo againne, ach ó scéalaithe ar fud Chorca Dhuibhne agus lasmuigh. Murach a spéis agus a dhúthracht, bheadh an-chuid den saibhreas seo caillte orainn inniu.

Tá dhá scéal eile de chuid an bhailiúcháin seo (Uimh. 15 agus 17) a bhailigh garsúin óga an Daingin don Bhráthair P. J. Ó Riain, Scoil na mBráithre sa Daingean. Bhí an Bráthair Ó Riain gafa le Bailiúchán na Scol ag an am. Bailíodh na scéalta seo ó Pheats Mhaurice sa bhliain 1933. Tá scoth na Gaeilge sa seanchas agus sna scéalta a bailíodh ó bhéal an fhir seo.

Bhuail breoiteacht Pádraig i Mí Feabhra 1936. Thug an Dochtúir Pádraig Ó Muircheartaigh go dtí Ospidéal an Daingin é. Níor mhair sé ach seachtain ina dhiaidh sin. D'éag sé ar an 13ú lá de mhí Feabhra 1936, agus tá sé curtha lena mhuintir i gCill Chúáin. Go dtuga Dia suaimhneas síoraí dó agus do Sheán Ó Dubhda a bhailigh cuid mhór dá bhéaloideas uaidh.

NÓTAÍ

1. TCD, 129.
2. Ibid., 129.
3. Census of Ireland, 1851, Iml. 1, 179.
4. Ibid.
5. Ó Mainín, M., 1973, 53.
6. Mac Síthigh, T., 1984, 156.
7. Ní Mhurchú, E., 1973, 200.
8. Ní Bhriain, M., 1973, 106.
9. Ó Mainín, M., op. cit., 43.
10. Ní Shéaghdha, N., CB, 1973, 224.
11. RBÉ, 1142, 54.
12. Ibid., 55.
13. RBÉ, 4, 112.
14. RBÉ, 218, 229.
15. An Seabhac, 1963, 116.

Modh Eagarthóireachta agus Spléachadh dá réir ar an Teanga

Cuireadh litriú na linne i bhfeidhm ar litriú na LS chomh fada agus ab fhéidir. Cloíodh le litriú na LS sna cásanna ina gcuirfeadh a mhalairt isteach ar an gcanúint.

Seo thíos na príomhphointí a bhí i gceist sa leasú a rinneadh ar an litriú (litriú na LS sa chéad áit mura ndeirtear a mhalairt):

1.1 Scríobhadh na consain ll, nn, rr de réir ghnáis an lae inniu:
- (a) (i) coilligh → coiligh; soilléir → soiléir;
  - (ii) bológ → bollóg; trial → triall.
- (b) (i) ceanntar → ceantar; rinnce → rince;
  - (ii) an → ann; coineal → coinneal.
- (c) (i) biorráin → bioráin; orraibh → oraibh; faraige → farraige; tóramh → tórramh.

1.2 Scríobhadh na consain thíos "caol" nó "leathan" de réir ghnáis an lae inniu:
caeireach → caorach; caithin → cathain; tiompall → timpeall;
Ufrun → Ifreann.

Ar mhaithe le caomhnú na canúna, cloíodh le litriú na LS sna cásanna thíos (foirm an chaighdeáin idir lúibíní): amáireach (amárach); aonacht (éineacht).

1.3 Cuireadh isteach na consain a bháitear nó a ghuthaítear sa chaint, agus a fágadh ar lár sna LSS:
a → an; ao → aon; canathaobh → cad ina thaobh; cuire → cuireadh;
héinig → fhéinig; mbéidir → mb'fhéidir.

I gcás na mbriathra, báitear an consan deiridh sa treas pearsa aimsir chaite sa chanúint nuair a úsáidtear leis an bhforainm iad.

1.4 Scríobhadh consain agus grúpaí áirithe consan – nd, dl, sg, srl. de réir ghnáis an lae inniu:
- (a) aindeoin → ainneoin; céadna → céanna; indé → inné.
- (b) Nodlaig → Nollaig.
- (c) baistidhe → baistithe; cuaird → cuairt; muinteardha → muinteartha.
- (d) asbag → Easpag; teasbach → teaspach.
- (e) dóich → dóigh; éicint → éigint; tócaithe → tógaithe.
- (f) brásgar → bráscar; osgail → oscail; tuairisg → tuairisc.
- (g) chuaidh → chuaigh; foidhne → foighne; téidh → téigh.
- (h) amhlaigh → amhlaidh; beathaigh → beathaidh; deirigh → deiridh.

1.5 Fágadh na consain iomarcacha ar lár:
dhá/ghá → á; leabthan → leapan; mharbhuigh → mharaigh.

Ar mhaithe le caomhnú na canúna, cloíodh le leagan na LS i gcás na n-eisceachtaí seo a leanas (foirm an chaighdeáin idir lúibíní):
aríst (arís); éigint (éigin); fáilt (fáil); léithi (léi); leothu (leo).

1.6 Scríobhadh gutaí de réir ghnáis an lae inniu:
- (a) beithiúnach → bithiúnach; deifríocht → difríocht; leig → lig.
- (b) ancoire → ancaire; seochas → seachas; tort → tart.
- (c) agut → agat; beannuigh → beannaigh; scoluíocht → scolaíocht.
- (d) buscaodaí → boscaodaí; guid → goid; iúntas → iontas.
- (e) luig → lig; thuit → thit; tuitithe → titithe.
- (f) criú → crú; riug → rug.
- (g) dhol → dhul; Corráin → Curráin; onncailí → uncailí.
- (h) stalta → stolta; tabac → tobac.
- (i) baoch → buíoch.
- (j) iríst → aríst.

1.7 Cuireadh isteach gutaí a bháitear sa chaint agus a fágadh amach sna LSS:
bricfeast → bricfeasta; c'leachta → cuileachta; gat → agat;
na → ina; pingní → pinginí.

Ar mhaithe le caomhnú na canúna, cloíodh le leagan na LS i gcás na
n-eisceachtaí seo a leanas (foirm an chaighdeáin idir lúibíní):
dom' (do mo); féd' (faoi do); f'reacht (fanacht); im' (i mo); lem' (le mo);
ní'bh (níorbh); 'on (don); 'sé'n ('sé an); 'tá (atá); t'réis (tar éis);
t'rum (tabhair dom); 'un (chun); 'úr (bhur).

Cloíodh leis na leaganacha gan bá nuair a bhí siad mar sin sa LS.

1.8 Cloíodh le deiríocha éagsúla na canúna (foirm an chaighdeáin idir lúibíní):
- (i) capallaibh (capaill); corpaibh (coirp);
- (ii) beathaidh (tabh., beatha); leabaidh (leaba).

1.9 Fágadh na gutaí tacair ar lár:
Caitilicigh → Caitlicigh; coirin → coirn; feamanach → feamnach;
oram sa → ormsa; séipilíneach → séiplíneach.

1.10 Scríobhadh an síneadh fada de réir ghnáis an lae inniu:
- (a) airseóir → airseoir; ceól → ceol; contaé → contae; féarr → fearr;
leó → leo; tímpeall → timpeall.
- (b) ceannoidh → ceannóidh; ciste → císte; leathreal → leathréal;
mhuscail → mhúscail; pleascadh → pléascadh; tabhairne → tábhairne.

Tá 'do' agus 'dó' sa chanúint don bhforainm réamhfhoclach agus tá siad araon
sa LS.

1.11 Díbríodh an mheititéis mar a leanas:
banartla → banaltra; borlach → brollach; cuirneachta → cruithneachta;
eagal → eagla; prugadóireact → purgadóireacht; thiormaigh → thriomaigh.

2. Dealaíodh na focail óna chéile de réir ghnáis an lae inniu:
a b'fhearr → ab fhearr; de'n → den; i naimsir → in aimsir; ist oíche → istoíche;
nár bh'aon → nárbh aon; sar a → sara.

3. **An Briathar**

Fágadh foirm na LS de dheirí na mbriathra mar a bhíodar chomh fada agus ab fhéidir d'fhonn an chanúint a chaomhnú.

(a) Aimsir Láithreach:
   (i) Cloíodh le foirm na LS anseo (foirm an chaighdeáin idir lúibíní): má gheibheann (má fhaigheann); má gheibhim (má fhaighim).
   (ii) Cloíodh le leagan na LS san fhoirm dhiúltach den mbriathar (foirm an chaighdeáin idir lúibíní): ná deineann (nach ndéanann); ná fuil (nach bhfuil).

(b) Aimsir Chaite:
   (i) Cloíodh le leagan na LS i gcás na mbriathra seo (foirm an chaighdeáin idir lúibíní): go bhfacaigh (go bhfaca); chualaigh (chuala); thárlaigh (tharla).
   (ii) Níor athraíodh foirm na LS i gcás na mbriathra seo (foirm an chaighdeáin idir lúibíní): bhailimh (bhailigh); choinnibh (choinnigh); mhairimh (mharaigh); sheasaimh (sheas).
   (iii) Usáideadh leagan iomlán na mbriathra sna cásanna ina mbáitear na consain deiridh sa chaint (.i. nuair a úsáidtear leis an bhforainm iad): chuai' → chuaigh; d'éiri' → d'éirigh; d'imi' → d'imigh; neartai' → neartaigh; tháini' → tháinig.
   (iv) Cloíodh le foirm na LS den chéad phearsa uatha den mbriathar (foirm an chaighdeáin idir lúibíní): chonac (chonaic mé); dúrt (dúirt mé); thánag (tháinig mé).
   (v) Cloíodh le leagan na canúna, .i. an fhoirm tháite, den dara pearsa uatha (foirm an chaighdeáin idir lúibíní): bhraithis (bhraith tú); chodlaís (chodail tú); chuais (chuaigh tú); dheinis (rinne tú); tharraingís (tharraing tú); thugais (thug tú).
   (vi) Fágadh litriú na LS ar an gcéad phearsa iolra (foirm an chaighdeáin idir lúibíní): chonacamair (chonaiceamar); chuamair (chuamar); d'fhágamair (d'fhágamar); mharaíomair (mharaíomair); ní fhacamair (ní fhacamar); thiteamair (thiteamar). *Uaireanta úsáideadh litriú an chaighdeáin i gcás na mbriathra céanna sa LS. Cloíodh leis an bhfoirm sin.
   (vii) Cloíodh le leagan na canúna, .i. an fhoirm tháite, den dara pearsa iolra (foirm an chaighdeáin idir lúibíní): chuabhair (chuaigh sibh); dheineabhair (rinne sibh); mharaíobhair (mharaigh sibh); go rabhabhair (go raibh sibh).
   (viii) Cloíodh le leagan na LS de mhíríní spleácha leis an mbriathar (foirm an chaighdeáin idir lúibíní): ná faca (nach bhfaca); ná raibh (nach raibh). I gcás 'an', 'ní', 'go', srl., cloíodh leis an LS (foirm an chaighdeáin idir lúibíní):

an gcuaigh (an ndeachaigh); go gcaitheadar (gur chaitheadar); ní dhein (ní dhearna).

Tá "go" agus "ní" in úsáid sna LSS go minic in áit "gur" agus "níor". Sna cásanna sin, cloíodh le leagan na LS.

(c) Aimsir Fháistineach:
  (i) Scríobhadh na deirí "-(e)óchad", "-(e)óchaidh", "-(e)óchaimid" de réir ghnáis an lae inniu:
  ceannóchaidh → ceannóidh; cuiteóchaidh → cuiteoidh; imtheóchaimíd → imeoimid; loirgeóchaidh → lorgóidh; marbhóchaidh → maróidh; oscalóchad → osclód.
  (ii) Cloíodh le foirm na LS,.i. an fhoirm tháite, den chéad phearsa den mbriathar (foirm an chaighdeáin idir lúibíní):
  beadsa (beidh mé féin); caithfead (caithfidh mé); cífead (feicfidh mé); loiscfead (loiscfidh mé); ólfad (ólfaidh mé); raghad (rachaidh mé).
  (iii) Cloíodh le leagan na canúna,.i. an fhoirm tháite, den dara pearsa uatha (foirm an chaighdeáin idir lúibíní):
  caithfir (caithfidh tú); cuirfir (cuirfidh tú); geobhair (geobhaidh tú); imeochair (imeoidh tú); raghair (rachaidh tú).
  (iv) Scríobhadh na deirí thíos do réir ghnáis an lae inniu:
  féadaidh → féadfaidh; glanadsa → glanfadsa; pósad → pósfad; saoraidh → saorfaidh; tabharaidh → tabharfaidh.
  (v) Cloíodh le leagan na LS san fhoirm spleách den bhriathar, d'fhonn an chanúint a chaomhnú (foirm an chaighdeáin idir lúibíní):
  ná déanfaidh (nach ndéanfaidh); ná faighidh (nach bhfaighidh); ná tiocfaidh (nach dtiocfaidh).
  (vi) I gcás an bhriathair seo, cloíodh le foirm na LS ar mhaithe le caomhnú na canúna (foirm an chaighdeáin idir lúibíní):
  neosfaidh (inseoidh mé).

(d) Modh Coinníollach:
  (i) Scríobhadh an deireadh "-(e)óchadh" de réir ghnáis an lae inniu:
  chúiteóchadh → chúiteodh; d'aithneóchadh → d'aithneodh; d'imireóchadh → d'imreodh; d'osclóchadh → d'osclódh; mharóchadh → mharódh; tharraingeóchadh → tharraingeodh; theastóchadh → theastódh.
  (ii) Scríobhadh na deirí thíos de réir ghnáis an lae inniu:
  bhaineadh → bhainfeadh; chathadh → chaithfeadh; cheapadh → cheapfadh; chuireadh → chuirfeadh; d'fhilleadh → d'fhillfeadh; d'óladh → d'ólfadh; thiteadh → thitfeadh.
  (iii) Scríobhadh an saorbhriathar thíos de réir ghnáis an lae inniu:
  go maróchaí → go marófaí.
  (iv) Cloíodh le leagan na LS san fhoirm spleách den bhriathar, d'fhonn an chanúint a chaomhnú (foirm an chaighdeáin idir lúibíní):
  ná beadh (nach mbeadh); ná cífeadh (nach bhfeicfeadh); ná geobhadh (nach bhfaigheadh); ná raghadh (nach rachadh).

(e) Modh Ordaitheach:
- (i) Cloíodh le leagan na LS, leagan na canúna sa dara pearsa uatha (foirm an chaighdeáin idir lúibíní):
bailimh (bailigh); mairbh (maraigh); seasaimh (seas).
- (ii) Ar mhaithe le soiléire, athraíodh foirm na LS sa dara pearsa iolra:
béiceálaidh → béiceálaíg; cuirídh → cuiríg; fágaídh → fágaíg; fanaídh → fanaíg; oscluighídh → osclaíg; teithídh → teithíg.

4.1 Na Réamhfhocail

Ní hionann foirm na LS de réamhfhocail i gcónaí, agus ar mhaithe le caomhnú na canúna, cloíodh le leaganacha éagsúla na LS:
den/'en; don/'on; faoi/fé; faoina/féna; tar éis/t'réis.

4.2 Cuireadh foirm an chaighdeáin ar na réamhfhocail shimplí:
age n-a → ag a; aige → ag; aigem'/'gem → ag mo; aigen' → ag an, ach amháin sa chás seo: age baile.

4.3 Scríobhadh na forainmneacha réamhfhoclacha de réir ghnáis an lae inniu:
- (i) aca → acu; chucha → chucu; ionta → iontu; rompa → rompu; uatha → uathu.
- (ii) aiste → aisti; fúithe → fúithi; inte → inti; thóirste → thairsti; uirthe → uirthi.
- (iii) Cloíodh le foirmeacha éagsúla na LS chomh maith sna cásanna seo:
léi/léithi; leo/leothu; roimhe/roimis.

Spléachadh ar an Teanga

Seachas na pointí atá luaite, seo thíos na príomhphointí a bhaineann le Gaeilge Phádraig Uí Ghrífín:

(a) Gné faoi leith dá chuid cainte is ea an Sean-Thuiseal Tabharthach, m.sh. ar an bhfuinneoig. Cloíodh leis an bhfoirm sin.

(b) Is gnáth leis an réimír 'do' a úsáid:
   (i)   leis an Caite agus leis an modh Coinníollach, m.sh. do tháinig, do chuirfeadh;
   (ii) in áit 'go', m.sh. do ndíolfadh;
   (iii) leis an ainm briathartha, m.sh. do dhéanamh;
   (iv) mar mhírín coibhneasta.

(c) Is minic séimhiú a fheiscint sa Tuiseal Ginideach d'ainm éiginnte tar éis ag + ainmbriathar, m.sh. ag imirt chártaí. Gné an-aosta den chanúint is ea é seo, agus cloíodh leis sna téacsanna.

(d) Bíonn séimhiú ar an réamhfhocal 'do', agus ar a fhoirmeacha forainmneacha tar éis guta nó -l, -r, de ghnáth.

(e) Is minic don scéalaí an t-ainm briathartha a úsáid gan 'a'/'do' a chur roimhe. Sna cásanna sin, ar mhaithe le soiléire, cuireadh uaschamóg roimh an ainm briathartha, m.sh. 'chur; 'dhéanamh.

(f) I measc nithe éagsúla, cloíodh le foirmeacha na LS sna cásanna seo:
   (i)   an ainm;
   (ii) i gan fhios;
   (iii) dtaobh thiar (= [ar an] dtaobh thiar);
   (iv) níosa threise.

(g) Sa chaint díreach, is minic a leithéid 'arsan garsún, ar seisean' a fheiscint. Gné faoi leith do chaint an scéalaí is ea é seo, agus fágadh mar sin sna téacsanna é.

(h) Cuireadh *h* isteach sna téacsanna sna cásanna inar fhágadh an séimhiú ar lár trí dhearmad.

Nóta:

Sna cásanna ina bhfuil lúibíní sna LSS ag na bailitheoirí, fágadh sna téacsanna iad.

Léirítear breiseanna eagarthóra le lúibíní cearnógacha.

Liosta d'Iasachtaí ón mBéarla

1. **Focail Bhéarla**

   agent, all right, class, co-adjutor, cover, crowd, direction, job, journey, jump, landlord, Lord, match, ministir (sic), offer, public house, railroad, reward, ring, Scotch, sentence, set, slur, snap, South Pole, spring, step, strain, sway, temptation, tower, veil, yard.

2. **Focail Bhéarla go bhfuil deirí Gaeilge curtha leo**

   tindeáil, bacáil, beiteáltha, hácaeireacht, joultaeir, joultaeireacht, lófaeireacht, pitseáil, probháil/promháil, scéipeálas, sleaghtaráil, sportáil, spyáil, steideáltha, traibhléireacht, travailéir, warnáil.

3. **Focail Bhéarla a bhfuil litriú Gaeilge orthu**

   aicsearsais/aicsearsaghas/aixircise = exercise, aicsion = action, baitsiléar = bachelor, bearraic = barrack, bhéil = veil, bhel = well, bheist = vest, bhoidg – voyage, Bhintaraí = Ventry, clóca = cloak, criú = crew, Cuaecar = Quaker, draidhbhéir = driver, dúité = duty, fhuip/fuip = whip, filiúit = flute, flít = fleet, peig = peg, planc = plank, preifid = profit, proppartí/propartís = property/properties, ringe = ring, sabhrn/sabhrans = sovereign/sovereigns, seilins/sheilinge = challenge, seicindí = seconds, seó = show, sleais = slash, slinn = ceiling, sliur = slur, sórt = sort, South Pól = South Pole, spiar = spear, spuir = spur, stát = estate, straighn = strain, strop = strap, tramp/trampanna = tramp(s).

A. Scéalta Fiannaíochta

1. AN FEAR MÓR AGUS NA FIANNA

Lá dá raibh Fionn Mac Cumhaill ag siúl dó fhéin is é ina chónaí thiar i bhFionntrá, do chonaic sé an fear mór ag déanamh air is é ag siúl tríd an bhfarraige isteach. Tháinig sórt eagla air nuair a chonaic sé ag déanamh ar an dtigh é, ag teacht ag triall orthu, is dúirt sé le Gráinne císte 'dhéanamh agus an ghreideal a chur istigh sa chíste agus é 'thabhairt le n-ithe dhó. "Raghadsa sa chliabhán," ar seisean, "agus abair leis," ar seisean, "nach mór an t-aos atá agam agus béarfaidh sé orm," ar seisean, "féachaint an bhfuil aon fhiacail agam," ar seisean, "agus deirimse leat má chuireann sé méar im' bhéal go ndíolfaidh as."

Ea! Tháinig sé go dtí an tigh is d'fhiafraigh sé – cad é an t-aixircise (gaisce) a bhíonn acu t'réis dinnéir. An bollán mór cloiche úd amuigh do chaitheamh do dhroim an tí siar is aniar, sin é an t-aixircise a bhíonn ag na Fianna. 'Sea, tháinig sé isteach is d'fhiafraigh sé do Ghráinne cá raibh na Fianna. "Táid siad thall nó abhus anois," ar sise, "n'fheadar ca'il siad." "É! 'bhfuil aon arán beirithe?" "Tá," ar sise.

Bhuail sí chuige an císte aráin, an ghreideal istigh ann; do chrom ar a bheith á chaidseáil¹ as; más ea do bhí sé cruaidh go maith. "Dhera mhuis! is maith cruaidh an t-arán a bhíonn ag na Fianna," ar seisean. "Ní mór dóibh." "Cad é an t-aos an corránach atá sa chliabhán agat?" "Níl sé ach beagán aoise," ar sise. Bhuail sé a mhéar ina bhéal go stracfadh sé an caibín as; do dhún Fionn a bhéal is do lig fiacail ar an ordóig aige agus do tharraing chuige go tapaidh í. "Dheara! nach maith cruaidh an fhiacail atá ag an mbiorránach úd," ar seisean. "Tá," arsa Gráinne, ar sise, "fiacla maithe ag na Fianna." "Cad é an t-aicsearsaghas (gaisce) a bhíonn acu t'réis dinnéir?" "Tá," ar sise, "an bollán mór cloiche san amuigh a chaitheamh 'ar dhroim an tí dhá uair." Ní dúirt sé aon ní ach do rug sé uirthi is do chaith sé do dhroim an tí an bollán mór cloiche.

D'imigh sé ag máirseáil; do bhuail Oscar leis i dTráigh Fionntrá is a bhád amuigh sa chuan aige. Bhí Oscar i dTráigh Fionntrá roimis agus a chasóg mhór air, agus súgán féir thairis aniar agus a chlaíomh agus a shleá aige. D'aon ghnó a chuaigh sé ann féna dhéin go mbeadh triail aige air agus go gcuirfeadh sé an fear mór i ndiaidh a chúil. "N'fheadar an domhan," ar seisean, "ca'il na Fianna, téann díom teacht suas leothu pé áit go bhfuil siad imithe." "Cad ab' áil leat dos na Fianna?" arsa hOscar. "Go dtógfainn liom ar bord árthaigh tréna chéile a bhfuil d'Fhianna in Éirinn," ar seisean. "Tá scéal fuar agat," arsa hOscar, "á rá go gceapfá go mbéarfá na Fianna ar bord árthaigh leat, ní imeochair as an láthair anois go mbeidh triail agam fhéinig ort."

Chaith sé anuas a chasóg mhór agus an súgán féir a bhí thairis aniar agus ba sheo ar a chéilig é fhéin agus an fear mór agus do bhí Oscar go dianmhaith agus go láidir ina choinnibh; agus do chuir an fear mór buille ina luí ar Oscar agus chrom sé ar a bheith ag réabadh ghainimhe óna chosa agus chun ná raghadh sé aon step i ndiaidh a chúil mar ba lag leis dul i ndiaidh a chúil aon

1

step ón bhfear mór agus do chuir sé oiread gainimhe ó bharra taoide i
ndeaghaidh a chúil óna chosa agus a bhfuil do dhuimhche i bhFionntrá ó
shin ardaithe suas ina gcnocánaibh do shéid Oscar óna chosa an lá san i
dTráigh Fionntrá.

Nuair a tháinig sé chuige féin do dhein sé ar an bhfear mór le straighn
is le buile agus le drochmhianach i slí is go raibh sé ag cur gach buille i
bhfórsa air go raibh an fear mór ag beacáil uaidh i ndiaidh a chúil gur
chuaigh sé go dtí an bhfarraige. D'imigh sé amach go dtí go bhfuair sé a
bhonn insan árthach; do bhog sé an t-árthach is a hancairí agus d'imigh sé
chun farraige is níor tháinig sé go hÉirinn ó shin.

2. SCÉAL GHAIRM, MAC FHINN

Bhí Fionn ar a chuaird do féin mar ba ghnáth leis agus do casadh ar thigh
é go raibh óigbhean bhreá istigh insa tigh agus lena chumas gaisce do
chuaigh sé ag triall ar an mnaoi bhreá tríd an bhfuinneoig isteach.

Do dheineadar caitheamh aimsire lena chéilig agus dúirt léithi – nuair a
bhí sé ag fágaint – más mac a bheadh aici, 'chaitheamh trí huaire síos uaithi
insa loch a bhí fé bhun an tí agus má thiocfadh sé é 'thógaint suas go
gradamúil agus mara dtiocfadh gan aon spéis a chur ann. Do ráinig an mac
aici mar dúrthas léithi nuair a tháinig an t-am agus do chaith sí sa loch mar
dúrthas léi agus do dh'éirigh sé ar barra is seo timpeall an locha é. Do rug
air an tarna huair agus do chaith an tarna huair é agus do dh'éirigh ar barra
an tarna huair agus má dh'éirigh do chaith sí síos an tríú huair é agus do
chuaigh sé go tóin an locha an tríú huair. Nuair a dh'éirigh sé an babhta san
bhí dhá bhreac ina dhá láimh aige ag teacht aníos agus tógadh suas go
gradamúil é.

D'fhan mar sin agus do dh'éirigh sé suas chun a bheith ina fhear agus do
ghaibh fear mór an fharraige anoir agus do ghaibh sé trasna ar Fhionn agus
ar na Fianna a bhí ar mhullach cnoic ag aicsearsaghas dóibh féin, agus do
dhein sé isteach ar Fhionn ach do bhain dhá fhiacail de agus chuir chuige
i bpáipéar iad agus do bhuail ina phóca iad, agus níor fhéach aon duine des
na Fianna siar air, bhí an oiread san d'eagla acu roimis agus d'fhág ansan
iad is do chuir do.

Nuair a dh'éirigh Gairm suas ina fhear d'fhiafraigh sé dona mháthair
cérbh é a athair. "Fionn Mac Cumhaill t'athair," arsan mháthair. "Ó!
triallfadsa ar Fhionn Mac Cumhaill," ar sean, "más é m'athair é."

Do ghluais sé – é i bhfoirm gaiscígh. Tháinig sé ar na Fianna agus tháinig
faitíos acu[1] roimis. "Ci'acu agaibh," ar sean, "Fionn Mac Cumhaill?"
'Niseadh dó cérb é Fionn Mac Cumhaill agus do bhí dhá fhiacail as a
cheann. "Tá Fionn Mac Cumhaill mantach," ar seisean, "tá a fhiacla imithe
uaidh." "Tá sé áirithe ag mo mháthair gurb é m'athairse é. Cad a bhain na
fiacla asat?" "A leithéid san," arsa Fionn, "a ghaibh an bóthar a bhain na
fiacla as mo bhéal agus níor fhéach aon duine don bhFéinn siar air bhí an
iomarca eagla roimis." "Bog is briathar orm," ar sé, "bainfeadsa amach an
fear san agus cuirfidh mé iachall air na fiacla a thabhairt duit thar n-ais."
"Cé hé tusa?" arsa Fionn. "'Sé an ainm atá baistithe ormsa ag mo mháthair:
Gairm," arsan mac. " Do chaith sí síos insa loch ghorm[2] mé nuair a bhíos

im' leanbh agus do dh'éiríos aníos aisti na trí huaire agus do thugas dhá bhreac aníos aisti an tríú huair im' dhá láimh liom."

D'imigh an mac uaidh agus do bhí sé ag cuardach is ag siúl agus do chuaigh sé isteach i dtigh feirmeora. "Ca'il do thriall, a fhir mhaith?" arsan feirmeoir. "Mo thriall ar lorg a leithéid so d'fhear 'theastaíonn uaimse é dh'fheiscint." "Tá an fear san ina chodladh le bliain go dtí so," arsan feirmeoir, "agus is gairid go mbeidh sé ina shuí agus tá trí fichid muc ceapaithe agamsa chun dinnéir dó t'réis éiriú dhó." "Is mór é," arsa Gairm.

Bhí sé ag mácaráil[3] (slaughtering) chuig iad a bheith ullamh dó – don bhfear mór chuig dinnéir, trí fichid muc, agus más ea ba mhaith an mhaise san do Ghairm na muca do scriosadh. Do fuair sé fliúit stáin agus do tháinig sé thiar ag a n-eirbeall[4] agus níor dh'fhág aon bhlúire geir ná dulamuss[5] iontu nár shéid astu le fiteán gur scrios sé gach ceann acu. Nuair a bhí san déanta acu do buaileadh ag beiriú [iad] agus is dócha go raibh miasa móra fairsinge feola ann. Tháinig an fear mór agus bord mór feola aige, na trí fichid muc. Do shuigh Gairm ar thaobh boird, os coinne an fhir mhóir. "Ba cheart go bhfaighinnse cuireadh chun dinnéir uaitse," arsa Gairm leis an bhfear mór. "Dhera mhuise! níor chás a rá gur thiarnúil an fear tú a rá go gcuirfeá chuig dinnéir a chaitheamh im' theanntasa, fág an bord." "Ní dh'fhágfad," arsa Gairm, "ná an bord." "Dhera! cad as tú?" ar seisean, "nó cér' leis tú?" "Mac le Fionn Mac Cumhaill is ea mé," arsa Gairm, ar seisean, "agus beidh smut don dinnéar seo agam," ar seisean, "agus ní haon bhuíochas ort é." "Chonacsa cheana Fionn Mac Cumhaill agus na Fianna," arsan fear mór, "agus níor mhór le feiscint iad; do thugas dhá fhiacail as phus Fhinn agus níor dh'fhéach aon duine des na Fianna siar orm." "Dhera ca'il na fiacla?" arsa Gairm, "nó an bhfuil a leithéid agat?" "Tá," ar seisean, "iad anso im' phóca. "Taispeáin dom iad," arsa Gairm. Tharraing sé aníos as a phóca an dá fhiacail agus páipéar casta orthu. "Taispeáin dom iad," arsa Gairm, "go bhféachfad orthu."

D'fhéach Gairm orthu, d'fhéach sé orthu. "Sin iad fiacla Fhinn," arsa Gairm, ar seisean, "agus téann ormsa iad do thabhairt thar n-ais arís chuige." "Scaoil i leith iad," arsan fear mór. "Níl thabharfaidh mé dhuit iad," arsa Gairm, ar seisean, "go mbéarfaidh mé liom iad, agus cuirfidh mé i mbéal Fhinn arís iad mar 'bhainis as iad." Do chaith sé a dhinnéar gan bhuíochas don bhfear mór, is do rugadar araon ar a chéile agus níorbh aon nath ag Gairm an fear mór do bhualadh fé thíos agus bhain an ceann dó. D'fhág ansan é. Do ghluais sé air agus tháinig sé ag triall ar Fhionn agus ar na Fianna agus thug an dá fhiacail leis agus do bhuail sé isteach ar bhéal Fhinn iad agus do bhí Fionn chomh maith agus do bhí sé riamh arís nuair a bhí na fiacla sáite isteach ina phus. "Is lag na fir sibh," ar seisean, "a rá go ligfeadh sibh na fiacla leis an bhfear mór úd." Ní dúirt na Fianna faic ach a gceann a bhualadh fúthu.

B. Scéalta Draíochta

3. BAS BHARRA GHEAL

Bhí dream de mhuintir Uí Néill ag dul i gcogadh fadó agus do bhí garsún cheithre bliana déag ag dul 'on chogadh ina dteannta. Ní raibh a fhios acu go raibh an garsún ag dul 'on chogadh ina dteannta go dtí go rabhadar tamall maith ó bhaile. Ansan dúradar leis go raibh sé ró-óg chun dul in aon chogadh fós agus go gcaithfeadh sé dul abhaile. Dúirt sé sin ná raibh sé ró-óg in aon chor agus nár lú ná raghadh sé abhaile. Pé scéal é, do chuireadar abhaile sa deireadh é dá ainneoin.

"Sea," arsan garsún leis féin, "ó thánag chomh fada so in aon chor ní stadfad riamh is choíche nó go dtabharfad liom Bas Bharra Gheal." Bean an-bhreá dob ea Bas Bharra Gheal.

Chuaigh sé ag triall uirthi agus thóg sé leis í fé pholl ascaill. Bhí an bheirt ag imeacht leo riamh is choíche nó gur casadh maolchnoc leo. Tháinig codladh agus tuirse ar an ngarsún ansan agus dúirt sé le Bas Bharra Gheal faire 'bheith aici air an fhaid is a bheadh sé ina chodladh. Shín sé siar agus do thit a chodladh air.

Ní fada a bhí an garsún ina chodladh nuair a ghaibh fathach mór an treo, san áit chéanna go raibh sé ina chodladh. Is amhlaidh a bhí cuan san áit ina rabhadar agus tháinig an fathach so isteach sa chuan ar bord árthaigh. "Cad a thug anso tú?" arsan fathach le Bas Bharra Gheal. "Thánag anois in aonacht lem' dhearthair agus thit a chodladh air agus caithfead fanacht anso nó go ndúiseoidh sé. Ach cá bhfuil do thriall féin?" ar sise leis. "Tá mo thriall ar Bhas Bharra Gheal," ar seisean, "ach is dóigh liom ná raghad thairis an áit seo mar déanfaidh tusa mo ghnó." "Mo thrua mhór tú," ar sise, "mar dá gcífeá Bas Bharra Gheal ¹ní bhacfa¹ id' dhiaidh mise." "Béarfaidh mé liom tusa mhuise," ar seisean. "Más ea," a dúirt sí, "dúisigh mo dhearthair ar dtúis." Chuaigh sé chuige agus chuardaigh sé gach aon chnámh a bhí ina chorp chun é do dhúiseacht. Bhí codladh gaiscígh ar an ngarsún agus n'fhéad an fathach é do dhúiseacht. "Fágfad ina chodladh é," arsan fathach, agus d'ardaigh sé leis Bas Bharra Gheal an cuan amach ar bord a árthaigh nó gur shrois sé a thír dúchais féin.

Thug an garsún trí lá ina chodladh ina dhiaidh san. Nuair a dhúisigh sé do bhraith sé an bhean imithe uaidh. Do chuardaigh sé gach aon áit don maolchnoc di ach ní bhfuair sé í. Bhí daoine ag dul ag féachaint ar chaoirigh ar an gcnoc céanna agus do chonacadar an garsún ar lorg ruda éigin. D'fhiafraíodar dho sa deireadh cad a bhí sé ar lorg. Dúirt sé go raibh bean ina theannta trí lá roimhe sin agus gur dh'imigh sí uaidh nuair a bhí sé ina chodladh. Dúradar san leis gur tháinig árthach an cuan isteach agus go raibh aon fhathach amháin ar bord agus gurb shin é a thóg leis an bhean 'on fharraige amach.

Chuaigh an garsún ar thóir an Bhacaí Mhóir (ainm an fhathaigh) agus níor stad sé riamh is choíche nó gur bhain sé a thír amach. Bhí a lán príosúnaigh sa tír san ag an bhfathach agus do scaoil an garsún saor iad. Dúirt na príosúnaigh leis go raghaidís agus go maróidís féin an Bacaí Mór.

4

Dúirt sé leo ná raghaidís mar gurb é féin ba chirte dul ag comhrac an fhathaigh agus go maródh sé féin é. Chuaigh sé fé dhéin an fhathaigh agus do thugadar féna chéile lena gclaimhte. "Cuirfeadsa in iúl duitse dá mbeinnse im' dhúiseacht romhat ná tabharfá leat an bhean," arsan garsún leis an mBacaí Mór. Sa deireadh bhí an garsún ag cur na mbuillí i bhfeidhm air.

Bhain sé an ceann don mBacaí Mór agus do thug sé leis Bas Bharra Gheal agus na príosúnaigh go dtína thír dhúchais féin.

Nuair a bhí sé ag teacht abhaile le cois Bhas Bharra Gheal do bhí tigh ar thaobh an bhóthair agus do bhí rince ann agus amhráin dá chanadh go hard. Is amhlaidh do buadh ar mhuintir Néill sa chogadh agus do bhailigh an namhaid isteach sa tigh seo agus do bhí spórt agus aoibhneas acu. Do chuaigh an garsún isteach sa tigh agus do mhairbh sé gach duine acu. Bhí ionadh ar mhuintir Néill nuair a chonacadar an bhean bhreá ag an ngarsún agus bhí ionadh ní ba mhó orthu nuair a d'inis sé dhóibh go raibh an namhaid go léir marbh aige.

4. BEIRT IASCAIRE DHÚN CHAOIN

Bhí beirt iascaire thiar i nDún Chaoin fadó, darbh ainm Seán Ó Briain agus Dónall Ó Catháin. Bhí an bheirt pósta agus bhí clann acu, ach bhíodar go beo bocht.

Lá amháin dúirt Seán Ó Briain le Dónall Ó Catháin dá bhféadfaidís dul anonn go Sasana go bhféadfaidís slí bheatha éigin a bhaint amach dóibh féin. Do bhí Dónall sásta leis an méid a dúirt Seán agus do shocraíodar le chéile ar dhul go Sasana lá áirithe.

Nuair a tháinig an lá, fuaireadar buidéal agus do bhí geanc aráin an duine acu. D'imíodar orthu, agus roimh trathnóna thiar, casadh isteach i dtigh iad. Ní raibh duine ná daonnaí sa tigh san rompu, ach bhí tine agus solas ann. Shín an bheirt sa chúinne agus tar éis tamaill, do thit a chodladh ar Dhónall. Ní raibh codladh ar bith ar Sheán agus mar sin, níor thit a chodladh air.

I gcaitheamh na hoíche, tháinig cat mór isteach agus do shuigh ar lic an tinteáin. Tháinig cat eile, agus cat eile isteach go dtí sa deireadh go raibh lán an tí acu ann. "Is mí-shásta atá Rí Shasana," arsan cat mór a tháinig isteach ar dtús. "Tá a iníon i ndainséar bháis trí bhreoiteacht." "Ní bheadh mar sin," arsan tarna cat a tháinig isteach, "dá bhfaigheadh sí trí deocha as an tobar atá laistiar den tigh seo, bheadh sí leighiste." Chuala an Brianach an chaint seo. Nuair a bhí tamall den oíche caite, d'imigh an cat amach. Shín an Brianach siar sa chúinne agus thit a chodladh air. Nuair a d'éiríodar ar maidin, dúradar le chéile go raibh sé chomh maith acu a mbricfeasta a chaitheamh. "Ólfadsa mo bhuidéal bainne ar fad," arsan Brianach le Dónall. "Ná ól," arsa Dónall "cad a dhéanfair i gcomhair an lae?" "Is cuma liom, arsan Brianach, "ach ólfad é." D'ól sé a bhuidéal bainne, agus ansan d'imigh sé laistiar den tigh agus thóg sé buidéal uisce as an tobar a bhí ann. Bhíodar ag imeacht leo riamh is choíche nó gur casadh isteach go dtí bean siopa i gCóbh iad. Dúirt an Brianach léi gur stróinséirí iad ón dtaobh thiar d'Éirinn agus go rabhadar ag dul go Sasana féachaint an bhfaighidís aon slí bheatha ann. "Níl aon phingin againn," ar seisean, "do ndíolfadh[1] as éinne dúinn."

"Geobhaidh sibh dinnéar agus lóistín agus bricfeasta na maidine uaim, agus fáilte," arsa bean an tí leo, "ach cá bhfuil bhur dtriall?" "Tá ár dtriall," ar siadsan, "go Sasana féachaint an dtuillfimís aon phingin airgid ann. Ach cad a bhéarfaidh ann sinn mura bhfaighimís aon árthach a thógfadh ar thuras farraige sinn?" "Níl aon oíche," ar sise, "ná go dtagann captaen farraige anso chughamsa. Beidh a fhios agamsa an dtógfaidh sé sibh. Má thógann sé sibh déarfad libh ar maidin é."

Tháinig an captaen agus dúirt sí leis go raibh stróinséirí sa tigh aici agus go rabhadar ag dul go Sasana. D'fhiafraigh sí de an dtógfadh sé ar thuras farraige iad. "Tógfad agus fáilte," arsan captaen. "M'áil[2] leo a bheith thíos ag an gcé ar maidin."

D'imíodar leo go dtí an gcé ar maidin agus thóg an captaen isteach ina árthach iad. Nuair a tháinig sé go dtí Sasana, scaoil sé uaidh iad. Nuair a bhíodar istigh i Sasana, dúradar lena chéile go n-imeoidís dóibh féin ar feadh na bliana agus bheith san áit chéanna arís nuair a bheadh an bhliain suas agus pé rud a thuillfidís i rith na bliana, dhá leath a dhéanamh de.

Bhuail fear leis an gCathánach agus d'iarr sé air dul in aimsir chuige ar feadh bliana agus go bhfaigheadh sé sé punt uaidh. Bhí an Cathánach sásta leis an margadh san agus chuaigh sé in aimsir chuige.

D'imigh an Brianach suas go cúirt an Rí. Bhuail sé ar an doras agus tháinig an doirseoir chuige. Chuaigh an doirseoir go dtí an Rí agus dúirt sé leis go raibh ag an ndoras fear a bhí chun teacht isteach. "Lig isteach é," arsan Rí. Chuaigh an doirseoir amach go dtí an doras arís agus lig sé isteach an Brianach. "Cad é an saghas duine tusa?" arsan Rí, "agus cad a thug anseo thú?" "Ábhar dochtúra is ea mise," arsan Brianach, "agus do thánag chun d'iníon do leigheas."

Thug an Rí isteach go seomra na mná óige é. Thóg an Brianach amach a bhuidéal agus thug sé deoch as an mbuidéal di. Ní túisce a fuair sí an deoch ná thóg sí aniar a ceann. "Ní raibh m'iníon riamh chomh maith ó buaileadh breoite í agus atá sí anois," arsan Rí. "Ó! is gearr go mbeidh sí leighiste anois agam, " arsan Brianach. Thug sé an dara deoch di agus d'éirigh sí aniar sa leaba. "Is fearr ná san an feabhas atá anois uirthi," arsan Rí. "Ní fada uaithi a bheith leighiste anois," arsan Brianach. Shín sé an tríú deoch chuici agus nuair a bhí sé ólta aici d'éirigh sí amach as an leaba. "Tá sí leighiste agam anois," arsan Brianach. "Is tú an dochtúir is fearr a chonac riamh," arsan Rí. "Níor dhein aon dochtúir a tháinig ag féachaint uirthi aon mhaitheas di go dtí tú féin agus is mór an t-airgead atá caillte agamsa leo. An mór é do dhíol?" "Níl fhios agam," arsan Brianach "fágfad fút féin é." "Tabharfad míle punt duit," arsan Rí, "an bhfuilir sásta?" "Ba cheart go mbeinn," arsan Brianach. Bhí bia maith aige i rith na bliana san. Nuair a bhí a bhliain thuas aige do chuaigh sé ag lorg an Chathánaigh.

Nuair a bhuaileadar lena chéile, dúirt an Brianach leis an gCathánach go raibh a bhliain tugtha go maith aige féin. "Níl mo bhliain tugtha ar fónamh agamsa mhuise," arsan Cathánach "'sé mo phá ná sé phunt."

"Tá iníon an Rí leighiste agamsa," arsan Brianach, "agus fuaireas míle punt ón Rí mar phá. Dob é an margadh a dheineamar le chéile i dtosach na bliana ná dhá leath a dhéanamh den mhéid airgid a bheadh againn. Seo dhuitse cúig chéad punt," ag síneadh an airgid chun an Chathánaigh. Bhí an-áthas ar an gCathánach nuair a fuair sé cúig chéad punt gan aon choinne aige leis.

"Tá sé chomh maith againn dul abhaile anois," a dúradar lena chéile. Do ghluaiseadar le chéile chun teacht abhaile. Nuair a bhíodar tamall don mbóthar dhein an Brianach cuimhneamh go raibh sé ró-luath aige Sasana d'fhágaint. "Seo an cúig céad eile dhuit, agus tabhair dom' bhean agus dom' pháiste iad. Nuair a bheir i gCóbh, cuimhnigh ar an mbean úd a thug dinnéar agus lóistín dúinn a dhíol." "Déanfad," arsan Cathánach. Do ghlac an tsaint é gus níor dhíol sé an bhean ná níor thug sé an chúig chéad punt do bhean an Bhrianaigh.

Nuair a tháinig an Cathánach go Dún Chaoin, chuir sé amach as a gcuid talún a raibh de dhaoine bochta ann. Thóg sé féin cúirt mhór agus bhí duine ó gach tigh ag obair aige gan aon phá, agus bhíodh saighdiúirí aige ag dul ag triall orthu.

D'imigh an Brianach agus chuaigh sé isteach i dtigh mór. Bhí buachaill agus beirt chailín istigh roimis. D'iarr sé lóistín na hoíche orthu. Dúirt an buachaill go bhfaigheadh agus fáilte. Nuair a d'éiríodar ar maidin chaitheadar a mbricfeasta. Nuair a bhí a mbricfeasta caite acu, dúirt an Brianach go raibh sé in am aige féin 'bheith ag imeacht. Dúirt an buachaill dá bhfanfadh sé sin agus dá raghadh sé chuig an tigh mór a bhí ansiúd amuigh go bhfaigheadh sé chúig phunt uaidh. Chuaigh an Brianach 'on tigh mhór³ an oíche san. Bhí tine agus solas aige. I gcaitheamh na hoíche, bhraith sé rud éigin thíos fén lic i gcúinne an tí.

Nuair a tháinig an mhaidin do chuaigh sé go dtí an mbuachaill. "Ar bhraithis aon rud sa tigh mhór aréir?" arsan buachaill leis. "Do bhraitheas," arsan Brianach, "ach níor dheineas aon ní dó." "An bhfanfá anocht agam?" arsan buachaill, "agus tabharfad cúig puint eile dhuit?" "Fanfad," arsan Brianach.

Chuaigh sé 'on tigh mhór an dara oíche agus bhraith sé rud éigin ní ba mhó an dara oíche ná an chéad oíche. Chuaigh sé go dtí an buachaill ar maidin agus d'fhiafraigh an buachaill de ar bhraith sé aon rud sa tigh mhór. Dúirt an Brianach gur bhraith sé rud éigin ní ba mhó ná an chéad oíche. "An bhfanfá anocht agam agus tabharfad cúig puint eile dhuit?" arsan buachaill. "Fanfad," arsan Brianach. Chuaigh sé 'on tigh mhór an tríú oíche. I gcaitheamh na hoíche, do chonaic sé an leac ag corraí. D'éirigh fear ón lic. "Is maith cluthair an áit ina rabhais thíos faoin lic san, a fhir mhaith," arsan Brianach. "Dé bheatha id' shláinte," arsan fear a bhí thíos faoin lic. "Is é do leithéid a bhí uaim, fear a labharfadh liom."

"Níor dheineas-sa aon uacht," ar seisean tar éis tamaill. "Abair lem' mhac go rabhas ag caint anocht leat agus abair leis tigh uachtarach na sráide a thabhairt do m'iníon chríonna agus tigh íochtarach na sráide a thabhairt do m'iníon óg, agus an tigh seo a bheith aige féin. Agus abair leis arís go bhfuil soitheach óir thíos faoin lic seo agus an tsoitheach do roinnt idir tusa agus é féin agus mo bheirt iníon."

Nuair a tháinig an mhaidin, chuaigh an Brianach go dtí an mbuachaill arís. D'fhéach an buachaill air agus chonaic sé go raibh cuma suaite air. "Conas a chuiris an oíche aréir isteach?" arsan buachaill leis. "Tá cuma an-shuaite ort tar éis na hoíche." "Ní haon ionadh go bhfuil cuma suaite orm tar éis na hoíche,'' arsan Brianach, "mar do chonac t'athair aréir. Dúirt sé leat tigh uachtarach na sráide a thabhairt dá iníon chríonna agus tigh íochtarach na sráide a thabhairt dá iníon óg. Dúirt sé leat leis go raibh soitheach óir thíos faoin lic seo, agus an t-ór do roinnt ar an gceathrar againn.''

Do dhein sé mar a dúirt an Brianach leis agus nuair a fuair an Brianach an t-ór, fuair sé crios leathair agus chuir sé an t-ór[4] isteach inti agus chuir sé timpeall a dhroim í. Dúirt sé leis féin ansan go raghadh sé abhaile go dtína bhean agus a pháistí. D'imigh sé leis agus ní fada a bhí sé nuair a tháinig triúr bithiúnach ina dhiaidh agus dúradar leis an t-airgead a chur amach nó go lámhfaidís é. Dúirt an Brianach leo ná raibh aon ór aige le tabhairt dóibh. Dúradar san leis gur ór a bhí sa chrios agus é a chur amach go tapaidh. Tháinig eagla air rompu agus shín sé chucu an t-ór.

D'imigh na bithiúnaigh orthu agus ní fada a bhíodar nuair a tháinig fear agus capall iallaite ina ndiaidh, agus bhain dóibh an t-ór. Chas sé ar an mBrianach agus thug sé dó an t-ór. D'imigh an fear ansan agus tar éis tamaill tháinig sé i ndiaidh an Bhrianaigh arís. "Cuir amach an t-ór,"[4] arsan fear leis. "Is dócha," arsan Brianach, "gurb amlaidh ná fuil sé ceapaithe dom. Ní go ró-chruaidh a thuilleas é agus seo dhuit é.'' Thóg an fear an t-ór uaidh agus d'imigh sé air. Tháinig sé go dtí an mBrianach arís agus labhair sé leis agus dúirt: "an bhfuil a fhios agat cé hé mise?" "Níl 'fhios agam,'' arsan Brianach. "Is mise an fear go rabhais ag caint leis sa tigh mhór aréir,'' ar seisean. "Is mise a chuir na bithiúnaigh chughat féachaint an raibh aon dúil agat san ór agus ní folair nó níl.

Do thánag féin chun an t-airgead a bhaint díot mar dhea féachaint an raibh aon dúil agat ann agus nuair a chonac ná raibh bhíos chun maitheas a dhéanamh duit. Seo brat duit.'' "Cad é an mhaith atá insan mbrat san?" arsan Brianach. "Tá,'' ar seisean, "an áit ina leagfar amach é, beidh dóthain Rí agus Ridirí ann. Seo bosca duit.'' "Cad é an mhaith atá sa bhosca san?'' arsan Brianach. "Tá,'' arsan fear "aon áit ina mbéarfaidh cás cruaidh, scríob an bosca agus léimfidh saighdiúirí amach chughat agus abair leo do namhaid a mharú agus déanfaid.'' Thug sé a chuid óir thar n-ais don mBrianach arís agus d'imigh sé as a radharc fé mar a shluigfeadh an talamh é.

Tháinig an Brianach abhaile go dtí Cóbh agus chuaigh sé isteach go dtí bean an tsiopa a thug lóistín dóibh nuair a bhíodar ag dul go Sasana. "Ar ghaibh an Cathánach chughat?'' ar seisean le bean an tsiopa. "Níor ghaibh,'' ar sise. "Ba cheart go dtiocfadh muise,'' arsan Brianach. "Bhí míle punt aige ag fágaint Shasana agus dúrtsa leis tú a dhíol. Díolfad féin thú,'' ar seisean agus do dhíol sé í. "Níl neart agam morán cainte a dhéanamh leat anois,'' ar sise. "Beidh aonach anseo amáireach agus caithfead 'bheith ag ullmhú bídh i gcomhair na ndaoine a bheidh ag teacht chugham.'' "Ní gá duit an deabhadh ar fad a bheith ort,'' ar seisean. "Seo brat duit agus leag ar an mbord é agus beidh bia a ndóthain ag na daoine a thiocfaidh ag triall ort.''

D'fhan mar sin go dtí amáireach; do leag sí an brat ar an mbord agus d'ith gach éinne a dhóthain a tháinig ag triall uirthi. Nuair a tháinig an oíche tógadh an brat den bhord. "Is tú an fear is fearr dá bhfaca riamh,'' arsa bean an tí. "Tá deich bpuint sochair díolta agam anocht de bharr an bhrait san a thugais dom.''

Nuair a bhí sé ag imeacht abhaile ar maidin thug sí lón dó a bhéarfadh abhaile é. Bhí sé ag cur an bhóthair dhe nó gur shroich sé Dún Chaoin. Bhuail sé isteach i gcaitheamh na hoíche sa tigh. Ní raibh aon eochair ar an ndoras nuair a chuaigh sé isteach.

"Éirigh id' shuí," arsan mháthair lena mac, "b'fhéidir gurb é t'athair atá tagtha." D'éirigh an mac agus dúirt sé lena mháthair gurb é a athair a bhí tagtha. D'éiríodar go léir ansan.

"Is dócha ná fuil tusa chomh saibhir leis an gCathánach," arsa bean an Bhrianaigh. "Tá Dún Chaoin go léir faoi smacht aige lena chuid airgid." "Is dócha go bhfuil ocras oraibh," ar seisean. "Nílimíd ró-shaor uaidh," ar sise. Do leag sé a bhrat ar an mbord agus tháinig a ndóthain bídh ar an mbrat.

"Téirse a chodladh," ar sise lena mac, "mar caithfir éirí luath chun dul ag obair go dtí an gCathánach." "Ní raghaidh sé chuige," arsan t-athair. "Caithfidh sé dul," arsan mháthair, "nó beidh saighdiúirí chuige." "Pé saighdiúirí a thiocfaidh chuige ní raghaidh siad ró-shaor as," ar seisean. D'fhan an mac ina chodladh ar maidin. Tháinig saighdiúirí chuige agus dúradar leis 'bheith amuigh.

D'éirigh an Brianach agus scríob sé a bhosca. Tháinig saighdiúirí amach chuige chomh tiubh le nóiníní bána.

"Caithíg iad, caithíg iad," arsan Brianach leis na saighdiúirí. Do thiomáin na saighdiúirí an Cathánach agus a mhuintir ó thuaidh agus n'fhaca éinne an Cathánach riamh ó shin. Thug an Brianach a chuid talún do gach éinne i nDún Chaoin arís.

5. AN BRAIMICHÍN GIOBALACH

Bhí rí ann fadó go raibh triúr mac aige. Tháinig éan chucu ar an bhfuinneoig maidin lae Bhealtaine. D'imigh an triúr mac i ndiaidh an éin agus chuaigh sé síos i bpoll fé thalamh tráthnóna uathu. Nuair a dh'imigh sé síos sa pholl uathu ní raibh 'fhios acu cad a dhéanfaidís. Bhí coill in aice leo agus dheineadar téad don bhféar garbh a bhí sa choill agus dheineadar cliabh do ghéaga na gcrann.

Dúirt an fear óg leis an bhfear críonna gurb é a gheobhadh an talamh i ndiaidh a athar agus gur air a bheadh dul sa pholl. Dúirt an fear críonna é 'tharrac aníos nuair a bhí sé tamall síos sa pholl. Dúirt an fear óg leis an tarna mac gurb é a gheobhadh an talamh dá gcaillfí an mac críonna agus gur air a bhí dul 'on pholl. Dúirt an tarna mac é féin a tharrac as an bpoll agus níor chuaigh sé chomh fada leis an bhfear críonna in aon chor. Dúirt an tríú mac ansan gur air féin a bhí dul sa pholl. Dúirt sé leo dá ndéarfadh sé leo é 'tharrac, gan é 'tharrac. Scaoileadar síos agus tháinig sé amach i dtír eile thíos. Tháinig sé amach as an gcliabh agus d'imigh sé ar fuaid na tíre. Casadh isteach i dtigh é agus chuir bean an tí fáilte roimis. Fuair sé bia agus deoch uaithi.

D'fhiafraigh sí dhó cá raibh a thriall. "A leithéid seo d'éan a tháinig ar an bhfuinneoig chughainn maidin lae Bhealtaine agus leanamar é. Tháinig sé anuas sa pholl agus dheineamar téad agus cliabh. Ní raibh sé do mhisneach ag éinne dom' bheirt dearthár teacht anuas sa pholl ach mé féin." "Tá an t-éan san ag a leithéid seo do rí agus tá iníon ag an rí san leis, ach

conas a raghairse go dtí an rí san?'' ''N'fheadar,'' a dúirt sé, ''ach caithfidh
mé tabhairt fé.'' ''Imigh ort amach,'' a dúirt sí, ''agus tá stábla amuigh agus
tá trí capaill agus trí shrian ann. Croith an tsrian agus pé capall a chuirfidh
a cheann sa tsrian tabhair leat é.'' D'imigh sé amach agus chroith sé an tsrian
agus cad a chuirfeadh a cheann ann ach Braimichín Giobalach. Bhí dhá
chapall bhreátha eile ann ach ní hiad a chuir a gceann sa tsrian. Thóg sé
amach ceann an Bhraimichín Giobalach as an srian agus chuaigh sé isteach
go dtí bean an tí arís. ''Ar thugais an capall leat?'' ar sise. ''Níor thugas,''
ar seisean, ''mar 'sé an capaillín giobalach a chuir a cheann sa tsrian agus
níor thaithin sé liom.'' ''Ná dúrt[1] leat,'' ar sise, ''pé capall a chuirfeadh a
cheann sa tsrian é 'thabhairt leat. Imigh ort amach arís agus pé capall a
chuirfidh a cheann sa tsrian tabhair leat é.'' D'imigh sé amach arís agus 'sé
an Braimichín Giobalach a chuir a cheann sa tsrian.

Thóg sé amach arís as é agus tháinig sé isteach go dtí bean an tí. ''Imigh
amach arís,'' ar sise, ''agus pé capall a chuirfidh a cheann sa tsrian tabhair
leat é.'' D'imigh sé amach arís agus 'sé an Braimichín Giobalach a chuir a
cheann sa tsrian. Thug sé leis é ar éigean. ''Preab in airde orm,'' arsan
Braimichín Giobalach, ''agus beidh a fhios agam an b'aon mharcach maith
thú.'' Chuaigh an Braimichín Giobalach in airde fés na scamallaibh ach
choimeád an marcach an droim aige. D'imíodar agus chuadar 'on Domhan
Toir. ''Imigh anois isteach go dtí an rí,'' arsan Braimichín Giobalach, ''agus
abair leis gur ag triall ar a iníon agus ar an éan a bhí aige a tháinig tú. Abair
leis cruithneacht dearg agus fíoruisce agus stábla a thabhairt dod'
chapaillín.'' Chuaigh sé isteach go dtí an rí ansan agus d'fhiafraigh sé an
iníon agus an t-éan air. ''Imigh ort go dtí m'iníon agus dein féin margadh
léithi,'' arsan rí. D'imigh sé leis go dtí an iníon agus d'fhiafraigh sí dó cad
a bhí uaidh. Dúirt sé léi gurb í féin a bhí uaidh. ''Geobhair mise le breith
leat,'' ar sise, ''má réitíonn tú trí ceisteanna a chuirfidh mé ort agus mara
réiteoidh beidh do cheann agam.'' ''Cad iad na trí ceisteanna?'' ar seisean.
''Beidh ar m'athair dul i bhfolach trí lá,'' ar sise, ''agus má gheibheann tú
amach é beidh leath domhsa agat. Beidh ort féin dul i bhfolach ansan trí lá
eile.''

Chaitheadar in airde le chéile féachaint cé air a bheadh dul i bhfolach an
chéad lá. Thit sé ar an rí dul i bhfolach an chéad lá. ''Ná faighíg puinn dá
dhua anois,'' arsan Braimichín Giobalach. '''Sé an áit go bhfuil sé ná ar an
dtaobh amuigh do dhoras ina ubhall sa chnocán aoiligh.'' Rug sé ar an bpíce
chun an cnocán aoiligh a chaitheamh as an áit mar dhea. Dúirt an iníon leis
an cnocán aoiligh dh'fhágaint mar a bhí sé. Dúirt sé leo gur mhór an náire
dhóibh cnocán aoiligh a bheith ar an dtaobh amuigh de dhoras acu. Fuair
sé an t-ubhall san aoileach agus dúirt sé gur bhreá an t-ubhall é sin. ''Ubhall
é sin a chailleas-sa,'' ar sise, ''tabhair dhom é.''

''Ní thabharfad,'' ar seisean. ''Geobhaidh tú a leath,'' agus rug sé ar an
scian chun dhá leath a dhéanamh dho. Chuir sé an scian ar an ubhall agus
léim an rí amach as. ''Tá trian dod' iníon agam,'' ar seisean. ''Tabhair
cruithneacht dhearg agus fíoruisce dom' chapaillín.'' Tugadh cruithneacht
dhearg agus fíoruisce dá chapaillín. Ar an marcach a bhí dul i bhfolach an
lá ina dhiaidh san. ''Sea anois,'' arsan Braimichín Giobalach, ''tarraing an
ribe seo óm mhuing (?), téir isteach ina ionad agus tarraing an ribe id'

dhiaidh arís." Bhíodar á lorg i rith an lae agus níorbh fhéidir leo é 'fháil. "Sea anois," arsan Braimichín, "tar amach mar tá an lá caite. Abair leo gur caite cois poirt a bhís féin ó mhaidin agus abair leo cruithneacht dhearg agus fíoruisce a thabhairt dod' chapaillín." Ar an rí a bhí dul i bhfolach amáireach agus dúirt an Braimichín leis gur istigh i seoid a bhí i mbrollach na hiníne a bheadh sé. I gceann tamaill dúirt an iníon leis go raibh sé in am aige dul ag cuardach a hathar.[2] "Tá mo dhóthain aimsire agam," ar seisean ag tabhairt snap ar an seoid. "Tabhair dom é sin," ar sise. "Ní gheobhair ach a leath," ar seisean ag tarrac chuige a scian agus á chur ar an seoid. Do léim an rí amach. "Nach ait an áit a bhís," ar seisean, "dhá thrian dod' iníon agam anois." Air féin a bhí dul i bhfolach amáireach. Chuaigh sé isteach in eirbeall an Bhraimichín ansan. Bhíodar á lorg go hoíche. "Éirigh amach anois," arsan Braimichín, "tá siad siúd traochta ó bheith dod' lorg. Abair leis cruithneacht dhearg agus fíoruisce a thabhairt dod' chapaillín agus go bhfuil trí thrian dod' iníon agat." Is ar an rí a bheidh dul i bhfolach amáireach. "Ní gá dhuit morán dá dhua a fháil," arsan Braimichín, "mar beidh sé sin ina lacha mhór bhacach i ndeireadh lachan eile agus caith leis an ngunna í agus éireoidh sé amach chughat." Do dhírigh sé an gunna ar an lacha mhór bhacach agus léim an rí amach chuige. Ar mhac an rí a bhí dul i bhfolach an tríú lá. Dúirt an Braimichín Giobalach leis an tairne (?) a bhí ina chrú dheas deiridh a tharrac agus dul isteach ina ionad agus tairne a tharrac ina dhiaidh arís. " Ach mo thrua mise inniu," arsan Braimichín Giobalach, "mar ní fhágfar ribe clúimh ná leathair orm ach mo thruasa an té a thiocfaidh fén chois dheas dheiridh." Do chuadar ag cuardach an Bhraimichín Ghiobalach mar shíleadar go raibh bua éigin aige. Níor dh'fhágadar ribe clúimh ná leathair air gan bhaint dhe. Do chuaigh duine acu féna chois dheas deiridh ach thóg an Braimichín an chos agus chuir sé síos fén stábla é ar chnáimh a dhroma. Do stadadar ansan den gcuardach. "Éirigh amach anois," arsan Braimichín, "agus abair leis an rí [3]go mhór[3] an náire dhó an íde san a thabhairt ar do chapaillín agus abair leis cruithneacht dhearg agus fíoruisce a thabhairt dom. Abair leis go bhfuil an t-iníon buaite agat agus déarfaidh sé leat go bhfuil." Do chuadar a chodladh agus dúirt an Braimichín leis go rabhadar ina gcodladh agus an t-éan agus an t-iníon a thabhairt dó. D'imigh sé agus bhuail sé chuige an t-iníon agus an t-éan. Do phreabadar in airde ar an mBraimichín agus do ghluaiseadar orthu. Do bhraith an rí imithe iad agus do ghluais sé féin agus a chuideachta ina ndiaidh. "Tá siad inár ndiaidh," arsa mac an rí. "Sáigh do lámh im' chluais agus tarraing amach buidéilín agus caith id' dhiaidh é." Do dhein loch mór uisce dhon áit nuair a chaith ina dhiaidh an buidéilín. Nuair a tháinig an rí go dtí an loch n'fhéadfadh sé dul thairis san. "Ar thugais leat an cupán?" arsan rí. "Níor thugas," arsa duine acu. "Imigh," arsan rí, "agus tabhair leat agus imigh," ar seisean. "Do imíos," ar seisean. "An dtugais leat é?" arsan rí. "Do thugas," arsan duine eile. Thaoscadar an loch agus chuadar i ndiaidh an Bhraimichín arís. "An bhfuil siad id' dhiaidh?" arsan Braimichín. "Táid," arsa mac an rí. "Caith id' dhiaidh an buidéilín atá im' chluais," arsan Braimichín. Do dhein caor tine dhon áit ansan. "An dtugais leat an cupán?" arsan rí "go múchaimís an tine?" "Níor thugas." "Ar dh'imís?" arsan rí. "D'imíos." "An dtugais leat é?" arsan rí. "Thugas," ar seisean. "Mhuise, Dé bheatha id' shláinte, is nach fada 'bhís,'' arsan rí. Mhúchadar an tine leis an uisce agus leis an gcupán. Nuair a bhí an tine múchta acu do chuadar i ndiaidh an Bhraimichín arís. Bhí an Braimichín sroiste ina thír féin sarar thángadar suas leis arís. Chuaigh sé go dtí bean an tí. D'imigh sé go dtí an poll leis an éan agus leis an iníon. Bhí an bheirt deartháir ag faire sa pholl ar feadh an bhliana[4] a bhí an deartháir óg amuigh. Ghluais sé go bun an phoill agus chraith sé an téad a bhí ag teacht anuas as.

D'fhiafraigh na deartháracha do an raibh aon rud aige. Dúirt sé go raibh an t-éan agus iníon an rí. "Cuir an t-éan agus iníon an rí 'on chliabh ar dtúis go dtarraingeoimid iad," ar siadsan. "Tá Spáinnéirín madra sa tigh agam agus má chuimlíonn sé a theanga duit is baolach ná cuimhneoidh tú ormsa ach cosain tú féin air agus ní baol duit é. Nuair a bheirse thuas acu ní tharraingeoidh siad mise in aon chor." Chuadar abhaile agus d'fhiafraigh a n-athair dhóibh cá raibh a ndeartháir óg. Dúradar leis gur maraíodh é sa chéad chath a throideadar. Chuir iníon an rí ceangal ar an mac críonna gan í féin a phósadh go ceann bliana. D'fhan mar sin go dtí go raibh an bhliain nach mór suas. Dúirt an Braimichín leis an mac óg go gcuirfeadh sé ar barra é i ndeireadh na bliana. Chuir sé ar barra é agus chuaigh sé go dtí cúirt an athar. D'aithin gach éinne acu é nuair a tháinig sé abhaile. Chaith an bhean óg crisín ar chom bhean an rí. Nuair a bhí an crios ar chom na mná dúirt an bhean óg: "cé leis an mac críonna?" Dúirt sí gur leis an rí é. "Fáisc a chrisín, fáisc," arsa iníon an rí. D'fháisc an crisín ar chom na mná. "Cé leis mac an rí?" arsa iníon an rí arís. "Leis an rí," arsan tseanbhean. "Fáisc a chrisín," ar sise arís. D'fháisc an crisín go dtí ná féadfadh sí aon fhocal cainte a labhairt. "Bog an crisín," arsan tseanmhnaoi. "is le Micí na Muc é." "Cé leis an tarna mac?" arsan iníon. "Leis an rí," arsan tseanmhnaoi. "Fáisc a chrisín, fáisc a chrisín," arsan iníon arís. "Cé leis an tarna mac?" ar sise arís. "Le Gráiméir na gCapall," arsan tseanbhean. "An mac ceart don rí an tríú mac?" arsan iníon ag fáisceadh an chrisín. Ní fháiscfeadh an crisín níosa mó. Dúirt sí gur mac ceart dhon rí an tríú mac. Do dhíbir an rí an bheirt chríonna ón dtigh i dteannta a bhean[5] féin agus pósadh an mac óg agus iníon rí an Domhan Toir le chéile agus mhaireadar go sona sásta as san amach.

6. BUACHAILL A FUAIR PÍOSA HOCHT TUISTIÚN ÓN SAGART AGUS A PHÓS INÍON BHITHIÚNAIGH

Bhí buachaill fadó ann, agus bhí sé féin agus an sagart mór le chéile agus duine bocht ab ea é ná raibh aon tslí maireachtaint aige ach ag triall dó fhéin. Buachaill breá slachtmhar ab ea é. D'imigh sé agus chuaigh sé go dtí an sagart agus d'inis sé an scéal dó go raibh sé chun imeacht ag traibhléireacht agus gur mhaith leis a chomhairle dh'fháil agus a bheannacht.

"Seo leath-choróin duit – píosa hocht tuistiún duit," arsan sagart, "agus ná dein aon úsáid dóibh, mara mbéarfaidh an scéal an-chruaidh ort."

Bhuail chuige é, d'imigh insa tsiúl agus bhí sé ag cur dho. Agus do bhí an t-áitreabh fairsing insan am san nárbh fhuiriste b'fhéidir teacht suas le lóistín na hoíche. 'Sé an áit gur casadh é i gcomhair na hoíche ná isteach i dtigh bithiúnach. Bhí bean an tí agus iníon di istigh nuair a chuaigh sé isteach is d'iarr sé lóistín na hoíche. Dúirt an bhean chríonna ná raibh aon tslí isteach d'éinne chun f'reach go lá ann. "A!" arsan t-iníon,[1] "ní dhéanfaidh an buachaill seo aon díobháil dúinn agus fág istigh é. Níl aon áitreabh le fáil anois aige i gcomhair na hoíche agus ní dhéanfaidh sé aon chrosadh." D'fhágadar istigh é agus chuireadar chun codlata é tar éis dinnéar dh'fháil. Tháinig an triúr mac a bhí ag an mbithiúnach agus é féin isteach agus ainmhí eatarthu. Leagadar an t-ainmhí ar an urlár agus theastaigh uathu scian dh'fháil, agus bhíodar ag lorg na scine. Chuadar síos 'on tseomra ag lorg na scine agus chonacadar an buachaill ina chodladh sa leabaidh sa tseomra. "Cé hé sin thíos?" arsan t-athair leis an iníon agus leis an mnaoi. "Ní dhéanfaidh sé sin aon chrosadh," a dúirt an t-iníon,[1] "ligíg dó féin." "Ní ligfear dó," arsan t-athair, "caithfidh sé éiriú."

D'éirigh sé aníos, agus do rug ar scian agus níorbh fhearr a dhíol ar aon bhithiúnach déanamh ar an ainmhí ná air, chun na seithe a bhaint anuas. Caitheadh corcán feola ar an dtine; bhí an oíche fé fheoil agus fé bhia acu. Agus nuair a tháinig an mhaidin do ghluais mo bhuachaill ag imeacht dó féin. Do ghluais ina dhiaidh fear agus capall iallaite aige. "Cár chodlaís aréir, mo bhuachaill maith?" ar seisean. "Chodlas[2] ina leithéid seo do thigh," a dúirt an buachaill. "Dhera! cogar," ar seisean, "nach tigh bithiúnach é sin?" "Á! n'fhacasa aon bhithiúntaíocht sa tigh san," ar seisean. "Deirimse go bhfacaís," ar seisean, "más ann a chodlaís." "Deirimse ná faca," arsan buachaill, "agus ná raibh aon bhithiúntaíocht acu, ach chomh macánta le haon tigh gur shiúlaíos riamh ann." "Ní chreidim tú," a dúirt fear an chapaill "'raibh aon chailín óg sa tigh?" "Do bhí," ar seisean. "Cogar," ar seisean, "cad déarfá, an bpósfá an cailín?" "Ní bhfaighinn aon locht uirthi," a dúirt an buachaill thar n-ais mar sin.

D'fhill sé thar n-ais lena chois. Pósadh é fhéin is an cailín le chéilig insa tigh. Thug sé ansan trí bliana ina bhfochair agus dob' fhada leis é. "Dhera!" ar seisean, "tá aimsir mhór tugtha anso agam, agus," ar seisean, "b'fhearr liom go mbeinn imithe." "Taibhsítear duit imeacht," a dúirt athair na céile. "Ó! taibhsítear," ar seisean, "tá sé in am agam imeacht feasta." D'imigh an fear críonna síos agus do thug sé leis aníos céad punt agus chomharaigh sé ar an mbord é. "Bíodh an méid san agat," ar seisean, "ag imeacht duit." D'fhéach sé ar athair na céile. "Cogar," ar seisean, "b'fhearr liom aon leathchoróin amháin a thuillfeá le hallas do ghéag," ar seisean, "ná do chéad punt."

Tháinig iontas ar athair na céile, nuair a dúirt sé go mb'fhearr leis leathchoróin a thuillfeadh sé le hallas ná an céad punt.[3] D'imigh sé ar maidin go moch agus do chuaigh sé isteach 'on bhaile mór agus 'sé an chéad tigh a bhí ina shuí – gabha a bhí ann. "Cad 'tá uait?" arsan gabha. "Tá job lae uaim," ar seisean. "Téanam," arsan gabha, "agus tabharfadsa job an lae dhuit."

Chuaigh sé ag séideadh bholg agus ag urlaíocht agus ní raibh aon bhlúire dona chroiceann ná go raibh brat allais air ó mhaidin go dtí an oíche. Shín sé leathchoróin tráthnóna chuige. "Sin leathchoróin duit," ar seisean, "agus mara[r] tuilleadh le hallas í, ní tuillfear aon leathchoróin go brách." "Is fearr liom í sin," a dúirt an fear óg, "ná do chéad punt." D'imigh sé – an fear óg is a bhean. D'fhág sé ansan iad, agus bhí slatairí garsún ag iascach thíos ar Abha Bhaile an Mhuilinn agus slat iascaigh acu. Mharaíodar bric bheaga ann, agus do bhí dosaen breac ag garsún acu. D'fhiafraigh sé dho an ndíolfadh sé na bric bheaga. Dúirt an garsún go ndíolfadh. Cheannaigh sé an dosaen breac. D'imíodar soir agus tá seilteán ansan thoir ag tigh Flaithimh agus dúirt an buachaill leis an mnaoi go mb'fhearr na bric bheaga do ghlanadh ag an seilteán so, pé tigh go stadfaidís go mbeidís oiriúnach acu le cur ag beiriú i gcomhair na hoíche. Bhuaileadar fúthu ansan agus thug sé scian don gcailín agus an chéad bhreac a scoilt sí fuair sí péarla istigh ann. "Féach," ar sise, "cad 'tá anso." "Is maith an rud é sin, a chailín," ar seisean. Bhí péarla óir ins gach breac acu. Bhí dosaen péarla óir aige. D'imíodar soir 'on bhaile mór agus má imíodar bhuail sé fén dtigh ólacháin. Fuair sé óstaíocht na hoíche ann.

Tharraing sé chuige an péarla óir i gcaitheamh na hoíche. D'fhiafraigh sé dho an gceannódh sé an péarla óir. "Dhera! cogar," ar seisean, "n'fhéadfainnse an péarla san a cheannach uait." "'Bhfuil a fhios agat cad is fiú é?" a dúirt an buachaill. "Tá a fhios agam go dianmhaith," a dúirt fear an tsiopa. "Is fiú míle punt é." "Ach más ea," ar seisean, "N'fhéadfainn é 'cheannach uait." "Bhfuil a thuilleadh agat acu?" "Tá," ar seisean, ag ainmniú do dosaen ceann acu. "Tá Cuaecar mór insa chathair," ar seisean, "is n'fhéadfadh éinne eile iad do cheannach uait ach é, agus imigh agus dein margadh leis." D'imigh sé agus rug sé leis an péarla go dtí an Cuaecar.

"An gceannófá é sin uainn?" ar seisean. "Ceannóidh mé," arsan Cuaecar. "Cad a thabharfair dom air?" ar seisean. "Ae! n'fheadar," arsan Cuaecar, "ach cad atánn tú ag lorg air?" "Ae! n'fheadar," arsan buachaill, "cad is fiú é, ach fágfaidh mé fút fhéin é." "Tabharfaidh mé hocht céad punt air," ar seisean, "agus is fiú a thuilleadh é. 'Bhfuil a thuilleadh agat acu?" "Tá," ar seisean, "dosaen ceann ar fad agam." "'Bhfuil a fhios agat anois," arsan Cuaecar, "cad a dhéanfaidh mé leat? Tabharfaidh mé trí cinn d'árthaí faoina gceargó dhuit ar na péarlaí. Téir is feic iad; táid siad ar snámh sa chuan." "Táim sásta," arsan buachaill.

Tháinig an buachaill go dtí tigh an lóistín is dúirt sé le fear an tsiopa go raibh an margadh déanta aige leis an gCuaecar na péarlaí a thabhairt dó ar trí cinn d'árthaí faoina gceargó. "Neosfaidh mé dhuit anois cad a dhéanfair," arsa fear an tsiopa. "Téir ar an gcé agus tá na hárthaí ar snámh agus tá flít árthaí aige agus tá a fhios aige cad é an scéal acu agus tabhair céad punt dó is déanfaidh sé an-bhreabadh air. Abair leis go bhfuil an margadh san déanta agat leis an gCuaecar ar trí cinn d'árthaí faoina gceargó, agus pitseáil duit ar na cinn d'árthaí is fearr atá sa chuan."

D'imigh sé go dtí an t-agent agus dúirt sé leis go dtabharfadh sé céad punt dó ach pitseáil ar na trí cinn d'árthaí ab fhearr a bhí ann. "Déanfaidh mé," arsan t-agent, ar seisean. "An bhfeiceann tú na trí cinn d'árthaí amuigh ar leathiomall?" "Chím," arsan buachaill. "Sin iad na trí cinn d'árthaí is fearr ag an gCuaecar," ar seisean. "Is fearr iad san ná a bhfuil eile insa chuan aige." "Tá árthach goim[4] agus árthach síoda, agus n'fheadar cad é an ceargó atá sa tríú ceann." "Agus más ea," ar seisean, "ní dhéanfaidh sé aon deifir domhsa an méid san a insint duit." "Ní dhéanfaidh," arsan buachaill. Tháinig an Cuaecar amáireach. "Sea," ar seisean, "tóg do mharc," ar seisean, "pitseáil amach ar do thrí cinn d'árthaí. Geobhair do rogha[5] má phitseálfair orthu." "Bogaimís," arsan buachaill, "ní raghainn thairis na trí cinn san amuigh ar leathiomall, pé olc maith iad geobhaidh mé leothu." "Á!" arsan Cuaecar, "is fearr iad san ná a bhfuil d'árthaí sa tsaol agam, ach más ea," ar seisean, "ó 'sé do mhargadh bíodh sé agat."

Do thóg sé leis a árthaí agus ba mhór an ní ab fhiú iad. Do dhíol sé a gceargó in áiteanna eile is do cheannaigh sé a malairt cheargó go bhfaigheadh sé airgead istigh in Éirinn air. Bhuail fé ansan go láidir. Agus i gcionn áirithe is é ag imeacht ag bhálcaeireacht, é fhéin is a bhean cé 'chífeadh sé ina choinnibh sa bhóthar ná athair a chéile − é ina bhacach.

D'aithin go maith, ach níor aithin an bacach é. "Tánn tú ansan a bhuachaill," ar seisean ina aigne féin. D'imir sé síntiús ar an nduine uasal, an bacach. "Imigh," ar seisean, "suas go dtína leithéid seo do thigh insa tsráid," ag tabhairt scríbhneoireacht dó. "Geobhaidh tú óstaíocht na hoíche ann," ar seisean. D'imigh agus do bhí an scríbhneoireacht aige fachta uaidh, agus chuaigh sé go dtí an bport a bhí sa doras agus shín sé an scríbhneoireacht chuige is scaoileadh isteach é. Tháinig an buachaill. Shuigh sé chun dinnéir, é féin is a bhean. "Seo a fhir mhaith," arsan buachaill, "tair anso lenár gcois ag an dinnéar." "Á! a dhuine uasail," ar seisean, "ní raghad." "Déanfaidh blúire bídh thall nó abhus mé." "Ní dhéanfaidh sé an gnó," ar seisean, "caithfir teacht anso."

Nuair a bhí an dinnéar caite acu − "Conas a chaithis do shaol?" ar seisean leis an nduine bocht." "Do chaitheas go maith mo shaol," arsan duine bocht, "tamall, agus tá sé go holc anois agam. Bhí triúr mac agam agus do maraíodh iad. Rugadh orthu is maraíodh iad agus scéipeálas féin." "Á!" arsan buachaill, "chuimhníos-sa go dianmhaith gurb í an chríoch a raghadh oraibh agus b'fhada liom fhéin faid a bhíos 'bhur bhfochair. Ach anois," ar seisean, "sin é do thigh, do bhéile agus do bhord faid a mhairfir," ar seisean.

7. AN CAPALL A GOIDEADH

Bhí feirmeoir ann fadó agus thug sé capall ar aonach agus níor dhíol sé é. Thug sé an capall abhaile agus scaoil sé amach ar an ngort é agus nuair a d'éirigh an mac ar maidin chuaigh sé ag féachaint ar an dtalamh agus ar an stoc. Tháinig sé abhaile agus d'fhiafraigh sé don bhfeirmeoir an ndíol sé an capall. Dúirt an feirmeoir leis nár dhíol. "Cad a dheinis leis?" arsan mac. "Scaoileas amach ar an ngort é," arsan feirmeoir. "Níl an capall ar an bhfeirm," arsan mac. "Deirimse go bhfuil," arsan feirmeoir. "Imigh anois agus féach an bhfuil sé ann." D'imigh an mac thar n-ais agus ní raibh an capall le fáil. "Tabhair dom cúig phuint,"[1] arsan mac lena mháthair, "agus raghad ag lorg an chapaill."

Fuair sé an chúig phuint agus d'imigh sé. Nuair a bhí an chúig phuint caite aige d'fhill sé thar n-ais abhaile. "Tabhair dom chúig phuint eile," ar seisean lena mháthair. Fuair sé an chúig phuint agus d'imigh sé arís. Nuair a bhí an chúig phuint caite aige d'fhill sé thar n-ais an dara babhta agus gan aon tuairisc ar an gcapall aige. "Tabhair dom chúig phuint eile," a dúirt sé lena mháthair. "Beidh an capall daor go maith ar deireadh," arsan mháthair. "Ó! is fiú a thuilleadh an capall dá bhféidir é dh'fháil," arsan mac. Fuair sé an chúig phuint agus d'imigh sé an tríú uair. D'imigh sé siar chun Uíbh Ráthach an babhta so. Bhí rince ansan roimis agus bhí duine aosta suite ar chathaoir ag féachaint ar an rince agus ag éisteacht leis an gceol. Shuigh sé le hais an duine aosta agus dúirt: "Stróinséar buachalla is ea mise agus níl aon aithne agam ar éinne athá anso." "Cad as tú?" arsan duine aosta. "Táim tamall maith ó bhaile ón áit seo," arsa mac an fheirmeora. "Capall a thug m'athair ar an aonach agus níor dhíol sé é agus nuair a tháinig sé abhaile scaoil sé amach ar an bhfeirm é. Nuair a dh'éiríos-sa ar maidin ní raibh an capall le fáil agus seo é an tríú babhta agam dá lorg. Shuíos le d'ais anso féachaint ab eol duit a leithéid de chapall a bheith san áit." "Tá fear san áit so," arsan duine aosta, "go mbíonn a cúig is a sé de chapallaibh aige agus níl 'fhios agam an b'amhlaidh a ghoideann sé iad nó an b'amhlaidh a cheann-aíonn sé iad. Tá iníon leis ar an rince agus taispeánfad duit í. Imigh ort suas agus glaoigh amach í agus dein babhta rince léi. Nuair a bheidh san déanta acu, suífidh sí síos agus suigh-sa lena hais. Abair léi gur stróinséir buachalla thú atá i bhfad ó bhaile ód' thigh féin agus b'fhéidir go dtabharfadh sí lóistín na hoíche dhuit. Má thugann sí óstaíocht na hoíche duit b'fhéidir go mbeadh a fhios agat[2] an bhfuil an capall ann."

D'imigh sé suas agus ghlaoigh sé amach ar an gcailín agus dheineadar babhta rince. Nuair a bhí babhta rince déanta acu shuigh an cailín agus shuigh sé féin lena hais. "Stróinséir buachalla is ea mise insan áit seo," ar seisean, "agus thugas grá dhuit agus dheineas babhta rince leat. Níl aon aithne ar éinne agam agus thugas grá dhuit féachaint an dtabharfá óstaíocht na hoíche dhom." Dúirt sí leis go dtabharfadh. Ghluaiseadar le cois a chéile go dtína tigh. "Cé hé an buachaill seo led' chois?" arsa a hathair leis an gcailín. "Stróinséir buachalla is ea é a d'iarr lóistín na hoíche orm agus ba dheacair liom é 'eiteach," ar sise. "Ná fuil a fhios agat," ar seisean léi, "ná faigheann éinne óstaíocht na hoíche insa tigh seo ach ó tharraingís ort é taispeáin an scioból san thiar agus tá tuí ann agus is féidir leis codladh ann." Thaispeáin an cailín an scioból dó agus chuaigh sé isteach ann. "Sea," ar sise, "is fearr a bheith ansan féin ná a bheith amuigh, ach níl leigheas agamsa ort." "Tá an áit seo maith go leor," arsan buachaill.

Nuair a tháinig am suipéir dúirt a hathair leis an gcailín gur náireach an gnó gan bia a thabhairt don stróinséir. Thug sí bia 'on scioból chuige. "A leithéid seo," ar seisean, "a thug anso mise. Capall a d'imigh uaim agus thánag anso á lorg. Fuaireas cuntas go raibh cúig nó sé chapaill ag t'athairse agus go mb'fhéidir gurb amhlaidh a ghoideann sé iad. Má thiteann aon ní amach eadrainn [3]seasód duit.[3]" Thug sé a ainm agus a sheoladh di. "Tá na neochracha[4] agamsa," ar sise, "agus osclóidh siad an stábla dhuit." Fuair sé na neochracha[4] agus bhí an capall istigh sa scioból roimis. D'imigh sé abhaile lena chapall. Ní raibh a hathair buíoch dá iníon nuair a fuair sé amach go raibh an capall imithe.

Bhí leanbh mic aici tar éis tamaill agus ní raibh a muintir buíoch di. Bhí sí ag plé lena muintir féin ar feadh sé nó seacht do bhlianta agus gan aon phléisiúr aici uathu. "Mhuise go deimhin," a dúirt sí léi féin, "táim ró-fhada ag plé libh agus is mór an obair dom é. 'Sé am dom cuimhneamh ar an mbuachaill a dúirt liom go seasódh sé dhom." Bhí an mac ábalta ar shiúl an uair san go maith agus dhein sí suas í féin. Ghluais sí féin agus a leanbh agus rug an déanaí uirthi agus gan aon tigh in aice léi. Chualaigh sí fear tamall uaithi ag tiomáint stoic isteach sa talamh agus an oíche ann. "Sea," ar sise, "tá seans liom go bhfaghad óstaíocht éigin anocht. Tháinig sí go dtí an bhfear agus bheannaigh sí do. Dúirt sí leis go rug an déanaí uirthi agus nuair a chualaigh sí é go dtáinig an-mhisneach uirthi. "An bhfeiceann tú an tigh mór úd thuas?" ar seisean, "téir suas ann agus geobhaidh tú óstaíocht na hoíche ann." D'imigh sí suas go dtí an tigh mór.

Bhí mac an fheirmeora le pósadh an oíche san agus bhí cóir an phósta istigh. Chonaic sé í ag gabháil isteach agus d'aithin sé í go maith. "Mo chailín," ar seisean léi, "ba dhóbair duit a bheith déanach agus chuais gairid go maith dó." Dúirt sé leis an muintir a bhí istigh imeacht abhaile agus go ndíolfadh sé féin as an méid a bhí caite acu. Dúirt sé gurb í an cailín a tháinig an oíche san a phósfadh sé féin. Phós sé féin agus an cailín a chéile agus mhaireadar go sona sásta as san amach.

8. AN CHÉILE[1] SAGAIRT

Aidhe! do bhí bean fadó ann go dtugaidís céile sagairt uirthi agus do ghaibh stróinséir buachalla an bóthar agus do theastaigh ón sagart go bpósfadh sé í leis an stróinséir buachalla is ní raibh aon chuntas ag an stróinséir buachalla ar aon ní. "Ní phósfaidh mé é," arsan cailín, ar sise, "mara ngeallfaidh sé dhom más túisce 'chailltear mé ná é, f'reacht ag an uaigh im' fhaire trí oíche sa teampall." "Táim sásta leis," a dúirt an buachaill. Is túisce 'cailleadh í ná an buachaill, agus do dh'imigh sí gur rugadh an corp 'on uaigh.

Nuair a bhí ga' haon ní déanta do dh'fhan mo bhuachaill i ndiaidh na sochraide insa teampall. Ní raibh neart aige teacht abhaile agus dh'fhan sé ansan go dtí tráthnóna agus do bhuail fear chuige tráthnóna. "Cad 'tá ansan uait?" arsan fear. "Caithfidh mé f'reacht anso anocht," ar seisean, "ag faire an choirp do cuireadh san uaigh inniu." "Imigh leat soir 'on tigh mór úd," a dúirt an fear, "agus inis do scéal don bhfear (sagart) atá sa tigh." D'imigh sé air soir agus do inis sé a scéal dó conas mar chaithfeadh sé an oíche a thabhairt. "Tá do dhóthain cúraim ort," arsan sagart. Thug sé buidéal uisce coisreacan dó. "Beir leat é sin," ar seisean, "agus fair an uaigh má theastaíonn," ar seisean, "agus croith an t-uisce mór-dtimpeall na reilige agus seasaimh istigh i lár na reilige go maidin."

Do rug sé leis an buidéal uisce agus do tharraing sé ring mór-dtimpeall agus do sheasaimh sé istigh i lár na ringe gur chroith sé an t-uisce ar gach ní. Éth! Nuair a tháinig am mhairbh na hoíche do mhúscail an corp sa chomhra agus dúirt sí í 'thógaint aníos agus í 'bhreith abhaile. Bhí a bhuidéal uisce aige go cruinn agus níor bhac sé léithi agus do dh'fhan mar sin agus do chlúdaigh sé uirthi. Tháinig am deiridh na hoíche agus níor labhair focal agus do ghluais sé air ar maidin; tháinig sé go dtí an sagart. "Conas mar dh'éirigh duit?" Do inis sé dhó conas mar 'bhí aige i rith na hoíche.

"Tair ar do ghlúine anois," arsan sagart, "agus cuir síos arís í agus bailigh uisce, agus ní dhéanfaidh sé an gnó dhuit. Éth! bíodh an t-uisce coisreac croite ar thaobh na reilige agus seasaimh istigh ann is ná tabhair aon éachtaint di go mbéarfá leat abhaile í. Éireoidh sí chughat arís dá mhéid a chuirfidh tú anuas uirthi agus ná bain," ar seisean, "le cover a thógaint di, ná aon gheallúint a thabhairt di."

Ha! dh'fhan mar sin agus do bhailigh sé an méid a dh'fhéad sé uirthi agus i gcaitheamh na hoíche dhi do chroith sí í féin is d'éirigh sí aníos ar barra. "Bain an cover díom," ar sise, "go raghaidh mé led' chois abhaile."

Níor bhac sé dhi is d'fhan mar sin go dtí deireadh na hoíche siar. Nuair a tháinig an lá chuaigh sé ag triall ar an sagart. "Conas a dh'éirigh leat?" arsan sagart. "D'éirigh," ar seisean, "gur éirigh sí chugham aníos," ar seisean, "ach do theastaigh uaithi go mbainfinn an cover di ach níor dheineas. Do chuireas síos aríst í," ar seisean, "agus do bhailíos uirthi an méid a dh'fhéadas."

"Ha! Níorbh aon ní dhuit é," arsan sagart, "go dtí an oíche anocht. Imigh anois," ar seisean, "agus téir 'on choill agus bain naoi gcinn do ghadraí cárthainn agus seo buidéal uisce coisreactha dhuit agus tá naoi gcinn do shagairt curtha sa reilig agus scaoil buidéal d'uisce coisreactha orthu agus éireoid suas ina mbeathaidh. Tabharfaidh siadsan cúnamh duit ansan chun na naoi gcinn do ghadraí do dh'fháscadh timpeall ar an gcomhrain mar brisfidh sí an chomhra anocht," ar seisean. Sea, d'imigh sé 'on choill is do bhain sé na naoi gcinn do ghadraí cárthainn. Thug sé leis iad is do chas mórdtimpeall na comhran iad. Chuaigh sé go cúinne na reilige mar a raibh na naoi gcinn do shagairt curtha is do chroith sé an t-uisce coisreactha orthu is d'éiríodar go léir suas ina mbeathaidh chuige is do sheasaíodar ar gach taobh dó. Siar san oíche do mhúscail sí istigh sa tuamba agus dúirt sí an cover a bhaint di go raghadh sí abhaile agus bhí ga' haon phléascadh aici ar an gcomhrain is bhí gíoscán ag an gcomhrain agus í a' d'iarraidh go mbrisfeadh sí an chomhra agus bhí na gadraí cárthainn chomh cruaidh chomh fáscaithe gur choimeád na gadraí an chomhra le chéile is ná féadfadh sí í 'bhriseadh. Bhí an oíche caite aici agus b'éigean di tabhairt suas. Cuireadh i dtalamh í agus níor dh'éirigh sí as san amach.

9. COILICÍN ÓIR AGUS CIRCÍN AIRGID

Bhí rí ann fadó agus bhí aon mhac amháin aige. Nuair a dh'éirigh an mac suas bhí gunna agus gadhar fiaigh aige. Bhíodh sé ag imeacht ar na cnoic ag fiach gach lá agus ag lámhach na gcreabhar. Bhíodh sé ag dul in airde ar na cnoic dob aoirde a bhí ina chóngar gach lá. Lá amháin d'éirigh sé in airde ar chnoc an-ard agus bhuail fathach mór leis ar mhullach an chnoic. D'fhiafraigh an fathach dó an n-imreodh sé cluiche cártaí. Dúirt mac an rí nár dh'imir sé cluiche cártaí riamh. Dúirt an fathach leis go mbeadh sé ábalta ar iad a imirt nuair a raghadh sé ag imirt. "Cad a chuirfimíd síos?" arsan fathach. "Pé ní is maith leat," arsa mac an rí. "Cuirfidh mé síos dhá cheann déag de bheithígh go bhfuil adharca óir agus cluasa airgid orthu," arsan fathach. "Cuirfeadsa síos dhá cheann déag dom' beithígh féin ina gcoinnibh," arsa mac an rí. Bhuaigh[1] mac an rí cluiche air. Chuir an fathach feadán ina bhéal agus shéid sé é agus tháinig an dá cheann déag de bheithígh go raibh na hadharca óir agus na cluasa airgid orthu ina láthair. Thiomáin sé abhaile na beithígh go dtína mháthair agus do bhí an-lúchair uirthi i dtaobh gur bhuaigh sé na beithígh go raibh adharca óir agus cluasa airgid orthu. "Cá bhfuairis na beithígh?" arsan mháthair. "Do bhuas iad ón bhfathach a bhuail thuas ar bharr an chnoic liom," arsa mac an rí. "Deirimse leat," arsan t-athair leis an máthair, "nár cheart duit an lúcháir a bheith ort mar b'fhéidir go dtiocfadh a mhalairt de scéal ina dhiaidh seo." D'imigh an mac arís tar éis a bhricfeasta ag fiach an lá ina dhiaidh san. Dá luaithe a dh'imigh sé bhí an fathach roimis i mbarra an chnoic. "An n-imreoidh tú cluiche inniu?". arsan fathach. "Imreoidh," arsa mac an rí. "Cad a chuirdimíd síos inniu?" arsan fathach. "Níl fhios agam," arsa mac an rí. "Ná cuirfimís síos ár dhá fheirm talún," arsan fathach. "Táim sásta leis," arsa mac an rí. Chuadar ag imirt agus bhuaigh[1] mac an rí a fheirm ón bhfathach. Tháinig sé abhaile agus dúirt sé go raibh feirm an fhathaigh buaite aige. Bhí an-lúcháir ar an máthair ach dúirt an t-athair go mb'fhéidir go dtiocfadh a mhalairt de scéal ina dhiaidh san. So dh'ith sé a bhricfeasta ar maidin amáireach agus d'imigh sé chun an chnoic arís. Bhí an fathach roimis arís ar mhullach an chnoic. "Cad a chuirfimíd síos inniu?" arsan fathach. "Tá mo bheithíghse agus mo chuid talún buaite agatsa agus níl aon rud fágtha agam anois agus tá sé chomh maith agam ár dhá cheann a chur síos le chéile." "Táim sásta leis," arsa mac an rí. Bhuaigh an fathach an tríú lá. "Tá do cheann agam," arsan fathach ansan. "Ní foláir ná bainfidh [tú] an ceann láithreach dhom," arsa mac an rí. "Tabharfaidh mé bliain spás dhuit," arsan fathach, "agus pé áit ar fuaid an domhain go mbeidh tú beidh tú agamsa an lá deirneach." Tháinig sé abhaile go mí-shásta. D'aithin an mháthair go raibh rud éigin air. D'fhiafraigh sí dhó cad a bhí air. Dúirt sé go raibh a cheann buaite ag an bhfathach. "Do b'fhuraist a aithint gur mar sin a thitfeadh amach," arsan t-athair. D'fhan sé mar sin ar feadh tamaill don mbliain ag máineáil dhó féin agus ní raibh aon fhonn fiaigh air. Bhí triúr uncailí aige i bhfad ó bhaile agus dúirt sé go raghadh sé ar a dtuairisc féachaint an ndéanfaidís aon fhóirithint air. Chualaigh na huncailí cad a imigh air agus nuair a chuaigh sé go dtí an chéad uncail dúirt sé leis gur dócha ná tiocfadh sé ar a thuairisc féin mara mbeadh an tslí go raibh sé. Dúirt mac an rí leis gur dócha ná tiocfadh. D'fhiafraigh mac an rí dho an raibh sé ina chumas aon mhaitheas a dhéanamh dó féin. Dúirt an t-uncail leis ná raibh. Chuaigh sé go dtí an tarna huncail. "Is dócha," ar seisean, "ná tiocfá am' fhéachaint mara mbeadh an tslí go bhfuil tú." "Is dócha é," arsa mac an rí. D'fhiafraigh sé do an bhféadfadh sé aon mhaitheas a dhéanamh dó féin. Dúirt an tarna huncail leis ná féadfadh, ach go mb'fhéidir go bhféadfadh an tríú uncail maitheas éigint a dhéanamh dó. Do chuaigh sé go dtí an tríú huncail. "Is dócha ná tiocfá am' fhéachaint mara mbeadh an tslí go bhfuil tú," arsa an tríú uncail. "Thánag ag triall ort," arsa mac an rí, "féachaint an bhféadfá aon mhaitheas a dhéanamh dom." "Tá mo dhóthain cúraim orm," arsan t-uncail. "Tá triúr iníon ag an bhfathach san agus téann siad ag snámh insan loch san amuigh gach lá. Imigh anois agus bí ag an loch rompu agus téir i bhfolach cois carraig cloiche. Tiocfaidh triúr iníon an fhathaigh ansan agus bíodh a fhios agat cá gcuirfidh gach duine acu a gcuid éadaigh. Bíodh a fhios agat cá gcuirfidh iníon óg an fhathaigh a cuid éadaigh. Aithneoidh tú go maith í mar tá paiste dearg ar bhun a muinéil.[2] Níl éinne chun aon mhaitheas a dhéanamh duit mara ndéanfaidh iníon óg an fhathaigh é. Cuir a cuid éadaigh i bhfolach agus ansan téir féin i bhfolach." Chuadar ag snámh agus d'éirigh mac an rí amach as an bpoll go raibh sé agus chuir sé éadach na mná óige i bhfolach mar d'aithin sé go maith í féin agus a cuid éadaigh. Ansin chuaigh sé féin i bhfolach. Dúirt an t-uncail leis nuair a bheadh a ndóthain snámh déanta ag na mná go dtiocfaidís isteach agus go gcuirfidís a gcuid éadaigh orthu. Nuair ná beadh an t-éadach roimh an iníon óg do liúfadh sí amach cé 'thóg a cuid éadaigh. Déarfadh sí leis go ndéanfadh sí aon mhaitheas dó a theastódh uaidh ach a cuid éadaigh a chur thar n-ais.

Nuair a bhí tamall ag snámh ag iníonacha an fhathaigh do thángadar isteach ag cur orthu a gcuid éadaigh. Ní raibh a cuid éadaigh roimh an iníon óg agus liúigh sí amach go ndéanfadh sí aon mhaitheas don duine a thug leis a cuid éadaigh. Chuir mac an rí chuici a cuid éadaigh agus d'imigh sé uaithi arís fad a bhí sí dá chur uirthi. Nuair a bhí a cuid éadaigh uirthi do tháinig sé chun cainte léi. "Do gheallais dom," ar seisean léi, "go ndéanfá aon mhaitheas dom ach do chuid éadaigh a chur thar n-ais chughat." D'inis sé dhi go raibh a cheann buaite ag an bhfathach agus go ngearr go mbeadh an bhliain suas. "Tá mo dhóthain cúraim orm tú 'chosaint ar an bhfathach," ar sise, "ach déanfaidh mé mo dhícheall duit nuair gur gheallas duit é. Téir isteach go dtí cúirt an fhathaigh agus tá cathaoireacha óir agus seanchathaoir ina measc ann agus bia ar bhord. Déarfaidh an fathach leat go raibh sé chomh maith agat teacht. Déarfaidh sé leat suí ar cheann dos na cathaoireacha agus tarrac chun an bhoird. Abair leis ná fuil aon ocras ort ach go ndéanfaidh an tseanchathaoir do ghnó chun suí uirthi." Nuair a tháinig an oíche chuaigh iníonacha an fhathaigh a chodladh agus chaith sé mac an rí isteach i dtubán mhór nimhe. Ansan chuaigh sé féin a chodladh. D'éirigh iníon óg an rí as a codladh nuair a bhí an fathach ina chodladh. Thóg sí amach as an dtubán nimhe mac an rí agus d'fhan sí ina theannta nó go raibh sé in am ag an bhfathach éirí. Thug sí bia agus deoch dhó agus chuir sí isteach sa tubán arís é nuair a bhí sé in am ag an bhfathach a bheith ag éirí. D'éirigh an fathach agus thóg sé an clúdach don dtubán. "Is mó[r] an ionadh liom tú a bheith id' bheathaidh fós," ar seisean le mac an rí. "Ní rabhas in aon áit riamh ní ba bhreátha," arsa mac an rí. Nuair a tháinig an oíche chuir an fathach isteach sa tubán nimhe arís é. Chuaigh sé féin a chodladh ansan. D'éirigh iníon óg an fhathaigh nuair a bhí sé ina chodladh agus ghlan sí agus thriomaigh sí é. D'fhan sí ina theannta nó go raibh sé in am ag an bhfathach bheith ag éirí. Ansan chuir sí isteach sa tubán arís é. "Is mór an t-ionadh liom tú bheith id' bheathaidh fós," arsan fathach leis nuair a thóg sé an clúdach don tubán nimhe. "Ní rabhas in aon áit riamh ní ba bhreátha," arsa mac an rí. Chuir sé 'on tubán arís an tríú oíche é. D'éirigh iníon an rí agus d'fhan sí ina theannta nó go raibh sé in am ag an bhfathach a bheith ag éirí. "Is mór an t-ionadh liom tú bheith id' bheathaidh fós," arsan fathach. "Is dócha gurb amhlaidh atá cabhair éigint dá fháil agat óm' chuid iníonacha." "Nílimse ag fáil aon chabhair ód' chlainn iníon," arsa mac an rí. "Ní shaorfaidh san thú," arsan fathach. "Tá stábla ansan amuigh agam nár glanadh le céad bliain agus mara mbeidh sé glanta agat sara dtiocfad abhaile tráthnóna beidh do cheann agam." D'imigh sé agus píce aige chun an stábla do ghlanadh. Chaith sé scaob amach leis agus tháinig dhá scaob isteach ina choinnibh. Chaith sé scaob eile amach agus tháinig ceithre scaob isteach. Chaith sé an tríú scaob amach agus tháinig dhá scaob déag isteach ina choinnibh. Shuigh sé síos agus dúirt sé nárbh aon mhaith dhó bheith ag déanamh aon ní eile leis. Tháinig iníon an fhathaigh isteach le bia chuige. "Níl aon ní déanta agat," ar sise leis. "Níl," ar seisean, "mar nuair a chaitheas an chéad scaob amach tháinig dhá cheann isteach agus nuair a chaitheas an dara scaob amach tháinig ceithre cinn isteach agus nuair a chaitheas an tríú ceann amach tháinig dá cheann déag isteach." "Suigh síos agus ith bia ach go háirithe," ar sise leis. "Tabhair domhsa an píce agus is gearr go mbeidh sé glan agam." Rug sí ar an bpíce agus chaith sí scaob amach agus is amhlaidh a dh'imigh dhá scaob amach ina dhiaidh. Fé mar a bhí sí ag caitheamh na scaobanna amach is mó a bhíodh na scaobanna á leanúint.

Nuair a tháinig an fathach tráthnóna d'fhiafraigh sé do mhac an rí an raibh an stábla glanta aige. Dúirt sé go raibh. "Ní shaorfaidh san thú," arsan fathach. "Tá scioból mór ansan amuigh ná fuil aon cheann air agus caithfidh tú slinn a chur air le clúmh na n-éan agus gan aon dhá ribe a bheith mar a chéile. Mara mbeidh sé déanta agat sara dtiocfad abhaile tráthnóna beidh do cheann agam." "Cad a chuir sé ort a dhéanamh inniu?" arsa iníon an fhathaigh leis. "Chuir sé orm an scioból san amuigh a chlúdach le clúmh na n-éan agus gan aon dá ribe a bheith mar a chéile," ar seisean. Bhuail sí feadóg ina béal agus shéid sí agus chruinnigh sí chúici éanlaithe na spéarach as a coinnibh amach. "Ribe clúimh ó gach éan agaibh ar an scioból san," ar sise, "agus cuiríg slinn air leothu." Do thosnaigh gach éan acu ar ribe clúimh a phiocadh dó féin agus ba ghearr go raibh slinn ar an scioból acu agus ní raibh aon dá ribe mar a chéile.

Nuair a tháinig an fathach abhaile tráthnóna bhí an-ionadh air nuair a chonaic sé an slinn ar an scioból. "Ní shaorfaidh san thú leis," arsan fathach leis. "Tá an crann mór ansan amuigh go bhfuil ubh cruthóige ina bharra. Tá an crann slinn sleamhain gan aon ghéaga ag teacht amach as agus mara mbeidh an t-ubh agat sara dtiocfad abhaile tráthnóna beidh do cheann agam." "Cad é an rud a chuir sé ort a dhéanamh inniu?" arsa iníon an rí leis. "Ubh na cruthóige a thabhairt anuas ó bharr an chrainn san amuigh," ar seisean. "Is olc an rud é sin," ar sise leis. "Is é sin an rud is deacra a chuir sé ort fós," ar sise. "Téanam ort anois," ar sise, "agus tabhair leat scian go dtína leithéid seo do thobar. Caithfir mise a mharú agus an fheoil a scriosadh dom' chnámha agus iad go léir a thabhairt leat agus iad do chur mar staighrí sa chrann. Nuair a bheidh san déanta agat agus ubh na cruthóige id' phóca agat tarraing id' dhiaidh na cnámha arís agus tabhair anso leat go dtí an tobar arís iad. Sín le chéile na cnámha agus caith trí bosanna uisce orthu agus beadsa chomh maith agus bhíos riamh." Nuair a bhí an méid san déanta aige do shín sé le chéile na cnámha agus chaith sé an t-uisce orthu agus bhí sí chomh maith agus a bhí sí riamh ansan. "Do dhearmadais cnáimh mo lúidín," ar sise leis nuair a bhí sí chomh maith agus a bhí sí riamh. "Ní raibh aon leigheas agam air," ar seisean, "níor chuimhníos air." "Ní haon ní é," ar sise. Nuair a tháinig an fathach abhaile tráthnóna d'fhiafraigh sé do mhac an rí an raibh ubh na cruthóige aige.

Dúirt mac an tí go raibh. "N'fhéadfainn tú 'chur chun báis anois," arsan fathach, mar tá gach rud déanta agat a chuireas mar chúram ort. Geobhaidh tú anois pé athchuinge a iarrfaidh tú orm." "Is é rud a iarrfad ort," arsa mac an rí, "ná ceithre cinn des na beithígh go bhfuil na cluasa airgid agus na hadharca óir orthu. Tabharfad dhá cheann acu dom' uncail críonna agus

ceann acu dom' dhá uncail eile.'' Thug sé na beithígh abhaile go dtí na hunc-
ailí agus is air a bhí an t-áthas ná raibh a cheann ag an bhfathach. Ní fada
a bhí sé age baile nuair a chuir sé tuairisc ar Rí na Gréige féachaint an
bhfaigheadh sé a iníon uaidh le pósadh. Deineadh an cleamhnas agus tháinig
na Gréagaigh go hÉirinn nuair a bhí an pósadh le bheith ar siúl. San oíche
a póstaí na daoine an uair san tar éis a ndinnéir a bheith caite acu. Dúirt mac
an rí ná beadh aon phósadh ann mara mbeadh triúr iníon an fhathaigh ar
an bpósadh. Thug sé a chapall agus a chóiste leis agus thug sé triúr iníon an
fhathaigh ar an bpósadh. Nuair a bhí an dinnéar caite acu ní raibh aon teora
leis na Gréagaigh chun cleasa draíochta a dhéanamh agus nuair a bhíodar
cortha acu do stadadar dóibh. Ansan d'fhiafraigh iníon óg an fhathaigh an
bhfaigheadh sí féin cead chun cleas a dhéanamh. Dúradar léi go bhfaigheadh
sí cead. Tharraing sí chuici gráinne coirce agus dhein sí coilicín óir agus cir-
cín airgid agus fuair sí bord agus chuir sí in airde ar an mbord iad. Chaith
sí gráinne coirce in airde ar an mbord chucu. Ba ghearr gur bhuail an coilicín
óir an circín airgid agus chaith sé anuas den mbord í. "Dá mbeadh a fhios
agat ar na maitheasaí a dheineas-sa dhuit ní dhéanfá an méid san liomsa,''
arsan circín airgid leis. "An cuimhin leat nuair a chaitheas gach rud a bhí
sa stábla amach as dhuit agus ná féadfá féin aon scaob a chaitheamh amach
gan dhá scaob a theacht isteach ina coinnibh?'' Chaith sí gráinne eile coirce
in airde ar an mbord chucu agus bhuail an coilicín an circín airgid agus
chaith sé anuas den mbord í. "Dá gcuimhneofá nuair a chuireas an slinn ar
an scioból duit le clúmh na n-éan,'' arsan circín airgid, "ní dhéanfá an méid
san liomsa.'' Chaith sí in airde gráinne coirce arís chucu agus ba ghearr gur
bhuail an coilicín óir an circín airgid agus chaith anuas den mbord í. "Dá
gcuimhneofá nuair a dheineas-sa staighrí dhuit le cur sa chrann dem'
chnámha féin ní dhéanfá an méid san liomsa,'' ar sise. Bhí mac an rí ag
éisteacht ar feadh na haimsire leo agus thuig sé gach focal dá ndúirt an circín
airgid go dianmhaith. D'imigh mac an rí agus Rí na Gréige ag siúl ar feadh
tamaill. "Do bhí trunca anso agam,'' arsa mac an rí, "agus do chailleas
eochair an trunca agus do chuireas eochair nua go dtí an gabha á dhéanamh.
Fuaireas an seaneochair tar éis an eochair nua a bheith déanta. Cé acu is
dóigh leat a choimeádfainn?'' "Coimeád an tseaneochair,'' arsa Rí na
Gréige, "mar is í atá déanta oiriúnach don pholl.'' "Tá,'' arsa Rí na Gréige.
"Tá sean-chailín sa tigh againne,'' arsa mac an rí, "agus fuaireas-sa athchuiní
ón bhfathach pé rud ba mhaith liom a thógaint agus 'sé rud a thógas ná
cheithre cinn de bheithígh. Do dheineas dearmad ar í féin a phósadh tar éis
di m'anam a shaoradh ón bhfathach. Tá an cailín céanna sa tigh againn
anocht agus is dóigh liom gurb í ba chirte a phósadh liomsa.'' Do phós sé
iníon óg an fhathaigh agus mhaireadar go sona sásta as san amach. Do
chaith muintir na Gréige imeacht abhaile ansan gan an pósadh do dhéanamh
le mac an rí.

10. DÓNALL AN tSÁIS[1]

Bhí fear thíos sa tSás fadó darbh ainm Dónall. Bhí sé lá ag siúl ar bhruach
na farraige, nuair a chonaic sé árthach iasachta 'on chuan isteach. D'fhair
sé an t-árthach nó gur chaith sí ancaire uaithi i mbéal an chuain.

Tháinig na daoine isteach i mbáid bheaga agus shiúladar timpeall na háite. Ina measc go léir bhí bean bhreá agus thit Dónall láithreach i ngrá léi. Chuaigh sé anonn chuici agus d'fhiafraigh sé dhi an bpósfadh sí é. Dúirt sí go bpósfadh dá raghadh sé go dtína tír féin. "Lán-tsásta," arsa Dónall.

Nuair a bhí an t-árthach ag imeacht tráthnóna, chuaigh Dónall agus an bhean bhreá ar bord le cois a chéilig, agus níor stad an t-árthach riamh ná choíche, nó gur bhuail sí talamh tirim ina dtír dúchais.

Nuair d'éirigh Dónall an chéad mhaidin, 'sé an job a fuair sé le déanamh, ná aire a thabhairt do thrí cinn do lachain. Dá fheabhas aire a thug sé dhóibh, bhí ceann acu imithe tráthnóna. Ghluais sé air abhaile agus gan é ró-mhaith istigh leis féin. D'inis sé dá bhean gur[2] imigh ceann des na lachain uaidh. "Ach ní haon ní é sin," arsan bhean. "Ach comáin leat an dá cheann eile amáireach, agus tabhair aire dhóibh."

Chomáin sé an dá lacha roimis ar maidin agus thug sé aire níos fearr dóibh ná mar thug sé an lá roimis sin, ach má thug bhí ceann imithe uaidh tráthnóna. Ghluais sé air abhaile agus gan aige ach an t-aon lacha, agus eagla a chroí air ná beadh a bhean chomh milis leis agus a bhí sí an lá roimis sin. Ach ní chuirfeadh rud suarach mar sin fearg uirthi siúd. Dúirt sí leis an lacha a chomáint leis ar maidin agus gan í a ligint as a radharc aon neomat. Cé ná raibh aige ach an t-aon lacha agus cé ná[r] lig sé as a radharc í aon neomat, d'imigh sí uaidh agus é ag teacht abhaile. Bhí sé bliain ón lá san agus é ina chodladh ar bharra na faille. Nuair 'dhúisigh sé chonaic sé chuige a thrí cinn do lachain agus caipín lán d'ór ar dhrom gach ceann acu. Chomáin sé roimis abhaile iad agus thaispeáin sé dá bhean cad a fuair sé. "Tá siad tagaithe chugham chomh hobann agus d'imíodar," ar sise.

Bhí sé féin agus a mhac ar bharra na faille céanna tamall ina dhiaidh, nuair a ghaibh árthach an cuan isteach chucu. Ní raibh éinne ar bord ach an captaen. Dhruid sé suas chucu agus d'fhiafraigh sé do Dhónall an ligfeadh sé a mhac ag obair ar feadh bliana chuige. Dúirt Dónall go ligfeadh ach é 'ligint thar n-ais nuair a bheadh an bhliain suas.

D'imigh an captaen agus mac Dhónaill agus chuadar ar bord. Nuair a bhí an bhliain suas bhí Dónall ar bharra na faille ag faire, féachaint cathain a fheicfeadh sé an t-árthach ag teacht chuige. Ní fada a bhí sé ann nuair a chonaic sé ag teacht í. Chuaigh an captaen chun cainte arís leis agus d'fhiafraigh sé dho an ligfeadh sé an mac chuige ar feadh bliana eile. "Ligfead agus fáilte," arsa Dónall, "ach cuimhnigh é 'chur thar n-ais chugham i gcionn bliana."

D'imíodar orthu arís agus nuair a bhí an bhliain suas thángadar thar n-ais. "Buachaill an-mhaith is ea é seo," arsan captaen le Dónall, "agus is fearra dhuit é 'ligint chugham bliain eile." "Ligfead," arsa Dónall ach an uair seo ní dúirt sé leis é chur thar n-ais nuair a bheadh an bliain suas. I gcionn na bliana áfach, bhí sé ar bharra na faille arís, agus cuma an-dhubhach an-chráite air, nuair ná faca sé éinne ag teacht. Bhí na laethanta ag imeacht agus gan aon tuairisc ag teacht ón mhac. Sa deireadh chuaigh dá fhoighne ag Dónall agus dúirt sé go raghadh sé ar a thuairisc.

Ghluais sé air maidin bhreá, agus stad ná staonadh níor dhein sé gur shroich sé talamh tirim i dtír iasachta. Ghluais sé air isteach fén dtír. Chonaic sé slua daoine bailithe ag féachaint ar chluiche iománaíochta. Dhein sé air isteach i lár an tslua. Ní fada isteach a bhí sé nuair a chonaic sé a mhac. Gach duine a ghabhadh thairis bhuailidís le camán é. Nuair a chonaic Dónall an íde a bhíothas á thabhairt ar a mhac rug sé ar chamán ón té ba ghiorra dó, agus thug sé scaipeadh na mionéan don tslua ar fad. "Sea," arsan mac, "tá sé in am agamsa maitheas éigint a dhéanamh duit. Déanfadsa capall ráis díom féin agus tabhair ar an aonach amáireach mé, agus má ghabhann éinne chughat a cheannóidh ar thrí chéad punt mé díol leis mé, ach ar m'anam ná tabhair an srian dóibh."

Dhein Dónall mar a dúradh leis, agus ghaibh fear saibhir chuige a thug trí chéad punt dó ar an gcapall. Thug an fear so leis abhaile é agus chuir ar stábla é. Ní túisce a bhí sé imithe, ná dhein mac Dhónaill duine arís dó féin. D'imigh sé air nó gur bhain sé Dónall amach. "Déanfadsa capall arís díom féin," ar seisean, "agus tabhair leat ar an gcéad aonach eile mé agus faigh trí chéad punt orm." Rug sé leis ar an gcéad aonach eile agus ghaibh an fear céanna chuige a cheannaigh uaidh roimis sin é, agus thug trí chéad eile punt dó. Chomáin sé leis abhaile é, agus chuir sé ar stábla é fé mar a dhein; ní túisce a bhí sé imithe ná dhein an capall arís duine dó féin. D'imigh sé air nó gur bhain sé amach Dónall. "Déanfadsa capall arís díom féin," ar seisean, "agus tabhair leat agus díol mé ar thrí chéad eile punt, ach an uair seo tabhair dóibh an srian."

Dhein Dónall amhlaidh agus díoladh é leis an bhfear céanna a cheannaigh an dá uair roimis sin é. Thug sé leis abhaile é agus chuir sé duine á aire an turas so.

Nuair a tháinig an mhaidin thug dháréag daoine amach é chun deoch a thabhairt dó. Nuair a tháinig sé go dtí an abhainn ní ólfadh sé an t-uisce, ach é ag blaistínteacht air. "B'fhéidir go bhfuil taithí aige ar an mbéalbhach a bhaint as a bhéal," arsa duine acu. Baineadh an bhéalbhach as a bhéal ach ní túisce 'deineadh ná d'imigh sé ina eascú fén uisce. Dheineadar dhá cheann déag do thaoscáin dóibh féin agus thosnaíodar ar an abhainn a thaoscadh. Ní fada go raibh sí taoscaithe acu. Nuair a chonaic mac Dhónaill an t-uisce taoscaithe as an abhainn, d'imigh sé ina cholúr gléigeal an spéir in airde. Dheineadar dhá cheann déag d'fhiolair díobh féin, agus d'imíodar ina dhiaidh. Bhíodar ag breith suas leis, agus d'imigh sé isteach i bhfuinneog. Bhí cailín óg ag iarnáil ar cheann boird. Dhein sé fáinne dhó féin agus chuaigh sé isteach ar a méir.

Dhein an dáréag daoine arís díobh féin agus chuardaíodar an tigh ag lorg an cholúir. D'fhiafraíodar don chailín óg an bhfaca sí é agus dúirt sí ná facaigh. Thug duine acu fé ndeara an fáinne ar a méir. "Arie," ar seisean, "féach cá bhfuil sé ná anso ar a méar." "Caith dhíot do mhéir," arsa mac Dhónaill, "agus caith 'on dtaobh istigh den dtine í." Dhein sí mar a dúirt sé léi. Dheineadar dhá cheann déag do luaireagáin dóibh fhéin, agus thosnaíodar ar an dtine agus an luaith a shéideadh insan aer. Dhein sé gráinne coirce dhó féin agus chuaigh sé isteach i gceann do mhálaí coirce a bhí ar thaobh an fhalla.

Dheineadar dhá cheann déag do choiligh díobh fhéin, agus thosnaíodar ar an gcoirce a dh'ithe. Ní fada a chuadar nuair a thit a gcodladh orthu. Dhein sé mada rua dho fhéin agus bhain sé an dá cheann déag do chinn díobh.

D'imigh sé air abhaile agus mhair sé féin agus a mhuintir go sona sásta as san suas.

11. AN tÉAN DRAÍOCHTA

Bhí rí in Éirinn fadó, agus do bhí leanbh mic aige. Níor mhair athair ná máthair an linbh seo. Thug an rí máistir isteach sa tigh chun an leanbh do mhúineadh. Nuair a dh'éirigh an mac suas dúirt an máistir go bhféadfadh an mac dul isteach sa bhaile mhór[1] chuige, chun go mbeadh breis scoláirí agus breis tuilleamh chomh maith. Chuaigh an máistir 'on bhaile mór agus an mac ina theannta.

Bhí rí thíos in íochtar na hÉireann agus bhí triúr iníon aige. Chuir an rí an triúr iníon ar scoil mar a raibh mac an rí. Do thóg an rí lóistín tamall amach ón mbaile mór don triúr iníon. Bhíodh mac an rí i dteannta na gcailíní go dtí an lóistín ag teacht abhaile ó scoil gach aon lá. Bhí an mac agus iníon óg an rí an-mhór le chéile mar iníon an-bhreá dob ea í. Bhíodh na cailíní ullamh roimis gach aon mhaidin ag dul ar scoil. Bhí diúic thíos in íochtar na hÉireann agus bhí mac aige agus dhein sé cleamhnas le iníon chríonna an rí. Do chuir an rí fios ar na cailíní dul abhaile mar go raibh cleamhnas déanta aige le mac an diúic. Dúirt an iníon chríonna nárbh fhiú dhóibh dul abhaile mar gur ghearr go mbeadh laethanta saoire á fháil sara fada acu. Dúirt an rí an méid san leis an nduine. Dúirt mac an diúic go dtiocfadh sé féin ag triall ar an iníon agus go dtabharfadh sé abhaile an triúr acu. Dúirt iníon óg an rí go mbeadh sí féin ag imeacht uaidh le mac an rí.[2]

"An b'é do thoil dul ina theannta?" arsa mac an rí. "Ní hé," arsa sise. "Más mar sin é," ar seisean, "ní dóigh liom go bhfuil aon fhear amháin a bhéarfaidh uaim thú." Do bhíodh na cailíní leogtha abhaile ó scoil leathuair a' chloig níos luaithe ná na buachaillí chun go mbeidís i gcosaibh a chéile sa bhaile mór. Do dh'éirigh mac an rí istigh ar scoil nuair a bhí na cailíní á ligint abhaile. Ar an am san bhí doras na scoile iata ag an máistir agus dúirt sé ná ligfeadh sé éinne abhaile go mbeadh an t-am suas. Dúirt mac an rí go dteastaigh uaidh féin dul amach agus é 'ligint amach.

Ghlaoigh an máistir ar bheirt scoláirí chun chabhrú leis chun é 'choimeád istigh. Nuair a chonaic mac an rí an méid san rug sé ar an mbeirt scoláirí agus chaith sé isteach i suíocháin iad. Rug an mac ar an máistir agus chuir sé i leataoibh ón ndoras é. Tharraing sé an doras ina dhiaidh. Do chrith sé an scoil nuair a tharraing sé amach an doras agus do leag sé planc mór ard anuas don scoil leis an bhfothram a dhein an doras. Nuair a dh'éirigh sé amach ar an sráid bhí mac an diúic ag d'iarraidh an iníon a bhreith leis gan bhuíochas do mhac an rí. "Cad ina thaobh é sin?" a dúirt mac an rí. "Marab é a toil dul leat, fág id' dhiaidh í." "Cad a bhaineann an scéal leatsa?" arsa mac an diúic. "Baineann," ar seisean. "Ní maith liom lámh láidir a dhéanamh uirthi bun os cionn lena toil." "An b'é do thoil dul leis seo?" arsa mac an rí. "Ní hé," arsa an iníon.

"Mar[a]b é, mise an fear 'choimeádfaidh tú," ar seisean. Rug mac an rí ar an iníon chun í do choimeád ó mhac an diúic. Do chaith an bheirt acu dúshlán ar a chéile i gcomhair lae áirithe. Do thug mac an diúic an bheirt iníon eile abhaile leis go dtína chúirt féin. D'fhiafraigh don athair críonna an bhfacaigh sé aon bhean chomh breá léi riamh. "Ní fhaca aon bhean bhreá riamh ná go leanfadh trioblóid aigne," arsan t-athair críonna. D'inis an mac dó go raibh dúshlán caite aige féin agus ag mac an diúic ar a chéile. "Cad é an gnó duitse dul ag comhrac le héinne agus gan aon thaithí agat ar chomhrac?'' "³Aon ní³ 'chífinn do dhéanfainn é,'' arsan mac. D'éiríodar amach ar maidin sa ghairdín. Bhain an t-athair críonna trí leagadh as le trí garda.⁴ Ansin thángadar isteach agus chaitheadar a mbricfeasta. Chuaigh sé féin agus an cailín ar scoil lá 'rna mháireach. ''Nach trom an choiscéim atá agat inniu seachas inné,'' arsan cailín leis. ''Ní bhrisfeá ubh,'' ar sí, ''féd' chois inné.'' Nuair 'thángadar abhaile, dúirt an mac lena athair críonna cad a dúirt an cailín leis. ''An amhlaidh nach dóigh leat go ndein an trí leagadh a baineadh asat inné aon tsuathadh ort?'' arsan t-athair críonna leis. D'éiríodar amach maidin an tarna lae. Do thriail sé an tríú garda a mhúin sé don mac an lá roimhe sin leis agus do chosain sé é féin orthu. Do thriail sé trí garda nua eile agus do bhain sé trí leagadh eile as.

Chuadar ar scoil maidin lae 'rna mháireach. D'éiríodar amach maidin an tríú lae agus do thriail sé na sé garda a mhúin sé dhá lá roimis sin dó agus do chosain sé é féin orthu. Ansan do thriail sé dhá gharda eile agus do leag sé é agus do bhain an mac leagadh as le ceann do na gardaibh a bhí foghlamtha aige. Do rug sé ar lámh air agus do thóg sé ina sheasamh é. ''Mara ndéanfá inniu é, ní dhéanfá go deo é,'' arsan seanduine. ''Tá mo dhóthain anois agam,'' a dúirt an mac. Tháinig an lá nuair a chuadar lena chéile. Chuaigh sé féin agus mac an diúic le chéile. Bhí mórán daoine ag féachaint orthu. Mhairbh sé mac an diúic. Dúirt dara mac an diúic go raghadh sé féin ag comhrac leis i gcomhair an chéad lae eile. Tháinig an lá agus chuadar le chéile agus mhairbh sé mac an diúic. Dúirt an iníon óg go raghadh sí féin go dtí tigh a hathar⁵ agus go saothródh sí an claíomh. D'imigh sí go dtí tigh a hathar agus ó thigh a hathar go dtí tigh an tseandraoi. Chuir an seandraoi míle fáilte roimpi. D'fhiafraigh sé di cad a bhí uaithi. Dúirt sí gurb é an claíomh. ''Caithfidh an claíomh san a bheith ag mac an diúic i gcomhair an chéad lae eile,'' arsan seandraoi. ''Ní bheidh sé aige,'' a dúirt an cailín. ''Is tú an iníon is measa liom do iníonaibh t'athar,'' ar seisean ''agus cuirfidh mé an claíomh i bhfolach, agus téirse abhaile go dtí do chúirt ach ná téir i bhfolach.''

Chuaigh sí isteach sa chúirt. Dúirt an seandraoi leis an rí go ngoid sí an claíomh. D'fhiafraigh an rí don iníon cá raibh an claíomh a ghoid an seandraoi. Dúirt sé léi é 'thabhairt dó mar go gcaithfeadh sé 'bheith ag mac an diúic i gcomhair an chéad lae eile. Dúirt nach dtabharfadh sí dó é. Dúirt sé léi go ndéanfadh sé tine mhór agus go loiscfeadh sé í istigh inti. Tháinig an seandraoi agus dúirt sé leis nárbh aon mhaith dó 'bheith ag caint léi agus go raibh sé chomh maith aige ligint léithi. Lig sé chun siúil í ar chomhairle an tseandraoi. Tháinig an lá chun comhraic agus ní raibh an claíomh ag éinne acu. Chuadar le chéile agus bhris mac an rí a chlaíomh agus dúirt gach éinne go mbeadh an bua ag mac an diúic. Dúirt an seanathair go raibh oiread⁶ 'en chlaíomh ina láimh agus a dhéanfadh an bheart dhó. D'éirigh sé de léim os cionn mac an diúic agus do bhuail sé le sál an claíomh anuas sa cheann agus mharaigh sé é. Labhair sé amach go hard agus dúirt sé an raibh éinne eile ansan a thógfadh suas a bpáirt. Labhair an seanathair agus dúirt sé nár cheart géarleanúint a dhéanamh ar chainteanna daoine óga mar go mbíonn siad mórchroíoch. Bhí triúr clainne an diúic marbh agus theastaigh uaidh sásamh a bhaint amach.

Tháinig sé go dtí an rí agus dúirt sé gur cheart an claíomh a thabhairt dó chun sásamh do bhaint do mhac an rí. Dúirt an rí leis nárbh é fé ndeara an scéal in aon chor agus ná tabharfadh sé aon chúnamh dó. Nuair a chonaic an diúic an méid san do stad sé agus do phóg an bheirt óg. Do bhí triúr deirféar ag an ndiúic agus bhí draíocht acu. Bhí an triúr deirféar tamall óna chéile. D'imigh sé agus chuaigh sé go dtí an deirfiúr chríonna. D'inis sé an scéal go léir di agus dúirt sé léi an bhféadfadh sí aon dhíobháil a dhéanamh do mhac an rí. Dúirt sí go ndéanfadh agus chuaigh sé go dtí an mbeirt eile ó ráinig sé an bóthar. Bhí mac an rí agus a bhean lá ag siúl le chéile agus chuir an bhean ceo draíochta orthu. Tháinig an ceo chomh trom agus go gcaitheadar breith ar lámha ar a chéile. Nuair a chonaic an draíocht[7] úd sin do chuir sé crann ina sheasamh sa tslí rompu. Nuair a thángadar go dtí an gcrann bhogadar na lámha dá chéile chun dul thairis an gcrann agus chomh luath agus bhí an méid san déanta acu, sciobadh an bhean óg. Nuair a tógadh an bhean d'imigh an ceo agus bhí sé á lorg ar fuaid na háite ach ní bhfuair sé í. Chuaigh sé go dtí an seandraoi féachaint an bhfaigheadh sé aon chuntas uaidh cá raibh an bhean óg. Bhí an seandraoi ag lorg an chuntais ar feadh naoi lá agus naoi oíche. Dúirt sé gur ceo draíochta a cuireadh orthu agus gur goideadh an bhean óg. Dúirt sé gach aon rud a thit amach orthu. "Tá sí curtha isteach i dtúr. Tá abhainn mhór draíochta curtha lasmuigh den dtúr go bhfuil sí istigh ann. Tá spiairí draíochta curtha insan túr agus ní fhéadfadh aon ghaiscíoch dul isteach ann le neart." "An bhfuil aon ní chun í a fhuascailt bun os cionn le neart fir?" arsa mac an rí. "Tá éan draíochta ag banríon Hanover, agus is treise an draíocht atá ag an éan san ná an draíocht atá ag an mbean óg san agus dá mbeadh an t-éan san agat dhéanfá an beart." Bhí sé ag bailiú cabhair chun dul ag triall ar an éan. Tháinig mórán daoine chuige. Bhí feirmeoir mór in áit éigin agus bhí mórsheisear mac aige. Ní raibh aon chúram ar an seachtú mac ach a bheith ag dul ag fiach gach aon lá sna coillte ag marú ainmhithe chun feola. Tháinig an seachtú mac abhaile tráthnóna agus d'fhiafraigh sé dá athair an gcuaigh aon duine go dtí mac an rí. Dúirt sé ná raibh sé ina chúram. "Ní bheadsa mar sin," arsan mac "beadsa mar chabhair aige." "Cad a dhéanfaimíd dá n-imeodh sé uainn?" arsan t-athair. "Ní bheadh feoil ná faic againn." "An bhfuil aon chlaíomh agat a gheobhainn?" arsan mac. "Tá tigh airm ansan amuigh agat agus bíodh do rogha(?)[8] arm agat," arsan t-athair. D'imigh sé amach agus rug sé ar chlaíomh agus do dhein é 'bhriseadh. Rug sé ar cheann agus ar cheann eile agus dob é an scéal céanna acu. Tháinig sé isteach agus dúirt sé lena athair ná raibh aon chlaíomh maith sa tigh aige. "Ní foláir nó ná raibh aon ghaisce ag baint leat féin ná led' shinsear. Níl aon chlaíomh id' thigh a sheasódh aon chrothadh amháin liom." "Níl aon leigheas agamsa ort," arsan t-athair, "ach tá gabha ina leithéid seo d'áit agus do dhéanfadh sé claíomh dhuit." Ghluais sé sa tsiúl agus tháinig sé go dtí an gceártain. Bhí an cheártain ar thaobh 'bhóthair. Tháinig sé go dtí an gceártain. Dhein sé an fothrom is gur chuala an gabha a choiscéim ag an dtigh is giorra don gceártain. Chuir sé cluais le héisteacht air féin agus d'aithin sé go raibh an duine ag teacht níos giorra don cheártain. An choiscéim dhéanach a thug sé ag binn na ceártan do chroith sé an cheártain. Tháinig uafás agus eagla ar na printísigh agus ar an ngabha nuair a critheadh an cheártain. Chuaigh sé

isteach 'on cheártain agus tháinig eagla ar na gaibhne nuair a chonacadar an
méid a bhí ann. "Dein claíomh dom," a dúirt sé leis an ngabha críonna.
Dhein sé an claíomh láithreach. Tháinig sé an lá a bhí ceapaithe chun an
claíomh a bheith déanta. Bhí an claíomh déanta roimis. Rug sé leis amach
an claíomh agus chroith é agus do bhris é. Tháinig sé isteach agus dúirt sé
leis gur claíomh lofa a dhein sé dó. "Ach mara mbeidh claíomh déanta agat
i gcomhair an lá so d'áirithe, duit féin, dosna printísigh is measa." Nuair a
d'imigh sé amach d'fhéachadar ar a chéile. "Anois, a bhuachaill[í], tugaíg[9]
aireachas don gclaíomh. Anois atá bhur gceard á dtarraingt chughaibh."
Deineadh an claíomh agus má deineadh fuair sé aireachas más aon chlaíomh
riamh é. Nuair a fuair sé an claíomh, d'imigh sé leis agus tháinig sé go dtí
mac an rí.

Ní raibh aon fhear maith ag mac an rí ach é. Sheoladar a n-árthaí agus
is é an áit gur casadh iad ná isteach i Sasana. Cheanglaíodar a n-árthaí ag
cé Shasana. D'imíodar fén dtír. Bhíodar ag siúl ar feadh lae tríd an oileán
agus ní fhacadar aon duine i rith an lae, ach tráthnóna chonacadar fear ag
teacht chucu anuas de dhroim chnoic. D'fhiafraigh mac an rí do gurb ait an
t-oileán é agus a rá ná facadar aon duine ach é sin. "Is gearr a bheidh[10] aon
duine san oileán ag beirt fhathach atá ag ithe gach éinne a bhuaileann leo,"
arsan fear. "Cá bhfuil siad anois?" a dúirt mac an rí. "Táid siad ar an dtaobh
theas den chnoc," ar seisean. Chuadar in airde ar mhullach an chnoic agus
chonacadar an dá fhathach ag imeacht leothu. Bhí crann mór coille[11] i lámh
gach fathach acu. "Níl aon ghaiscíoch eile againn a raghadh ag troid na
bhfathach," arsa mac an rí. "Beidh duine acu le gach duine againn." "Nuair
a raghaidh tú ag troid led' fhathach féin druid i leataoibh (?) uaidh agus
raghaidh a mhaide ar an dtalamh agus beidh an tarna maide ag teacht ansan
agus iompaigh do chlaíomh agus cuir an maide sa spéir agus nuair a bheidh
an maide eile ar [an] dtalamh buail le buille dod' chlaíomh é agus cuir an
maide as a láimh agus leis an tríú iarracht bíodh an ceann agat don
bhfathach." Nuair a chonaic an bheirt fhathach ag teacht [iad] do stadadar
agus do chuadar i gcoinnibh an dá ghaiscíoch. Do thug an dá fhathach fúthu
agus lig mac an rí an maide ar [an] dtalamh agus chuir sé an tarna buille sa
spéir agus do bhain sé an ceann do. Nuair a bhí san déanta aige d'fhéach sé
thairis agus do chonaic sé an tarna buille ag teacht ar an bhfear eile agus léim
mac an rí as a chorp agus sara raibh an buille tagaithe air bhí an maide cur-
tha sa spéir aige agus an ceann don bhfathach. "Do bhíos marbh mara
mbeadh tú," arsan fear eile. "Do bhís," arsa [mac] an rí. "Cad ina thaobh[12]
nár dheinis mar a dúrt leat?" ar seisean. "Níor chuimhníos air," arsan fear
eile. Nuair a bhí na fathaigh marbh bhí síocháin ag an oileán agus an-
bhuíochas ag muintir an oileáin orthu. D'inis mac an rí do rí Shasana cá
raibh sé ag dul. Thug an rí féirín dhóibh féin go bhfágfadh sé an tír ar an
bhféirín. Sheoladar leo agus casadh isteach in oileán eile iad. Bhí fathach
istigh san oileán rompu agus ní ligfeadh sé thairis san iad. Do dhein sé féin
agus mac an rí ar a chéile agus thugadar bualadh an lae le chéile. "Ná déan-
faimís sos?" arsan fathach. "Tá an oíche ag titim. Tá cábán anso agamsa
agus raghaimíd a chodladh ann." Chuadar isteach sa chábán. I gceann
tamaill insan oíche do thóg an fathach aniar a cheann agus dúirt sé go raibh
boladh ana-bhreá ón Éireannach. Shín sé siar arís. Thóg sé aniar a cheann

an tarna uair agus dúirt sé: "Faighim boladh an-bhreá uait, is dóigh liom go n-íosfad thú." Thóg sé aniar a cheann an tríú uair agus dúirt sé: "Tá deireadh na foighne caite agam agus is dóigh liom go n-íosfad thú." D'éirigh sé de léim agus thóg sé droim an chábáin amach leis. Thugadar bualadh an lae le chéile mar lean an fathach ann é. Ar éiriú an lae tharraing mac an rí spiar as a phóca agus chuir sé isteach i gcraos an fhathaigh é. Bhuail an fathach a cheann fé agus n'fhéadfadh sé a thuilleadh 'dhéanamh. "Is fuirist duit é 'mharú anois," a dúirt rí an oileáin. "Ní dhéanfad," a dúirt sé, "óir ná fuil sé ina chumas seasamh liom," arsa mac an rí. "Tá céad bliain anois ó ghaibh gaiscíoch an bóthar a dhein an cleas céanna leis agus tabharfaidh sé céad bliain eile mar sin." D'inis sé don rí cá raibh sé ag dul. Thug an rí féirín dhó le tabhairt don bhanríon.

Sheol sé leis agus tháinig sé go dtí an bhanríon. D'inis sé di cad a thug é. Shín sé chuici an féirín. "Is céad bliain saoil domhsa í sin," ar sise. "Tá an t-éan imithe uaim go dtí an domhan thoir agus tá an t-éan draíochta acu i dteannta a gcuid draíochta féin." "Caithfidh mé dul 'on domhan thoir," arsa mac an rí. "Níl aon chabhair agam le tabhairt duit," ar seisean, "ach seo cochall draíochta atá agam agus an fhaid agus 'bheidh sé agat ní chífidh éinne thú." Sheol sé leis nó gur chuaigh sé isteach 'on domhan thoir. Bhí tráigh bhreá bhán ann agus port duimhche ar an dtaobh thuas dó. Do dheineadar cábán a thógaint ansan. D'éirigh mac an rí amach ar maidin agus mháirseáil sé suas chun port na duimhche. Bhí fear leathchoise ann roimis. D'fhiafraigh sé don fhear san cad é an saghas fir é. "Is fear mise atá i mbun cóir agus ceart a bhaint do gach éinne, cé ná fuilim i mbun cóir ná ceart a thabhairt d'éinne." "Is maith an fear thú," arsa mac an rí. Ba sheo fé chéile an bheirt agus thugadar an lá ar fad le chéile agus ní dhein aon duine acu aon láimh ar an nduine eile. Tháinig sé go dtí an cábán tráthnóna. Nuair a d'éirigh sé amach an chéad mhaidin eile bhí an fear roimis arís agus gach aon phocléim aige. Thugadar bualadh an lae le chéile, agus ní dhein aon duine aon lámh ar an bhfear eile. Tháinig sé go dtína chábán. Nuair a d'éirigh sé amach maidin an tríú lae bhí fear na leathchoise ar phort na duimhche roimis. Thugadar bualadh an lae san le chéile agus ba é an scéal céanna é. Chuaigh mac an fheirmeora suas an ceathrú lá, agus thugadar bualadh an lae le chéile. Ní dhein éinne acu aon lámh ar a chéile. D'éirigh sé amach an [cúigiú] lá agus thugadar bualadh an lae le chéile agus ba é an scéal céanna [é]. D'éirigh mac an rí amach an séú lá agus fuair sé buatais¹³ crainn ar phort na duimhche agus bhuail suas ar a chois í agus bhí sí an-oiriúnach dhó. Dúirt sé leis féin gurb í a chuirfeadh an liath ar fhear na leathchoise. Ansan d'imigh sé suas go dtí fear na leathchoise. Ba sheo ar chéile iad agus thóg sé an bhróig agus bhuail sé suas fén mbolg¹⁴ é agus chuir ina cheo sa spéir é.

Tháinig sé go dtína mhuintir agus chuadar go dtí geata mór agus bhuail sé an geata leis an mbróig agus chuir isteach é. D'imigh sé isteach agus ní fhaca éinne riamh a leithéid do dhaoine is bhí ann. Ba sheo ar a chéile dhá thrian dá mhuintir aige mar bhí trian acu marbh. Do iadh an geata ina dhiaidh nuair a thángadar amach. D'éirigh sé amach an tarna lá. D'imigh sé suas agus chuir sé an geata isteach; 'dhóigh le héinne go maraíodh aon duine ar an muintir a bhí istigh. Ba sheo ar a chéile iad agus nuair a tháinig mac an rí amach d'fhág sé trian eile ina dhiaidh. Ní raibh ach trian aige ansan.

D'éirigh sé amach an tríú lá agus chuaigh sé suas fén ndún agus chonaic sé bosca agus comhra agus thug sé go dtína chábán an chomhra. D'osclaíodar an chomhra agus bhí dháréag fear istigh inti agus gléas[15] ceoil acu á seinm. Sin é an uair a chuimhnigh sé ar an [g]cochall a bhí aige. Chuir sé air é agus d*h*ruid(?) sé féin agus a mhuintir suas. Ní dhóigh le haon duine gur maraíodh aon duine ar an muintir a bhí istigh. Ní raibh aon fhear ina bheatha aige tráthnóna ach é féin is mac an fheirmeora. "Imighse leat," arsa mac an rí le mac an fheirmeora agus téir go dtí do chábán agus fanfad anso agus cífead conas a bhíonn an oiread céanna fear romhainn gach aon lá. Do hiadh an geata agus chaith é féin i measc na gcorp. I gcionn tamaill chonaic sé chuige fear na leathchoise agus buidéilín beag aige agus é ag scaoileadh braon uisce i gcluais gach éinne a bhí marbh agus gach aon duine ag éirí. Bhí naonúr tógaithe aige nuair a d'éirigh mac an rí ina sheasamh agus bhuail lena b*h*róig fear na leathchoise a chuir ina cheo sa spéir. M*h*airbh sé an méid a bhí tagaithe aige. Nuair a tháinig an lá tháinig mac an fheirmeora chuige agus d'*f*hiafraigh sé do ar mhair sé. "Mairim", arsa mac an rí. "Coimeád siar ón ngeata," arsa mac an rí, "féachaint an bhféadfainn an geata a chur amach." Thug sé fén ngeata agus chuir sé amach é. Níorbh fhéidir an geata 'iamh nuair a cuireadh amach é. "Sea anois," arsa mac an rí, "táimíd ag dul ag triall ar an gcailleach agus cífidh sí sinn agus an brat ormsa agus déanfaidh sí naoi dhuine di féin inár gcoinnibh. Ní baol duit éinne don ochtar a bheidh ar gach taobh duit ach an duine láir." Ba sheo fé chéile iad féin agus an chailleach draíochta agus bhí mac an rí á chosaint féin ar an gcailleach agus ní b*h*ac sé éinne don ochtar eile. Mhairbh sí mac an fheirmeora, ach do mhairbh mac an rí [í] féin. Chuaigh sé isteach 'on chúirt agus chonaic sé an t-éan draíochta agus [an] crúsca. Thug sé leis an crúsca agus chimil sé braon amach as ar mhac an fheirmeora agus thóg ina bheathaidh é. Thug sé leis an t-éan draíochta agus an crúsca bhí ag an gcailleach draíochta. Chuaigh sé go dtí an áit go raibh an bhean fé dhraíocht ann agus d'oibrigh an t-éan draíochta a chuid draíochta féin i gcoinnibh an draíocht[16] a cuireadh ar an mbean óg. Scaip sé an draíocht a bhí uirthi agus bhain sé an draíocht di. Ansan thug sé leis an bhean óg abhaile. Nuair a bhí an méid san déanta aige chuir sé an t-éan thar n-ais. Bhí sé an-bhuíoch don mbanríon i dtaobh na maitheas' a bhí déanta aici dhó. Dúirt sí leis an uair a bheadh aon chruatan eile air teacht ag triall ar an éan draíochta.

12. FÁINNE NA HÓIGE

Bhí rí ann fadó agus bhí triúr mac aige. Bhíodar go léir ag dul ar scoil. Dúirt an rí seo leis an mac críonna scéal nua a bheith aige gach lá go ceann bliana. Dúirt sé an rud céanna leis an tarna mac agus leis an tríú mac. Bhí scéal nua ag an mac óg gach lá go dtí an lá deireanach den mbliain. "An bhfuil aon scéal nua agat do d'athair?" arsan mac críonna leis an mac óg an lá deireanach den mbliain. "Níl," arsan mac óg, "ná mé ina chúram." "Téanam anso siar chun barra na faille," arsan mac críonna. D'imíodar siar agus chonacadar árthach ar snámh ag bun na faille. Ní raibh ar bord ach aon bhean amháin a bhí ar leathchois, ar leathláimh agus ar leathshúil. "Tá sibh anso, a chlann an rí," ar sise. "Táimíd," ar siadsan. "Cuirimse mar cheist,

mar bhrú agus mar chleasa drom' draíochta oraibh gan dhá oíche 'thabhairt
ar aon leabaidh ná an tarna béile bídh a dh'ithe ar aon bhord, go saothróidh
sibh Fáinne na hÓige chugham." D'imigh sí uathu agus thángadar abhaile.
"An bhfuil aon scéal nua anocht agat?" arsan t-athair leis an bhfear óg. "Tá
scéal mo dhóthain agam," arsan fear óg. "Níor ghá dhuit do chuid scéalta
a bhac," arsan mac óg, "'mar táimidne curtha i ngreamanna crua na ciniúna
agat." "Cad é sin?" arsan t-athair, "nó cad atá oraibh anois?" "Ní beag duit
a luatha a inseoimid an scéal duit," arsan fear óg. "Níl neart againn fanacht
it' theannta ach an t-aon oíche amháin seo do bharr do chuid scéalta," ar
seisean, "agus níl neart againn a chaitheamh ar do bhord ach béile na
maidine. Tá breith tugtha orainn agus caithimid imeacht."

D'imíodar maidin amáireach agus fuaireadar árthach. An cuan inar
chuadar isteach ann bhí sé lán d'árthaí agus do ghaiscígh. Dhírigh na
gaiscígh orthu agus mharaíodar an bheirt chríonna. Bhí an tráigh istigh lán
do dhaoine san am san. Nuair a chonaic an fear óg a bheirt dearthár marbh
bhuail sé buille chic ar chrann láir an árthaigh agus chuir sé ceangaibec[1] sa
ghainimh í i dtreo nár ghá dhó aon ancaire chuici. Dhein sé suas fén dtráigh
agus fé na gaiscígh agus mhairbh sé a raibh ann. Nuair a bhí an méid san
déanta aige chuaigh sé isteach i dtigh a bhuail leis. D'fhiafraigh don bhean
tí an raibh aon chuntas aici ar Fháinne na hÓige. "Níl," a dúirt sí, "ach nuair
a dh'éireodh[2] amach ar maidin amáireach cífidh tú duine aosta ar an dtráigh
agus abair leis gur cheapais nár dh'fhágais aon duine ina bheathaidh anso
inné agus go raibh ionadh ort é sin a dh'fheiscint." D'éirigh sé amach maidin
lá 'rna mháireach agus chonaic sé an duine aosta. "Cheapas," arsan fear óg,
"nár dh'fhágas aon duine ina bheathaidh ar an dtráigh seo inné."
D'fhiafraigh sé don bhfear aosta an raibh aon chuntas aige ar Fháinne na
hÓige. "Do bhí Fáinne na hÓige ar an dtráigh seo inné," arsan fear aosta,
"agus nuair a maraíodh a raibh ann do ghoid Rudaire[3] na Spanlaí é."

D'imigh sé ag triall ar Rudaire na Spanlaí. Bhí Rudaire na Spanlaí sínte
ar an dtinteán agus a dhá chois sínte go dtí an ndoras aige. Nuair a chuaigh
sé isteach d'fhéach sé ar Rudaire na Spanlaí agus dob ait leis é. Tharraing
sé a chlaíomh agus bhuail sé i dteora an dá ghlúin é agus bhain sé ón dá
ghlúin síos do. "Táim gortaithe agat," arsa Rudaire na Spanlaí, "ach más
ea ní haon difríocht é." "Tabhair dom Fáinne na hÓige," arsan fear óg. "Níl
sé agam," arsan Rudaire, "mar do ghoid Rudaire na Lasrach uaim é."
"Caithfidh mé dul go dtí Rudaire na Lasrach.[4]" D'imíodar orthu agus
chuadar go dtí Rudaire na Lasrach. "Tabhair dom Fáinne na hÓige," arsan
fear óg leis. "Níl sé agam," arsa Rudaire na Lasrach, "do ghoid an rí uaim
é." "Caithfidh mé dul go dtí an rí." a dúirt sé. "Beimidne led' chois," arsa
na Rudairí. Chuadar isteach in oileán an rí agus bhí abhainn idir an talamh
agus an rí agus chaithfeadh gach duine dul isteach [i mbád] chun dul thar
abhainn. 'Sé an ainm a bhí ar fhear an bháid ná an Garsún Gearra Glas. "An
gcuirfeá thar abhainn sinn?" arsa mac an rí. "Cuirfidh mé," arsan Garsún
Gearra Glas, "ach n'fhéadfainn ach duine a thabhairt liom sa turas agus
caithfidh sé babhta iomarscála a thriail liom tar éis é 'bheith ar an bport."
Chuaigh Rudaire na Spanlaí 'on bhád agus thug sé thar abhainn é. Nuair a
bhíodar thall chuadar le chéile agus thóg an Garsún Gearra Glas os cionn
talún é agus bhuail fé thíos é. Chuir sé anall an bád agus chuaigh Rudaire na

Lasrach isteach sa bhád. Dhein sé an gníomh céanna le Rudaire na Lasrach. Nuair a chonaic mac an rí an bheirt leagtha aige do dhruid sé i ndiaidh a chúil agus thóg sé fáscadh ruthaig chun na habhann. Do ghlan go scóipiúil an abhainn. "Seasaimh liomsa," a dúirt sé leis an nGarsún Gearra Glas. Rugadar araon ar a chéile agus thóg sé os cionn talún an Garsún Gearra Glas. "Tánn tú thíos agam," a dúirt sé. "Ní bheinnse thíos agat," arsan Garsún Gearra Glas, "dá raghfá 'on bhád chugham mar do dhéanfainn cleas na beirte eile leat." "Is fada mise anso fé dhraíocht ag an rí," arsan Garsún Gearra Glas, "ag cur daoine thar abhainn, ach tá an draíocht imithe anois díom i dtaobh gur léimis an abhainn agus i dtaobh nár chuais isteach im' bhád." "Tá im' dhiaidhse," a dúirt sé, "tarbh draíochta." D'imigh mac an rí suas agus bhuail an tarbh draíochta leis. Tháinig an tarbh chuige agus bhuail mac an rí buille i gclár an éadain air ach níor ghearraigh sé ribe dá chuid clúimh. Nuair a chonaic sé nár dhein sé aon lámh ar an dtarbh d'imigh sé ar stáid reatha agus an tarbh ina dhiaidh. Thugadar tamall le chéile ag rith agus i gceann tamaill chas sé arís ar an dtarbh agus bhuail sé buille dá chlaíomh air ach níor ghearraigh sé ribe dá chuid clúimh. Do rith sé an dara uair agus an tarbh ina dhiaidh agus d'iompaigh sé ar an dtarbh agus thug sé buille i gcnámh an droma dhó agus dhein sé dhá leath tríd síos don dtarbh. Do bhris sé a chlaíomh leis an mbuille. "Sea anois," arsan Garsún Gearra Glas, "tá droichead romhat agus ar an dtaobh istigh dó san tá capall gan cheann. Duine is ea é ach é 'bheith i bhfoirm chapaill[5] gan cheann." "Tá oiread draíochta ar an ndroichead go dtuitfir dod' chodladh mara gcuirfir do chlaíomh tríd' chois agus fáscadh ruthaig a thógaint chun an droichead a chur díot."

Do chuir sé an droichead do ansan. "Is fada mise anso," arsan capall gan cheann, "ach tá an draíocht imithe anois díom ó chuiris an droichead díot." D'imigh sé suas agus bhuail gabha leis. D'fhiafraigh sé dho an ndeiseodh sé a chlaíomh. D'fhéach an gabha ar an gclaíomh agus d'aithinigh sé é. "N'fhéadfainn an claíomh san a dheisiú dhuit, a dhuine mhaith," arsan gabha, "ach tá páirtí dhon gclaíomh so agam. Cá bhfuileann tú ag dul?" arsan gabha. "Táim ag dul go dtí an rí," ar seisean. "Is mór an ionadh gur tháingís chomh fada," arsan gabha. "Máirseáil anois go dtí an rí agus b'fhéidir go gcífeá iníon an rí agus go dtabharfadh sí comhairle dhuit." Chuaigh sé go dtí an rí agus chonaic sé an iníon agus chuaigh sé ag caint léi. D'fhiafraigh sí dho cad a bhí uaidh. Dúirt sé go raibh sé ag dul ag comhrac lena hathair. "Tá do dhóthain cúraim ort dul ag comhrac le m'athairse," ar sise. "Dá bpósfá mise," ar sise, "do thabharfainn comhairle dhuit." "Pósfad," ar seisean. "Táimíd cortha cráite aige," ar sise, "agus dob fhearr linn é(?) marbh ná beo. Níl aon mharú air san go deo," ar sise, "nó go mbuailfear isteach sa chliathán é le ubhall atá aige." "'Sé an áit go bhfuil an t-ubhall san," ar sise, "ná thíos in úir fé thalamh istigh i mbolg lachan. Tá leac mhór i mbéal an úir agus raghaimíd síos nuair a bheidh an leac tógtha." Dúirt sí leis go n-osclódh sí féin an bosca agus go gcaithfeadh sé féin breith ar an lacha. Nuair a rug sé ar an lacha chaith sí uaithi an t-ubhall. Bhuail sé chuige ina phóca é. Ghluaiseadar leothu aníos as an úir agus bhí an-dheabhadh á dhéanamh ag an mbuachaill 'bhreis ar an gcailín. Dúirt sí leis fanacht socair ach ní thug sé aon aird uirthi agus bhí an siúl céanna á dhéanamh aige i gcónaí. Nuair a bhí sé ar barra chuir sé an leac i mbéal an phoill uirthi agus d'fhág sé thíos í. "Ba bhaol dhomhsa," ar seisean, "dá mbeadh aon cheangal eadrainn go ndéanfá galar t'athar liom." Ghluais sé agus tháinig sé go dtí an rí chun comhraic a chur air. D'éirigh an rí amach ina choinnibh. Thugadar fé chéile leis na claímh ach ní raibh aon rian aige dá chur ar an rí. Tharraing sé chuige an t-ubhall agus bhuail sé é. Thug sé leis Fáinne na hÓige a fuair sé i mbolg na lachan. Thug sé do bhean na leathshúile, na leathchoise agus na leathláimhe an fáinne agus chuimil sé dhi é. Nuair a chuimil sé an fáinne dhi bhí sí ina bean chomh breá agus a bhí le fáil. Bhí a dá súil agus a dá cos agus a dá láimh aici ansan agus phós sé í.

Do rug sé leis Fáinne na hÓige agus do chuimil sé dá bheirt dearthár é agus do thóg sé iad. Scaoil sé abhaile go dtína n-athair iad insan árthach. D'fhan sé féin agus an bhean san oileán agus mhaireadar go sona sásta as san amach. Bhí Fáinne na hÓige acu ansan i gcónaí agus do choimeád sé óg iad nó go bhfuaireadar bás.

13. FEAR AN DÁ BHEIST

Bhí fear bocht in Uíbh Ráthach fadó agus bhí an saol chomh dealbh san aige ná féadfadh sé casóg do cheannach le cur air féin. Nuair ná raibh casóg aige le cur air féin do fuair sé dhá bheist agus do chuir sé[1] air féin iad agus sa tslí san do baisteadh "Fear an dá bheist" mar leasainm air.

Lá amháin dúirt sé leis féin go n-imeodh sé dhó féin agus go ndéanfadh sé tuilleamh éigin. Bhí sé ag cur an bhóthair dhe nó go bhuail coill leis go raibh maidí breátha[2] ag fás inti. Chuaigh sé agus do bhain sé maide breá a bhí ag fás inti. Do shiúlaigh sé air tríd an gcoill agus do chonaic sé maide ní ba bhreátha ná an maide a bhain sé. Do bhain sé an maide san agus do shiúlaigh sé air tamall eile. Do bhuail maide eile leis do bhí ní ba bhreátha ná an dá mhaide eile a bhain sé agus do bhain sé an maide san leis.

Ansan do tháinig duine uasal na coille chuige agus d'fhiafraigh sé dhon duine bocht cad ina thaobh ná déanfadh aon mhaide amháin a ghnó gan bac le trí cinn acu. "Ó!" arsan duine bocht, "'sé an chiall gur bhaineas na trí mhaidí san ná, mar tá beirt dearthár im' dhiaidh sa bhaile atá níos fearr d'fhearaibh ná mé féin agus dá raghainn abhaile le aon mhaide amháin do bhainfidís díom é agus dá raghainn abhaile le dhá cheann do bhainfidís díom iad mar an gcéanna. Ach ó tá trí cinn agam fágfaidh siad agam féin an tríú ceann."

"An bhfuil a fhios agat" arsan duine uasal, "cad é an dlí a leanann na maidí san?" "Níl a fhios agam," arsa fear an dá bheist. "'Sé an dlí é," arsan duine uasal, "ná gabháil don maide i mullach an chinn ar an té a bhaineann ceann acu." "An mar sin é?" arsan duine bocht. "Is mar sin é, mhuis," arsa fear na coille. Do chaith an fear bocht na maidí uaidh agus dúirt sé leis an bhfear uasal breith ar cheann acu. Do rug agus do rug sé féin ar cheann eile acu. Do thug an duine uasal iarracht ar an nduine bocht do bhualadh leis an maide ach do chosain sé é féin. Do chosain an duine bocht é féin ar gach buille a thug an duine uasal fé. Do bhraith an fear bocht go raibh sé ró-mhaith d'fhear don nduine uasal agus dúirt sé: "Tá an lá dá lot ag an bhfear bocht agus gan aon ní aige dá dhéanamh." "An b'amlaidh is dóigh leat go ndéanfá é?" arsan fear uasal. "Is fada do dhéanfainn mara mbeadh nach maith liom rian mo mhaide do chur ort," arsan fear bocht. "Dein do dhícheall orm agus ná spáráil mé," arsan fear uasal. Do thugadar féna chéile leis na maidí ach do chuir an fear bocht maidí an duine uasail thairis siar agus do bhuail sé an duine uasal le buille dá mhaide agus do chuir sé marc air leis an mbuille san.

"An beag leat an méid san?" arsan duine bocht. "Ó is beag liom," arsan duine uasal. "Ó! más beag leat é, geobhair a thuilleadh," arsan duine bocht. Do thugadar féna chéile arís agus do chuir an duine bocht maidí an duine uasail thairis siar agus do bhuail sé le buille maith cruaidh é a dh'fhág fuil leis an nduine uasal. "An beag leat anois an méid san?" arsan duine bocht. "Ó is beag liom," arsa fear na coille. "Ó! más beag, geobhair a thuilleadh dhe," arsa fear an dá bheist.

Ba sheo le chéile arís iad agus do dhein an fear bocht an cleas céanna le maidí an duine uasail agus a dhein sé roimis san. Do bhuail sé le buille uafásach an uair san é agus do leag agus do ghortaigh sé an duine uasal. Do rug an fear bocht ar láimh air agus do thóg sé in airde é agus dúirt sé leis: "an beag leat an méid san anois, a dhuine uasail?" "Ó ní beag liom an méid san in aon chor anois," arsan duine uasal. "Tá mo dhóthain fachta anois agam de bharr na coille. Ach téanam liom abhaile go dtabharfad do dhinnéar duit mar tá sé tuillte go maith agat tar éis an lae," arsa fear na coille. "Ó sea, go marófá mé," arsan duine bocht. "Ar m'fhocal is ar mo shláinte ach ná maróidh mé thú in aon chor," arsan fear uasal, "agus téanam ort abhaile." Do chuaigh an fear bocht leis abhaile. Nuair a bhíodar ag déanamh ar an dtigh bhí bean an duine uasail ina seasamh sa doras agus nuair a chonaic sí an fhuil a bhí ar a fear do liúigh sí agus do bhéic cad a d'éirigh dó. "Ó," ar seisean, "fear is fearr ná mé féin a bhuail liom inniu, sé sin an fear bocht so lem' chois a dh'fhág fuil ormsa. Ullmhaigh dinnéar dúinn mar tá sé tuillte go maith aige seo." D'ullmhaigh sí dinnéar breá dhóibh agus d'ith an fear bocht a dhóthain an lá san má dh'ith sé riamh é.

Choimeád an duine uasal fear an dá bheist aige féinig ar feadh mí chun an garda a mhúineadh dhó. Nuair a bhí an mhí suas aige dúirt an fear bocht leis féin go raibh sé in am aige dul abhaile go dtína bhean agus a pháistí mar gur dócha go rabhadar caillte leis an ocras. "An bhfuil sé id' cheann dul abhaile?" arsan fear uasal leis. "Tá," arsan fear bocht, "mar tá bia maith anso agamsa le mí ach is dealbh atá mo bhean agus mo pháistí age baile im' dhiaidh." Dúirt an duine uasal lena bhean trí bollóga aráin a dhéanamh don bhfear bocht i gcomhair an bhóthair agus do chuir sé féin giní óir ins gach bollóg acu. Nuair a bhí an fear bocht ag imeacht abhaile do thug an duine uasal na trí bollóga dhó agus dúirt sé leis gan aon bhlúire acu a thabhairt d'éinne ach an méid ná híosfadh sé a thabhairt abhaile.

Nuair a bhí tamall den mbóthar curtha dhe ag an duine bocht do tharraing sé chuige bollóg agus do thosnaigh sé dá ithe. Ní raibh mórán den mbollóg ite aige nuair a fuair sé an giní óir istigh inti. "Sea, tá pá an mhí go maith agam ach go háirithe," ar seisean leis féin. Do thug sé leis abhaile an dá bhollóg eile agus nuair a bhíodar dá n-ithe fuaireadar dhá ghiní óir eile istigh iontu. Bhí an-áthas ar an bhfear bocht toisc gur dhíol an fear uasal chomh maith é.

Áirithe aimsire ina dhiaidh san chuaigh an duine uasal go Corcaigh le ualach mór ime. Bhí dornálaí mór i gCorcaigh an lá san agus bhí sé ag imeacht ar fuaid na sráide féachaint an bhfaigheadh sé éinne a raghadh ag dornáil leis. Bhí a bhuachaill aimsire le cois an duine uasail agus dúirt an duine uasal lena bhuachaill gur mhór an trua ná raibh fear an dá bheist acu mar go mbeadh sé maith a dhóthain d'fhear don ndornálaí. "An bhfuil a fhios agat cá gcónaíonn sé nó cad é an ainm atá air féachaint an bhfaighimís éinne a raghadh ag triall air?" arsan buachaill. "N'fheadar cá gcónaíonn sé ná níl a fhios agam cad é an ainm atá air mar níor fhiafraíos do é," arsan duine uasal. Lena linn san do chonacadar an duine bocht ag gabháil barra na sráide anuas chucu lena chapall agus a fheircín ime. Do chuadar roimh an nduine bocht agus d'insíodar an scéal go léir dó agus dúradar leis go mbeadh sé maith a dhóthain d'fhear don mbullaí. "Cad a dhéanfaidh m'fheircín ime?" arsan duine bocht. "Tabhair domhsa é agus cuirfead isteach im' chairt féin é agus díolfad é níos fearr ná tú féin," arsan duine uasal.

Bhí stáitse mór adhmaid déanta don ndornálaí agus don té 'raghadh ag dornáil leis. Chuaigh an fear bocht in airde ar an stáitse go dtí an ndornálaí agus shuigh sé ann. Do ghaibh an fear mór chuige agus dúirt sé leis nár cheart dó teacht sa tslí air féin agus bhuail sé an fear bocht le buille dhorn. "Má thánagsa anso féin ní rabhas sa tslí ortsa," arsan fear bocht. Do ghaibh sé timpeall arís agus do bhuail sé an fear bocht le buille ní ba mhó ná an chéad bhuille agus do bhí an fear bocht nach mór ag gol aige. "Cad é an chúis atá agat ormsa?" arsan fear bocht. D'imigh an dornálaí mórthimpeall arís agus do bhuail sé an fear bocht le buille maith dhorn an tríú uair. "Má thánagsa anso féin ní rabhas ag cur aon chur isteach ortsa," arsan fear bocht. Do shín an duine bocht amach an láimh agus do thug sé fén bhfear mór insna heasnacha agus do chuir sé a láimh isteach ina chliathán agus d'fhág sé marbh ansan an dornálaí. Tógadh anuas den stáitse an fear bocht agus do hiompraíodh[3] ar ghuailne daoine é ar fuaid chathair Chorcaí.

Do bailíodh lán a hata d'airgead don nduine bocht. Do dhíol an duine uasal a fheircín ime dhó níos fearr ná 'dhéanfadh sé féin é. Thug sé dhó fiacha an fheircín ime agus deich bpuint ina theannta agus tháinig fear an dá bheist abhaile go hUíbh Ráthach arís agus do mhair sé féin agus a bhean is a pháistí go sona sásta as san amach agus n'fhacaigh sé aon lá bocht ina shaol an fhaid a mhair sé arís.

14. AN tIMPIRE AGUS AN RÍ

Bhí lánúin[1] bhocht ann sa tseanshaol, go raibh beirt mhac acu. Bhí an saol an-dian ar na daoine bochta. Is minic ná bíodh faic le n-ithe acu. Bhí sé dian go leor orthu uair, agus dúirt an mháthair leis an athair, an bhó a bhí acu a thabhairt ar an aonach agus í 'dhíol. Cé gur dheacair leis an athair é 'dhéanamh, ní raibh aon dul uaidh aige.

Bhí sé ar an aonach go luath ar maidin agus do ghaibh ceannaitheoir chuige. "Cad 'tá uait ar an mbó?" ar seisean. "Tá deich bpuint," arsan fear bocht." "Cogar i leith chugham," arsan ceannaitheoir, "tá éan beag anso agam agus tabharfad duit ar an mbó é." "Cad é an mhaitheas domhsa do sheanéan?" arsan fear bocht. "Tá mo leanaí age baile gan aon ghreim ó mhaidin inné." "Cogar," arsan ceannaitheoir, "má dheineann tú mo chomhairle, agus an t-éan a thógaint, déanfaidh tú do leas. Mar nuair a scaoilfidh tú an t-éan ar fuaid an tí, rithfidh na leanaí ina dhiaidh, agus ní bheidh aon chuimhneamh acu ar aon rud a dh'ithe. Nuair a bheidh siad cortha ó bheith ag rith ina dhiaidh, titfidh a gcodladh orthu gan dua."

Do mheall a chuid cainte an fear bocht agus thug sé dhó an bhó ar an éan. Nuair a shroich sé an baile tráthnóna, d'fhiafraigh a bhean do cad a fuair sé ar an mbó. "Ní bhfuaireas faic ach an t-éan beag so," ar seisean, ag taispeáint an éin di. "Ó!" arsan bhean, "cad a dhéanfaidh mo leanaí go léir?"

Scaoil an fear an t-éan ar fuaid an tí, agus seo na leanaí láithreach ina dhiaidh. Nuair a bhíodar cortha ó bheith ag rith ina dhiaidh, shuíodar ar lic an tinteáin agus thit ina gcodladh. Chuir an t-athair an t-éan isteach i mbosca, agus nuair d'éirigh sé ar maidin fuair sé ubh óir ina dhiaidh. "Féach," ar seisean lena bhean, "cad 'tá fágtha i ndiaidh an éin agam." "Is iontach an t-éan é," ar sise, "agus féach tá scríbhneoireacht air leis."

Bhíodh ubh óir i ndiaidh an éin gach aon mhaidin agus choimeád an fear bocht iad go raibh leathdhosaon aige. Bhí fear mór san chathair go raibh a dhóthain airgid aige. Thug sé na huibhe chuige agus fuair sé a luach go maith, agus 'sé a bhí scríofa, ná an té a d'íosfadh croí an éin go mbeadh sé ina impire, agus an té 'íosfadh a ae go mbeadh sé ina rí.

Bhí iníon ag an bhfear mór agus bhí sí le pósadh amáireach. Fuair an fear bocht agus a líon tí[2] cuireadh chur teacht ar an bpósadh. Ón uair ná raibh aon rud eile aige mar bhronntanas chuige thug sé leis an t-éan. Cuireadh an t-éan ar an ngriodall, chomh maith leis an ndinnéar. Nuair a tháinig [mic] an duine[3] bhoicht, is isteach 'on chistin a chuadar. "Féach," arsa duine acu, "cá bhfuil ár n-éan? Ní fearr ag éinne é ná againn féin." Rug sé ar an éan[4] agus dhein dhá leath dho. Thug sé an píosa go raibh an croí ann dá dhearthráir agus choimeád sé féin an píosa go raibh an t-ae ann. Cé ná raibh aon fhios acu go raibh aon bhua ag baint leis an gcroí, agus leis an ae, d'itheadar iad.

Nuair tháinig an cócaire isteach, chonaic sí go raibh an t-éan imithe, agus d'fhiafraigh sí dhóibh cár imigh sé. Dúradar go raibh sé ite acu féin. Chuaigh sí go dtína n-athair agus gheaáin sí iad. Tháinig sé isteach agus slat dheas chruaidh aige. Thug sé a leithéid do bhualadh dóibh gur theitheadar ón dtigh, agus ní ligfeadh eagla dhóibh casadh arís. Chuadar síos ar an gcé agus chonacadar árthach ar ancaire sa chuan. Shnámhadar amach chuici, agus ón uair ná faca éinne iad, chuadar i bhfolach inti. Bhíodar i bhfad amach nuair a tugadh fé ndeara iad. Chuaigh na mairnéalaigh i gcomhairle féachaint cad a dhéanfaidís leo. "Caithfeam i bhfarraige iad," arsa duine acu. "Ní dhéanfam," arsan captaen, "ach cuirfimid i dtír iad, sa chéad áit eile a stadfaimíd." Shocraíodar ar san a dhéanamh, agus nuair a thángadar i dtír, scaoileadar uathu iad. Bhíodar ag siúl timpeall ar an gcé agus n'fheadaradar cá raghaidís. Nuair a tháinig an oíche, chaitheadar codladh fé chom cloiche. Thugadar trí lá mar sin agus gan de bia acu ach iascáin fuara.

Sa deireadh, chonaic bean uasal iad, agus dúirt sí lena cailín iad a thabhairt aníos go dtína tigh, mar gurbh fhéidir go raibh ocras orthu, nó gurb amhlaidh a bhíodar ag lorg duine éigin. Chuaigh an cailín síos chucu agus dúirt leo gur theastaigh óna máistreás iad d'fheiscint. Chuadar suas lena cois, agus d'fhiafraigh an bhean uasal dóibh canathaobh go rabhadar ag siúl timpeall ar an gcé le trí lá. D'insíodar di conas mar a bhuail a n-athair iad, agus mar a theitheadar ón dtigh.

Choimeád an bhean uasal aici féin iad, agus bhí sí chomh ceanúil orthu agus a bheadh sí ar a clann féin. Cailleadh an rí agus an t-impire a bhí san áit agus tháinig lá an toghcháin. 'Sé an slí a thoghaidís rí agus impire san áit san, ná an té go dtiocfaidh fiolar anuas ar a ghualainn, chaithfidís san a bheith ina rí agus ina impire. Bhailigh na daoine ó chian agus ó chóngar ar an láthair agus gach duine acu a cheapfadh gur orthu féin anuas a thiocfadh[5] an fiolar. "Nach fearra dhíbhse dul go dtí páirc an toghcháin inniu," arsan bhean uasal leis an bheirt leanbh. "Mhuise," arsa duine acu, "ní haon mhaitheas dúinne dul ann." "Ach mar sin féin," ar sise, "beidh tamall cuileachtan agaibh."

Chuadar ann agus ba iad an bheirt ba dhéanaí a tháinig iad. Ní fada go raibh an fiolar ag féachaint anuas ar an gcomhthalán. D'fhéach gach éinne suas. Ní ar éinne eile a tháinig an fiolar ach ar an mbeirt. Is orthu a tháinig an t-ionadh nuair a chonacadar ag teacht chucu é. Chuadar abhaile go dtí an mbean uasal agus d'insíodar an scéal di, agus dá mhéid áthas a bhí orthu féin, ba mhó ná san a bhí uirthi san.

Chuadar chun cónaí san áit go raibh an rí agus an t-impire deirneach ina gcónaí, agus níorbh fhada gur phósadar. Bhí rath mór[6] ar phósadh an rí, ach níor mhar san don impire. Bean chancrach shaintiúil a bhí aige. Bhíodh trí píosaí leathchorónach i ndiaidh an impire gach maidin toisc gurb é a dh'ith ae an éin, agus dhein a bhean gach aon iarracht féachaint conas a bhídís ina dhiaidh. Nuair a theip uirthi chuaigh sí go dtí draoi a bhí aici, agus d'inis sí an scéal dó. "Níl ach aon leigheas amháin le déanamh ar an scéal," arsan draoi. "D'ith sé sin ae éin áirithe, agus níl aon rud le déanamh agat ach rud éigin a thabhairt dó a chuirfidh ag caitheamh suas é. Nuair a fheicfir an t-ae á chaitheamh amach aige, tóg é agus ith féin é agus beidh do thrí píosa leathchorónach agat féin." Dhein sí mar a dúirt sé agus nuair a bhíodh na trí píosaí leathchorónach aici féin gach maidin, níor fhan aon mheas aici ar an impire, agus is gearr gur ruaig sí ón dtigh é.

D'imigh sé sin air agus casadh isteach i gcoill mhór fhiáin é. Thug sé seacht mbliana soir siar san choill sin ag féachaint an bhfaigheadh sé aon áit go bhféadfadh teacht amach aisti. Ní raibh aon bhalcais éadaigh dá raibh air ná raibh stolta, stracaithe, agus bhí a chuid féasóg ag dul síos go talamh. Ní bhíodh de bhia aige ach úlla na coille.

Bhí sé lá ag siúl timpeall agus bhuail tart é. Sháigh sé láimh suas agus thóg anuas úll. Ní túisce a bhí sé ite aige ná deineadh cnapán asail do. "Ní raibh an ainnise i gceart riamh orm go ndeineadh asal díom," ar seisean. D'imigh sé air agus thóg sé úll eile agus deineadh duine arís do. "Go deimhin, ach is ait na húlla iad so," ar seisean leis féin. D'iompaigh sé ar sháil agus thug sé leis dhá cheann dos na húlla a dhein asal do agus chas istigh ina sheanhata iad. Chuaigh sé agus thug dhá cheann eile dos na húlla a dhein duine dho, agus chuir síos ina phóca iad. Ní fada ina dhiaidh san go bhfuair sé slí amach as an gcoill. Dhein sé ceann ar aghaidh ar an áit gur chaith sé tamall ag impireacht. Bhí a bhean pósta agus iníon aici ó d'imigh sé. Fuair sé boirdín beag agus chuir sé amach na húlla air. Tháinig sé ós coinne an tí mhóir amach. Bhí a bhean agus a hiníon in airde i gceann dos na fuinneoga. "Nach maith a fhéachann na húlla atá ag an bhfear san thíos," arsan mháthair lena hiníon, "is fearra dhuit dul síos agus féachaint cad 'tá sé ag éileamh orthu." Chuaigh an iníon síos agus d'inis sí fáth a cúraim don bhfear. "Is dóigh liomsa gur úlla maithe iad ach go háirithe," arsan t-impire, "ach téirigh suas go dtíd' mháthair agus abair léi teacht anuas agus iad a thástáil sara gceannóidh sí iad." Dhein sí mar a dúirt sé. Tháinig an bheirt acu anuas arís. Dhein sé dhá leath do cheann dos na húlla. "Seo anois," ar seisean, "cuiríg in 'úr mbéal i dteannta a chéile é." Dheineadar. Ar an láthair sin deineadh dhá chnapán asail díbh.

Thug an t-impire leis iad go dtí an mbuachaill aimsire agus dúirt leis iad a thabhairt ag tarrac móna ar feadh seachtaine, agus gan an bata a spáráil ar an asal críonna, pé'n rud a dhéanfadh an t-asal óg. Chomáin an buachaill leis iad agus ní mór an teaspach a bhí ar an dá asal t'réis na seachtaine. Nuair a bhí an tseachtain suas, chuaigh an t-impire agus cheannaigh sé culaith bhréa éadaigh. Chuaigh sé go dtí an mbearbóir chun é féin a bhearradh. "Ar chualaís an scéal nua?" arsan bearbóir leis. "Níor chuala," arsan t-impire, "cad é?" "Tá an rí chun na cathrach a dhó amáireach," ar seisean, "mar gheall ar a dhearthár, a bhí ina impire anso, agus a d'imigh seacht mbliana ó shin, agus ní bhfuaradh tásc ná tuairisc ó shin uaidh." "Is olc an scéal é sin," arsan t-impire, ag leathgháirí leis féin.

Bhí sé bearrtha fén dtráth so aige ach thíos féna smigín. Nuair a bhí sé sin bearrtha aige chonaic sé poll fén smigín. Aon duine go raibh aithne aige ar an impire roimis sin, d'aithneodh sé an uair sin é. Bhí poll fé smigín an impire i gcónaí agus bhí sé an-soiléir le feiscint. "Ariú nach tú an t-impire?" arsan bearbóir. "Is mé cheana," arsan t-impire, "ach ná habair le héinne eile go maidin é."

Nuair a deineadh asail do bhean an impire agus dá hiníon, ní raibh 'fhios ag éinne é ach ag an impire. Chuir an dara fear a bhí ag an mbean gairm scoile amach, féachaint an mbeadh a dtuairisc ag éinne ach ní raibh. An oíche san chuaigh an t-impire chuige agus d'fhiafraigh dho cad a thabharfadh sé dhó dá dtaispeánfadh a bhean agus a iníon dhó. "Geobhair míle punt uaim," ar seisean. "An ngeallann tú dhom ná tiocfaidh aon fhearg ort?" arsan t-impire. "Cad ina thaobh go dtiocfadh?" ar seisean. "Téanam ort más ea," arsan t-impire. Chuadar isteach i stábla. "Sin iad ansan do bhean agus t'iníon," arsan t-impire. "Cad ina thaobh go mbeidís san mar bhean agus mar iníon agam?" ar seisean agus fearg air. "Fan go fóill," arsan t-impire. Thóg sé úll amach as a phóca agus dhein sé dhá leath dho, agus chuir sé ar chúl-fhiacail gach asal é, agus láithreach bonn deineadh mná arís dóibh. "Féach anois cá raibh do bhean agus t'iníon," arsan t-impire.

Tugadh isteach an bheirt, agus bhí ceol agus rince sa tigh mór, ar feadh seachtaine. Dhein an tseachtain ag tarrac mhóna, bean chiúin chneasta do bhean an impire agus níor chualaigh éinne aon chámhseán ná tormas uirthi faid a mhair sí.

15. LIAM NA gCÁRTAÍ

Fadó riamh do mhair garsún [1] beag agus baisteadh Liam na gCártaí mar leasainm air toisc go mbíodh sé i gcónaí ag imirt chártaí. Bhí sé an-mhaith chun iad a dh'imirt. Bhíodh paca chártaí ina phóca i gcónaí aige agus lá breá[2] samhraidh ḅhuail an rí leis agus chuadar ag imirt. D'imir an rí mórán airgid leis agus bhuaigh Liam é. Tháinig sé abhaile agus d'inis sé a scéal age baile. Bhí an-áthas ar a athair nuair a chuala sé an scéal ach dúirt[3] an mháthair nár ghá an lúcháir go léir. An tarna lá chuaigh Liam ag imirt leis an rí agus d'imir an rí mórán báighe[4] agus má dh'imir do bhuaigh Liam iad. Tháinig sé abhaile agus d'inis sé a scéal dhóibh. Bhí áthas mór ar an athair ach ní raibh puinn áthais ar an máthair. An tríú lá chuaigh Liam ag imirt arís leis an rí agus d'imríodar a gceannacha le chéile. Más ea ní raibh an t-ádh ag Liam mar bhuaigh an rí a cheann. D'ordaigh an rí lá áirithe do Liam chun go mbainfeadh sé an ceann de. Tháinig Liam abhaile agus é go dubhach dobrónach agus d'inis sé a scéal dóibh age baile. "Féach anois," arsan mháthair leis an athair, "nár ghá an lúcháir ar fad agus dob fhíor dom é." Bhíodar go léir go cráite. Ní raibh a fhios acu cad ba mhaith dhóibh a dhéanamh. Chuaigh Liam go seanfhear críonna a bhí ar an mbaile a bhí an-thuiscineach. "Níl aon rud le déanamh agamsa dhuit," arsan seanfhear, "ach tagann triúr iníon an rí ansiúd ag snámh gach lá. An chéad lá eile a thiocfaidh bí thíos in áit éigin agus nuair a bheidh siad ag snámh goid éadach an iníon[5] is óige. Coimeád iad nó go mbeidh an dá iníon eile imithe agus dein é sin ar feadh trí lá agus b'fhéidir go ndéanfadh sé sin cabhair duit." Dhein Liam fé mar a dúradh leis. D'fhair sé iad nó go rabhadar ag snámh agus ansan ghoid Liam éadach an [6]iníon óig.[6] Bhi sí tamall mór á cuardach agus nuair a bhraith Liam go raibh an dá iníon eile imithe thug sé a cuid éadaigh di. Thug sé cogar di agus dúirt sí go ndéanfadh sí a dícheall dó. Dhein sé é sin ar feadh trí lá agus an tríú lá dúirt sí leis nuair a raghadh sé isteach go tigh an rí, sé sin a tigh féin, gan suí ar aon chathaoir ach cathaoir bheag a bhí i lár an tí agus gan an bia deas a bheadh ar an mbord a dh'ithe ach an bia ba mheasa. Sea, tháinig an lá chun an ceann a bhaint do. Chuaigh Liam go tigh an rí. Dúirt an rí leis suí ar chathaoir bhreá bhog a bhí ansan. "Ní dhéanfad," ar seisean, "déanfaidh an chathaoir bheag so mise chun suí inti." D'ullmhaíodh bia dhó. Cuireadh gach aon sórt bídh ar an mbord chuige. "Ith an bia is fearr ar an mbord anois," ar seisean. "Ní dhéanfad," ar seisean "ach déanfaidh an bia is measa mise." "Sea," arsan rí le Liam, "nuair ná dh'ithis an bia is fearr agus nuair nár shuís ar an gcathaoir ba dheise im' thigh ní bhaịnfead an ceann in aon chor díot ach cuirfead pionós níos measa ort." Chuir sé soitheach uisce thíos i seomra agus chuir sé Liam síos ann agus clúdach ar bharr an tsoithigh. "Sea, beidh tú caillte ar maidin siúrálta," arsan rí leis. I lár na hoíche d'éirigh iníon an rí agus thóg sí amach Liam agus chuir sí leis an dtine é go raibh sé tirim arís.

Chuir sí éadach eile air agus chuir sí síos san soitheach arís Liam. Nuair a d'éirigh an rí ar maidin bhí ionadh mór air nuair ná raibh Liam caillte roimis. An tarna oíche chuir an rí isteach san uisce arís Liam. "Anois," ar seisean "is tú an diabhal mara mbeir caillte romham ar maidin." D'éirigh iníon an rí i lár na hoíche agus thóg sí amach Liam arís agus thriomaigh sí leis an dtine é agus chuir sí isteach insan uisce arís é. Nuair a d'éirigh an rí ar maidin ní raibh Liam caillte roimis. D'fhan sé mar sin go dtí an tríú oíche. Chuir an rí Liam isteach san uisce arís. D'éirigh an iníon arís i lár na hoíche agus thóg sí amach Liam arís agus nuair a d'éirigh an rí ar maidin ní raibh sé caillte agus scaoil sé leis. Phós Liam agus iníon an rí ina dhiaidh seo.

16. MAC AN FHEIRMEORA AGUS INÍON AN RÍ

Bhí fear ann fadó agus bhí bheirt mhac aige. Bhíodh an bheirt mhac ag imirt dhóibh féin gach lá, ag imirt cluiche iománaíochta go mór mhór a bhídís. Bhí an-mheas acu orthu féin agus thug an t-athair fé ndeara é sin go maith.

Lá amháin agus iad ag imirt dhóibh féin tháinig an t-athair chucu agus dúirt sé leo go raibh an-mheas acu orthu féin agus gur dhóigh leo gurbh anfhearaibh iad. "Cuirfear geall libh," ar seisean, "dá fheabhas d'fhearaibh sibh dar libh féin ná déanfaidh sibh an gaisce a dhein bhur seanathair fadó riamh." "Cad é an gaisce a dhein ár seanathair romhainn?" arsan bheirt. "Dhein mhuis," ar seisean, "bloc adhmaid sé troithe ar aoirde agus trí troithe ar leithead a scoilteadh síos go dtína leath le buille dá chlaíomh, rud ná féadfadh sibhse a dhéanamh dá mhéid d'fhearaibh sibh." "Tabhair dúinn an bloc adhmaid," ar siadsan, "agus cuirfimíd geall leat go ndéanfaimíd an gaisce a dhein ár seanathair fadó." Thug sé an bloc dhóibh agus tharraing an mac críonna buille dá chlaíomh air agus chuir sé síos go dtí leath an bhloic é dhon iarracht san. "Tá san go maith," arsan t-athair. Thug an mac óg buille eile dhó agus dhein sé sin dhá leath dhon mbloc leis an iarracht san. "Is fearr ná san é," arsan t-athair. "Do cheapas ná rabhabhair chomh maith in aon chor agus atánn sibh. Ní haon ionadh go mbeadh meas agaibh oraibh féin."

Dúirt an mac óg ansan go n-imeodh sé dhó féin, ná fanfadh sé age baile a thuilleadh. Dúirt an t-athair leis fanacht age baile go dtabharfaidís crann ón gcoill leo ar dtúis. Chuadar 'on choill agus bhaineadar crann breá. "Cad a thabharfaidh abhaile anois é?" arsan mac óg. Chuaigh an mac óg fén gceann ba throime den gcrann agus a athair fén gceann b'éadroime. Thugadar leo abhaile é. "Seo," arsan t-athair, "teastaíonn uaim é 'chur ina sheasamh os comhair dorais an tí amach anois ach cad a dhéanfaidh é sin?" "Fé mar a bhaineamar é agus fé mar a thugamar abhaile é sin é mara chuirfimid ina sheasamh leis é," arsan mac óg. Chuireadar ina sheasamh é os comhair an dorais amach agus bhí an t-athair an-shásta leis féin ansan.

D'imigh an mac óg leis féin ansan. Thug sé siúl lae isteach agus tráthnóna thiar n'fhacaigh sé aon tigh. Bhí coill tamall uaidh agus dhein sé féna déin. Chuaigh sé isteach sa choill agus chaith sé an oíche san inti. Thit a chodladh air luath go maith mar bhí sé tuirseach tar éis siúl an lae san.

'Sé an chéad rud a bhraith sé ar éirí an lae ná tarbh a thug buille dá cheann dó. Dhúisigh an tarbh é as a chodladh. D'éirigh sé ina sheasamh agus bhuail sé an tarbh i gclár an éadain le buille dá chlaíomh. Mhairbh sé an tarbh leis an mbuille san. "Ba dhóbair go mbeinn marbh agat," arsan mac óg leis féin. Bhain sé an croiceann dhen dtarbh agus dúirt sé leis féin gur mhaith an díon a dhéanfadh sé dhó in aimsir fliuch agus fuar. Bhuail sé air an croiceann agus déarfadh éinne gur tarbh a bhí ann mar d'fhág sé na cosa agus an ceann ar an gcroiceann. D'imigh sé air agus thug sé siúl lae isteach. Tráthnóna thiar do tháinig sé go dtí tigh rí. Bhí an rí amuigh roimis agus nuair a chonaic sé an saghas ainmhí a bhí ag déanamh air do tháinig eagla air.

Nuair a bhí an t-ainmhí ag an dtigh d'éirigh an fear amach as an gcroiceann. Do dhein an rí scearta mór gáire nuair a chonaic sé cad a bhí aige. "Ariú," ar seisean, "do cheapas gur tarbh thú ar dtúis agus do chuiris eagla orm, nuair a chonac ag teacht tú. Nach ait an áit ina rabhais istigh i gcroiceann tairbh." ":Do bhíos istigh in áit ait go maith mhuise," arsan fear eile. "Ach ba dhóbair gurb shin é an tarbh a mharódh mise," "Conas san?" arsan rí. "'Sé an cuma é mhuise," arsan mac óg, "ná nuair a bhíos im' chodladh aréir amuigh sa choill do tháinig an tarbh san chugham agus do bhuail sé le peig dá cheann mé. Mara mbeadh gur dhúisigh sé mé as mo chodladh do bheinn marbh aige. Nuair a dhúisigh sé mé d'éiríos im' sheasamh agus bhuaileas le buille dhom' chlaíomh é agus mharaíos é. Do bhaineas an croiceann dho agus dúirt liom féin gur mhaith an chosaint é ar an ndúluachair. D'fhágas air an ceann agus na cosa agus na hadharca fé mar a chíonn tú agus déarfadh éinne gur tarbh é nuair a bheadh sé ag siúl." "Do scarais go maith leis nuair nár mhairbh sé thú," arsan rí.

Do thug an rí óstaíocht na hoíche dhó an oíche san. Do bhí an rí anchiúin an oíche san. Ní raibh sé ag déanamh mórán cainte in aon chor, agus dob ait leis an stróinséir é sin. D'fhiafraigh sé dhon rí cad ina thaobh ná raibh sé ag déanamh mórán cainte, an oíche san ach go háirithe. "Ó!" arsan rí, "ní haon iontas ná fuilimse ag déanamh mórán cainte anocht." "Cad ina thaobh?" arsan stróinséir. "Ní haon mhaitheas dhomhsa 'bheith dá insint dhuitse," arsan rí. "Ó! ní fheadaraís cé 'dhéanfadh maitheas dhuit," arsan fear eile, "agus inis cad atá ag déanamh buartha dhuit." "Nuair go bhfuilir ag dul chomh dian orm inseod dhuit é," arsan rí. "Tháinig fathach mór láidir anso chughamsa inné agus do thóg sé leis m'iníon gan buíochas domhsa." "Dá mbeinnse anso mhuise ní ligfinn leis í," arsan stróinséir. "Deirimse leat go dtabharfadh sé leis í do d'ainneoin," arsan rí, "agus nárbh aon mhaitheas duit bheith a' d'iarraidh í do choimeád uaidh ach an oiread." "Cuirfead geall ná tabharfadh sé leis í dá mbeinnse anso," arsan fear eile, "agus taispeánfad duit é mar raghadsa ag triall uirthi anois agus tabharfad liom í le lámh láidir." "Ná bac id' dhiaidh í," arsan rí, "mar nach aon mhaitheas duit bheith a' d'iarraidh í do bhaint dona leithéid siúd d'ollphéist do fhathach." "Ní haon mhaitheas duit bheith liom agus raghad agus tabharfad chughat t'iníon," arsan fear eile. Níorbh aon mhaitheas don rí bheith leis agus d'imigh sé air ar thóir an fhathaigh.

Do bhuail tigh leis ar thaobh an bhóthair agus chuaigh sé isteach ann. Bhí seanduine istigh roimis agus chuir sé na míle fáilte roimis. D'fhiafraigh sé don seanduine an bhfacaigh sé a leithéid san d'fhathach ag gabháilt an bóthar agus cailín óg ina theannta. Dúirt an seanduine leis go bhfacaigh agus go raibh an cailín curtha fé ghlas aige ina leithéid san do chaisleán. Thaispeáin sé an caisleán dhó. D'inis an fear óg dhó cér leis é féin agus dúirt an seanduine leis go raibh aithne mhaith aige féin ar a sheanathair agus ar a athair chomh maith. Dúirt an seanduine leis gurbh é an fathach san a chuir a sheanathair amach as a chuid talún fadó agus é féin ina theannta agus go raibh sé féin fé dhraíocht ag an bhfathach san anois. "Má gheibheann tú an bua ar an bhfathach, cuimhnigh gabháilt anso chughamsa arís," arsan seanduine leis. Dúirt an fear óg leis go ngeobhadh agus d'fhág sé slán agus beannacht ag an bhfear aosta. D'imigh sé air fé dhéin chaisleáin an fhathaigh.

Nuair a tháinig sé go dtí an caisleán san do leath a shúile air le hionadh nuair a chonaic sé an caisleán. Is amhlaidh a bhí an caisleán tógtha cruinn gan aon chúinne air agus ní raibh doras ná fuinneog ann. D'fhéach sé ar an gcaisleán agus do mhachtnaimh sé leis féin ar feadh tamaill féachaint conas a raghadh sé isteach ann. Sa deireadh dúirt sé leis féin go ndéanfadh sé féin fuinneog sa bhfalla lena chlaíomh. Leag sé píosa dhon bhfalla agus chuaigh sé isteach ann.

Bhuail seomra leis istigh sa chaisleán agus chuaigh sé isteach ann. Ní raibh éinne istigh sa tseomra roimis agus tháinig sé amach as. Chuaigh sé isteach i seomra eile ach ní raibh éinne istigh ach chomh beag. D'imigh sé air ó sheomra go seomra agus sa deireadh do tháinig sé go dtí seomra go raibh glas air. D'fhiafraigh sé an raibh éinne istigh. "Táimse," arsa iníon an rí istigh. "Má tánn tú, oscail an doras," ar seisean. "Ní osclód," ar sise, "mar go maródh an fathach mé." "Deirim leat oscailt," ar seisean, "nó brisfead an doras." Ní osclódh sí an doras agus do bhris sé sin é, agus chuaigh sé isteach sa tseomra. Bhí sise dá síor-rá go maródh an fathach í toisc gur bhris sé an doras. Dúirt sé sin léi ná maródh mar gurb amhlaidh a mharódh sé féin an fathach ar dtúis. Do bhraitheadar ag teacht an fathach agus do chuaigh an fear eile i bhfolach i gceann eile dos na seomraí. Nuair a chonaic an fathach an íde a bhí ar a chaisleán do tháinig buile feirge air. Chuaigh sé isteach go dtí an óigbhean agus dúirt sé léi go feargach go maródh sé í toisc gur lig sí isteach duine. Dúirt sí leis gur fear éigin a tháinig isteach agus nuair ná ligfeadh sí isteach é gurb amhlaidh do bhris sé an doras. Níorbh aon mhaitheas di bheith ag caint leis agus dúirt sé léi arís go maródh sé í. Nuair a chonaic an fear eile chomh dian agus a bhí an fathach ag dul uirthi d'éirigh sé amach agus chuaigh sé i láthair na beirte. "Tabhair aghaidh ormsa féin," ar seisean leis an bhfathach, "agus lig don óigbhean san. Níl aon chúis uirthi mar is mise d'oscail an doras agus a bhris an chúirt agus is ait an rud duitse 'bheith ag baint sásaimh di nuair ná fuil sí ciontach."

Chuadar ar an dtaobh amuigh den gcaisleán le chéile. "Sea anois," arsan fathach, "beidh do cheann agam nuair nár ghlacais an cailín san." "Cím go bhfuilim chomh maith d'fhear leat," arsan fear eile, "agus tá dabht agam ionat."

Nuair a tháinig an tráthnóna do stadadar den gcomhrac. Lá 'rna mháireach do thosnaíodar arís agus deireadh an fathach leis i gcónaí go mbainfeadh sé an ceann de. "Táim ag seasamh fós leat ach go háirithe," a deireadh mac an fheirmeora leis. Thugadar chúig lá le chéile ar an gcuma san agus ní raibh duine acu ní ba fhearr ná an duine eile. I ndeireadh an chúigiú lae do bhí mac an fheirmeora ag cur na mbuillí i bhfeidhm ar an bhfathach. "Sea anois," arsa mac an fheirmeora, "is dóigh liom gurb amhlaidh a bhainfeadsa do cheann díotsa agus nach tusa do bhainfidh díomsa é." Do bhain sé an ceann don bhfathach le buille dá chlaíomh sa deireadh thiar thall. Do chuaigh sé isteach 'on chaisleán ansan agus dúirt sé le iníon an rí go raibh an fathach marbh aige agus dul leis féin abhaile. Do ghluaiseadar chun teacht abhaile. Níor dhein mac an fheirmeora dearmad gan dul isteach go dtí an seanduine. Do bhí áthas mór ar an seanduine agus dúirt sé go raibh an draíocht a chuir an fathach air féin imithe dho anois. "Ba dhual athar agus seanathar duit a bheith go maith," arsan seanduine leis, "agus ní haon ionadh go mbeadh sé id' chumas an fathach do mharú." Do ghaibh sé a bhuíochas le mac an fheirmeora agus bhí sé go brónach nuair a dh'imíodar abhaile.

Bhí slua mór daoine amuigh ag an rí féachaint an bhfeicfidís mac an fheirmeora ag teacht agus an cailín aige. Do chonacadar chucu sa deireadh é agus dh'insíodar don rí é. Do chuir an rí a lucht ceolta go léir amach ina gcoinnibh agus d'fháiltíodar go mór roimh mhac an fheirmeora.

Thug an rí an iníon le pósadh do mhac an fheirmeora agus a chuid talún go léir ina teannta, agus do mhaireadar go sona sásta as san amach an fhaid a mhaireadar. Do chuaigh sé ag triall ar a athair agus ar a dhearthair ansan agus do chuir sé isteach i dtalamh saibhir an fhathaigh iad agus do mhaireadar san go sona sásta leis.

17. TRIÚR MAC BAINTRÍ

Bhí baintreach ann fadó is bhí triúr mac aici 'bhí [ag] éirí suas um an dtaca so is aon lá amháin dúirt an mac ba shine lena mháthair go raibh in am aige imeacht dó féin. "Tá go maith," arsan mháthair. Dúirt sé léi bollóg aráin 'dhéanamh. Do dhein a mháthair dhá bhollóg is d'fhiafraigh sí do ci'acu ab fhearr leis, an bhollóg mhór is a mallacht nó an bhollóg bheag is a beannacht. Dúirt gurb fhearr leis an bhollóg mhór is a mallacht ná an bhollóg bheag is a beannacht. Sea, thóg sé an bhollóg mhór is d'imigh sé leis. Is níorbh fhada a bhí sé ag siúl nuair a tháinig sé go tobar a bhí ar thaobh an bhóthair. Shuigh sé síos is thóg sé amach an bhollóg agus thosnaigh sé ag ithe. I gceann tamaill tháinig spideoigín do mhuintir Shúilleabháin chuige is d'fhiafraigh sí de an raibh brúscar nó bráscar aige a thabharfadh sí dá gearrcaigh a bhí ag fáil bháis insa nid. "Níl brúscar ná bráscar agam a thabharfainn dod' ghearrcaigh atá ag fáil bháis insa nid." Níor dhein an spideoigín aon rud ach a heirbeall a tharrac tríd an dtobar is do dhein íochtar meala agus uachtar fola dhe gach aon bhraon den uisce is ní fhéadfadh an buachaill aon bhraon de 'ól ansan. Sea, d'imigh sé leis is ba ghearr gur tharlaigh fear leis is d'fhiafraigh sé de ar theastaigh aon bhuachaill aimsire uaidh. "Is maith mar do tharlaigh," arsan fear, "buachaill ar lorg máistir agus máistir ag lorg buachalla." Do thug sé leis abhaile é agus thug bia agus deoch dó agus leaba chun codlata dhó. Nuair a d'éirigh sé ar maidin, do scaoil an máistir amach na ba chuige, agus dúirt sé leis breith ar eirbeall [na] bó duibhe agus gan bogaint di go dtiocfadh sé abhaile tráthnóna. "Tá go maith," arsan buachaill, "is mise 'dhéanfaidh é sin." D'imigh sé leis is bhí sé i mbun na mba go gcuaigh an ghrian fé tráthnóna. Nuair a bhí sé á dtiomáint abhaile tráthnóna do scaoil sé le eirbeall na bó is níor chuimhnigh sé riamh ar cad a dúirt a mháistir leis. Nuair a tháinig na ba abhaile ní raibh beirthe ar eirbeall na bó ag an mbuachaill aimsire. Do tháinig an máistir amach chuige is d'fhiafraigh de cén fáth nár dhein sé mar 'dúradh leis. Dúirt sé nár chuimhnigh sé air. Thug an máistir buille de shlaitín draíochta dó is do dhein carraig chloiche den mbuachaill.

I gceann bliana ina dhiaidh san, dúirt an dara mac go raibh sé in am aige féin imeacht agus bollóg aráin a bheith déanta dhó amáireach. Sea, dhein an mháthair dhá bhollóg is d'fhiafraigh sí do ci'acu ab fhearr leis, an bhollóg mhór is a mallacht, nó an bhollóg bheag is a beannacht. Dúirt sé go mb'fhearr leis an bhollóg mhór is a mallacht. Thóg sé an bhollóg mhór is d'imigh sé air, is bhí sé ag siúl riamh is choíche go dtí go dtáinig sé go dtí an dtobar ina dtáinig an chéad dearthair is shuigh sé síos is d'ith sé a lón is nuair a bhí deireadh ite aige tháinig spideoigín do mhuintir Shúilleabháin chuige is d'fhiafraigh sí do an raibh brúscar nó bráscar aige a thabharfadh sí dá gearrcaigh a bhí ag fáil bháis insa nid. Tharraing sí a heirbeall tríd an dtobar is dhein uachtar fola is íochtar meala dhó d'fhonn is nár fhéad an buachaill aon deoch don uisce dh'ól. D'imigh sé leis is tharlaigh fear leis, is d'fhiafraigh sé dho an dteastaigh aon bhuachaill aimsire uaidh. "Is maith mar 'tharla," arsan fear, "máistir ag lorg buachalla is buachaill ag lorg máistir." D'imíodar leo is thug sé bia is deoch don mbuachaill is leaba codlata. Nuair a bhí an bricfeasta ite aige maidin lá 'rna mháireach, scaoil sé amach na ba chuige is dúirt sé leis breith ar eirbeall na bó duibhe is gan bogaint dhi go dtí go dtiocfadh sé abhaile arís tráthnóna. "Tá go maith," arsan buachaill, "is mise 'dhéanfaidh é." D'imigh sé leis agus bhí sé i mbun na mba go dtí go raibh an ghrian ag dul fé tráthnóna. Thiomáin sé abhaile na ba, ach [ní] bheir sé de eirbeall na bó is tháinig na ba gan an buachaill ina diaidh. Nuair a tháinig an buachaill abhaile, d'fhiafraigh an máistir do cén fáth gur bhog sé d'eirbeall na bó. Dúirt sé nár chuimhnigh sé riamh air. Thug sé buille don slaitín draíochta a bhí aige agus dhein carraig chloiche do, is bhí an bheirt dearthár ansan i dteannta a chéile ina gcarraig gcloch.[1]

An bhliain ina dhiaidh san arís, dúirt an tríú mac go raibh sé in am aige imeacht dó féin. Dúirt an mháthair leis gan imeacht. Ach dúirt seisean léi go n-imeodh sé is bollóg aráin a bheith déanta aici dó amáireach. Do dhein an mháthair dhá bhollóg is d'fhiafraigh sí do ci'acu ab fhearr leis, an bhollóg mhór is a mallacht, nó an bhollóg bheag is a beannacht. Dúirt sé gurbh fhearr leis an bhollóg bheag is a beannacht. D'imigh sé leis is bhí sé ag siúl riamh is choíche go dtáinig sé go dtí an tobar céanna[2] ina dtáinig a dhá dhearthair roimhe sin. Do shuigh sé síos cois an tobair is d'ith sé an lón. Nuair a bhí deireadh ite aige tháinig spideoigín do mhuintir Shúilleabháin chuige is d'fhiafraigh sí do an raibh brúscar nó bráscar aige a thabharfadh sé dá gearrcaigh atá ag fáil bháis insa nid. "Tá brúscar agus bráscar agam," ar seisean, "a thabharfainn do ghearrcaigh atá ag fáil bháis insa nid." Do bhailigh sé suas a raibh de bhrúscar spártha aige is thug sé di é. Do tharraing an spideog a heirbeall tríd an dtobar is dhein uachtar meala agus íochtar fola do. Sea, d'imigh sé leis, is tháinig fear, an fear céanna leis, is d'fhiafraigh sé do an dteastaigh buachaill aimsire uaidh. "Is maith mar a tharlaigh," ar seisean, "buachaill ag lorg máistir agus máistir ag lorg buachalla." Thóg sé leis é is thug bia is deoch dó is leaba maith codlata. Nuair a bhí a bhricfeasta ite aige ar maidin, lig fear an tí amach na ba chuige is dúirt sé leis breith ar eirbeall na bó duibhe is gan bogaint dhi go dtí go dtiocfadh sé abhaile arís tráthnóna. "Tá go maith," arsan buachaill, "is mise a dhéanfaidh é sin." D'imigh sé leis is bhí sé i mbun na mba i rith an lae go léir agus níor bhog sé d'eirbeall na bó go dtí go dtáinig sé abhaile um thráthnóna. Tháinig an máistir amach chuige. "Is tú an chéad duine a dhein an méid san dom," ar seisean, "is do bheirt dearthár, do bhogadar d'eirbeall na bó is dheineas carraig chloiche dhóibh. Is ó atá tusa chomh maith, tabharfaidh mé do bheirt dearthár duit arís.'' Chuaigh sé siar 'on ghairdín is bhuail sé buille dá shlaitín draíochta thar n-ais ar an dá charraig is d'éirigh an bheirt dearthár arís. Chuaigh an triúr dearthár abhaile go dtína máthair, is mhaireadar go lántsásta i dteannta a chéile as san amach.

C. Scéalta Cráifeacha

18. AN tATHAIR A DHÓIGH AN SCIOBÓL AR AN SEACHTAR MAC

Bhí feirmeoir ann fadó agus bhí mórsheisear mac aige. Bhíodh an seachtar mac ag oibriú moch déanach ag an bhfeirmeoir. Ní théidís ag bothántaíocht aon oíche ná ag féachaint ar aon spórt ná aon rud eile i rith an lae. Bhí an-smacht ag an athair orthu agus ní gheibhidís dul in aon áit ach ag déanamh oibre i gcónaí.

Lá áirithe tháinig fear go dtí an mórsheisear mac so agus d'iarr sé orthu dul chun cluiche iománaíochta dh'imirt. Dúirt siadsan leis ná faighidís aon chead óna n-athair chun dul leis. Bhí sé ag taithint agus ag taithint orthu dul leis agus sa deireadh do ghealladar dó go raghaidís leis. Bhí an mórsheisear mac ag cur agus ag cúiteamh ansan féachaint cad a dhéanfaidís. Sa deireadh dúirt an mac críonna go gcaithfidís éirí an-luath maidin lá 'rna mháireach agus an obair a bheith déanta acu i gcomhair láir an lae; ansan go n-imeoidís ag imirt an bháire.

D'éiríodar go moch maidin lá 'rna mháireach agus d'oibríodar chomh maith agus a bhí ina gcumas i dtreo agus go raibh an obair déanta an-luath acu. Ansan d'éiríodar orthu i gan fhios don athair. Bhuaileadar isteach ar pháirc na himeartha agus camán i láimh gach duine acu. Tháinig seachtar eile ina gcoinnibh agus camáin i láimh gach duine acu. Caitheadh in airde an liathróid chucu agus rug an mac críonna uirthi. Bhuail sé an liathróid go dtína dhearatháir. Rug an dearatháir uirthi agus bhuail poc uirthi go dtína dhearatháir a bhí mar ionsaitheoir. Rug sé sin uirthi agus dhein sé cúl.

Bhíodar ag imirt leothu mar sin agus níor thugadar aon phoc don seachtar eile in aon chor. Do bhuadar an cluiche gan aon dua, ar an seachtar eile. Nuair a bhíodar chun imeacht abhaile tháinig an fear chucu a d'iarr orthu dul ag imirt agus dúirt sé leo dul leis féin go dtí tigh tábhairne a bhí san áit. Dúirt siadsan leis ná raghaidís mar go mbeadh a n-athair i bhfeirg leo dá mbeidís ró-dhéanach ag dul abhaile. Bhí sé ag taithint agus ag taithint orthu dul isteach agus deoch a bheith acu óir gur dheineadar chomh maith san ag imirt an lá san. Do ghéilleadar dó sa deireadh agus chaitheadar an oíche san i dtigh an óil. Bhí sé an-dhéanach nuair a ghluaiseadar abhaile. Nuair a bhíodar ag déanamh ar an dtigh dúirt an mac críonna leo gan dul abhaile in aon chor an oíche san mar go maródh a n-athair iad. D'fhanadar sa scioból a bhí tamall ón dtigh mar bhí eagla orthu dul abhaile.

Tar éis tamaill dúirt an mac críonna go raibh sé chomh maith ag duine acu féin dul go dtí an tigh agus a fhios a bheith acu cad a bhí ar siúl idir a n-athair agus a mháthair. Níor thug an mac críonna aon iontaoibh leis an athair mar drochathair dob ea é agus bhí a fhios go maith aige go ndéanfadh sé rud éigin leo féin.

Chuireadar an mac óg go dtí an tigh agus 'sé seo an chaint a bhí idir an t-athair agus an mháthair cois na tine. "Tá eagla orthu siúd teacht anocht," arsan t-athair, "agus is dócha gur sa scioból a bhuaileadar fúthu. Ragad anois agus tabharfad tine don scioból agus loiscfead ina mbeathaidh iad."

46

"Ó! ná dein," arsan máthair. "Ná dein a leithéid san do rud led' chuid clainne i dtosach a saoil. Ó! ar son Dé spáráil iad agus ná loisc ina mbeathaidh iad ach go háirithe." "Loiscfead ina mbeathaidh iad mhuise," arsan t-athair, "mar is é atá tuillte acu."

Bhí an mac óg ag éisteacht le gach focal a dúradar trí pholl na heochrach a bhí sa doras agus ní túisce a bhí deireadh ráite ag an athair ná chuir sé dhó chomh maith agus a bhí ina chosaibh. D'inis sé an scéal go léir tríd síos do na deartháireacha agus deirimse leat gur dh'éisteadar go maith le gach focal a dúirt sé. "D'aithníos féin go ndéanfadh sé siúd rud éigin," arsan mac críonna. "Tá sé chomh maith againn an áit seo d'fhágaint ach go háirithe mar is beag an baol ná go ndéanfaidh sé siúd an rud a dúirt sé."

D'fhágadar an scioból agus d'imíodar orthu. Thángadar go dtí crosbhóthar go raibh ceithre bhóithre ag teacht le chéile ann. Dúirt an mac críonna leo go gcaithfeadh gach duine acu imeacht ina bhóthar féin agus a bheith ag an gcrosbhóthar céanna fé cheann lae agus bliana. D'imigh gach duine acu ar a bhóthar féin. D'imigh an mac críonna leis féin agus bhuail feirmeoir leis a thóg chuige féin in aimsir é. Bhí a lán daoine eile ag obair ag an bhfeirmeoir seo mar bhí a lán talún agus stoic aige.

Nuair a chuadar ag obair maidin lá 'rna mháireach bhí an obair déanta ag an mac críonna tamall maith roimh an chuid eile dhos na buachaillí aimsire. Tháinig an feirmeoir chuige agus d'fhiafraigh sé dhó cad ina thaobh go raibh sé díomhaoin. Dúirt seisean leis gurb amhlaidh a bhí a chuid oibre féin críochnaithe aige le tamall mór. "An bhféadfá obair duine eile dhos na buachaillí aimsire seo do dhéanamh i dteannta do chuid oibre féin?" arsan feirmeoir. "D'fhéadfainn," arsan mac críonna, "má gheibhim pá beirte uait." "Tá go maith," arsan feirmeoir, "geobhair do phá féin i dteannta phá an bhuachalla eile." Chuir an feirmeoir uaidh duine dhos na buachaillí agus thug sé pá beirte dhon mac críonna.

Dhein an mac críonna a obair féin agus obair an bhuachalla eile agus má dhein bhí an obair déanta aige roimh na mbuachaillí eile. Tháinig an feirmeoir chuige agus dúirt sé leis nár bhuail a leithéid d'fhear oibre riamh fós leis chun oibre. "An bhféadfá obair fir eile do dhéanamh?" arsan feirmeoir. "D'fhéadfainn ach caithfead pá triúr d'fháil uait," ar seisean. Dhein sé obair fir eile agus fuair sé pá triúr ón bhfeirmeoir. Tháinig an feirmeoir chuige agus dúirt sé leis ná facaigh sé aon duine riamh ina shiúlta a bhí chomh maith d'fhear leis chun obair do dhéanamh. "Ó! ní haon iontas é sin," arsan mac críonna, "mar tá taithí agamsa ar obair do dhéanamh."

Dhein sé obair triúr buachaillí ar fad i dteannta a chuid oibre féin agus fuair sé pá triúr buachaillí i dteannta a phá féin. Chuir an feirmeoir uaidh na buachaillí aimsire go léir mar ní raibh aon ghnó dhóibh mar dheineadh an mac críonna a gcuid oibre go léir. Bhí sé ag oibriú leis go ceann lae agus bliana.

I gcaitheamh na bliana dúirt an feirmeoir leis go dtabharfadh sé a iníon féin le pósadh dhó agus a chuid talún ina teannta. Bhí sé an-shásta leis an méid san agus pósadh an bheirt. Fuair sé talamh an fheirmeora go léir leis.

Nuair a bhí an bhliain suas fuair an mac críonna cóiste ceithre gcapall agus d'imigh sé féin agus a bhean fé dhéin an chrosbhóthair[1] fé mar a gheall sé dá dheartháireacha bliain roimis sin. Bhíodar san ag an gcrosbhóthar

roimis go stolta stracaithe agus iad go mí-fhoighneach ag fanacht lena ndear-
tháir críonna. Níor aithníodar a ndeartháir in aon chor nuair a tháinig sé
chucu. D'fhiafraigh an deartháir dhóibh cad a bhí ansan uathu, mar d'aithin
sé féin go maith iad ach níor aithníodar san é. Dúradar san leis gur ag
fanacht lena ndeartháir a bhíodar mar gur gheall sé dhóibh go mbeadh sé ag
an gcrosbhóthar rompu fé cheann bliana agus go raibh an bhliain suas anois
agus ná raibh sé anso. "An b'amhlaidh ná haithníonn sibh mé?" arsan dear-
tháir críonna leo. "Ní aithnimíd mhuise," ar siadsan. "Is mise bhur ndear-
tháir go bhfuil sibh ag fanacht leis," ar seisean. "Níor chuireabhair bhur
mbliain isteach go ró-mhaith ach mar sin féin tagaíg isteach 'on chóiste im'
theanntasa." Thóg sé leis abhaile iad go dtína thigh féin (tigh an fheirmeora)
agus thug sé slí maireachtaint do gach duine acu ina theannta féin an chuid
eile dá saol.

Áirithe aimsire ina dhiaidh san bhí sé féin agus a bhean agus a chóiste
ar an mbóthar agus cé 'bhuailfeadh leo ach athair an mhórsheisir mar so.
D'aithin an mac críonna é ach níor aithin an t-athair é sin. Loirg an t-athair
síntiús ar an mac. Thug an mac scríbhneoireacht dó agus dúirt sé leis dul 'on
tigh mór agus go bhfaigheadh sé lóistín na hoíche ann. D'imigh sé air suas
go dtí an tigh agus thug sé an scríbhneoireacht don gcailín a bhí roimis. Lig
sí sin isteach é nuair a bhí an scríbhneoireacht léite aici. Nuair a tháinig an
mac agus a bhean abhaile bhí dinnéar ullamh rompu. Dúirt an mac leis an
athair teacht agus an bia dh'ithe ina dteannta féin. Dúirt sé sin ná déanfadh
mar go ndéanfadh an áit a bhí aige a ghnó chun a chuid do dh'ithe. Bhí sé
ag taithint air i gcónaí teacht ar an mbord ina dteannta féin go dtí sa
deireadh gur chuaigh.

Nuair a bhí an dinnéar caite acu d'fhiafraigh an mac don athair conas a
chaith sé a shaol. "Do chaitheas-sa mo shaol go maith tamall," arsan
t-athair. "Bhí mórsheisear mac agam má bhíodar ag éinne eile chomh maith.
Lá amháin chuadar ag imirt báire. Chaitheadar an lá ar fad amuigh agus
nuair a thángadar abhaile ní ligfeadh eagla dhóibh teacht go dtí an tigh.
D'fhanadar sa scioból an oíche san ach má fhanadar bhí oiread feirge ormsa
gur thugas tine dhon scioból. Do cailleadh mo bhean le dólás agus briseadh
croí agus b'éigean dom féin mo mhála agus mo mhaide do bhualadh
chugham ansan agus imeacht ag lorg déirce dom féin." "An aithneofá do
chlann dá gcífeá iad?" arsan mac. "D'aithneoinn," arsan t-athair. Thug an
mac leis isteach a sheisear deartháir ansan. "An aithníonn tú iadsan?" arsan
mac leis. "Ní aithním go deimhin," ar seisean. "'Siadsan do chuid clainne-se
agus mise do mhac críonna," ar seisean leis. "Níor dódh sinne in aon chor
sa scioból an oíche úd mar do bhí a fhios againn go dianmhaith go dtabharfá
tine dhon scioból. D'fhágamar an scioból agus níor dódh in aon chor sinn
buíochas le Dia. Dob olc an t-athair tusa agus a leithéid a dhéanamh led'
chuid chlainne a dh'oibrigh chomh maith san dhuit, ach mar sin féin sin é
do thigh agus do bhord agus do bhéile an fhaid a mhairfidh tú."

19. AN BHEAN A BHÍ I bPURGADÓIREACHT FAOIN DROICHEAD, AN SAGART, AGUS INÍON NA MNÁ ÚD

Bhí sagart fadó is é ag gabháil an bhóthair is é ar a chapall is do ráinig tart ar an gcapall is do tharraing sé síos fé dhroichead ag tabhairt deoch uisce dhá chapall agus do chonaic sé bean istigh faoin droichead is do tháinig aiteas air a leithéid a bheith istigh faoin droichead agus an t-uisce timpeall uirthi. "A bhean," ar seisean, "ci'acu beo nó marbh duit?" ar seisean, "is tú a bheith ansan." "Marbh atáim," ar sise. "Táim anso i bpurgadóireacht." "An fada bheir ann?" arsan sagart, ar seisean. "Is dócha gur fada," ar sise "a bhead ann." "An bhfuil aon ní chun tú dh'fhuascailt?" arsan sagart. "Tá, mhuis," ar sise, "ní chun mé dh'fhuascailt agus is dóigh gur fada go bhfaighead aon fhuascailt. Tá iníon agam," ar sise "agus dá ndéarfadh sí aon fhocal amháin 'mhaitheas, dá ndéanfadh sí aon mhaitheas amháin," ar sise, "go ndéarfaí – 'beannacht Dé le hanaman do mháthar' "[1] ar sise, "bheinnse fuascalta as an áit seo," ar sise. "Cá bhfuil t'iníon?" ar seisean. "Tá sí ina leithéid seo do thigh in aimsir," ar sise.

D'iompaigh sé uaithi agus do chomáin a chapall agus do chuaigh sé go dtí an tigh go raibh iníon na mná a bhí fén droichead. "'Bhfuil cailín aimsire anso?" ar seisean. "Tá," arsa fear a' tí. "Cá bhfuil sí?" ar seisean, "glaoigh chughamsa í." Do ghlaoigh. Glaodh chuige í. Do bhain sé dho na gátairí a bhí air. "Seo mo chailín maith," ar seisean, "Glan iadsan dom." "Is fada bheidh easpa ort," ar sise, "sara nglanfadsa dhuit iad." "Á!" ar seisean "glan iadsan dom, a chailín maith," ar seisean. "Ní ghlanfaidh mé mhuis," ar sise, "is fada 'bheidh easpa ort." "Á! dein iad," ar seisean. "Ní dhéanfaidh mé," ar sise.

Rug sé ar a fhuip is do ghread sé í go maith. "Glan anois dom iad," ar seisean. "Ní ghlanfaidh mé mhuis," ar sise. "Déanfair é mhuis," ar seisean, ag breith a fhuip thar n-ais agus ag tabhairt gréas eile di ba chrua ná san. "Glan anois dom iad," ar seisean. " Ní ghlanfaidh mé mhuis," ar sise. Rug ar an fhuip arís agus thug an tríú gréas di ba chrua agus ba threise ná an dá ghréas roimhe sin gur bhain sé fuil aisti. "Glan anois dom iad," ar seisean. "Glanfaidh mé anois duit iad," ar sise, "táim marbh agat."

Rug sí ar na gátairí is do ghlan sí iad. "Sea, tá sé déanta agat," ar seisean, "beannacht Dé le hanaman do mháthar."[1] Bhuail sé suas a ghátairí air agus d'fhág ansan í, agus d'imigh an bhean bhocht ón droichead a bhí i bpurgadóireacht a cuireadh uirthi go dtí go dtiocfadh duine éigint go ndéanfadh a hiníon maitheas éigint dó go ndéarfaí léithi – "beannacht Dé le hanaman do mháthar".

20. BREITHIÚNACHAS AITHRÍ

Bhí buachaill agus cailín ann fadó agus do bhíodar chomh mór le chéile agus gur thit amach rud beag a bheith eatarthu agus do bhí cábán istigh sa choill acu agus iad chun lonnú insa chábán istigh sa choill, agus do tháinig temptation ar an mbuachaill gur mhairbh sé an cailín is gur leag sé an scailp anuas uirthi. Do bhuail aithreachas é, t'réis a dhéanta, agus do bhí deartháir dó ina shagart. Do chuaigh sé go dtí an deartháir; d'inis sé an scéal dó. "Ó! a dhuine mhallaithe," arsan deartháir, "ní féidir aon mhaithiúnachas a thabhairt duit mara dtabharfaidh an Pápa dhuit é."

Chuaigh sé go dtí an Pápa agus dúirt an Pápa leis ná féadfadh sé aon mhaithiúnachas a thabhairt dó ar a chortha, go rabhadar ró-mhór. "'Bhfuil aon naoimh sa domhan," ar seisean, "a fhéadfaidh maithiúnachas a thabhairt dom?" "Níl," arsan Pápa, ar seisean, "ach tá triúr naomh ina leithéid seo d'áit," ar seisean, "sa South Pól agus mara bhféadfaidh siad aon mhaithiúnachas a thabhairt duit ní heolach dom éinne eile a dhéanfaidh é." "Is mór an fhaid ó bhaile é sin." Agus do tháinig sé go dtína athair agus do inis sé an scéal don athair agus dúirt sé go gcaithfeadh sé dul ansan agus árthach a dh'fháil agus 'sé an bhreis costais a bhí air chun dul ann – míle punt. B'éigean don athair míle punt a dhéanamh suas dó. D'imigh sé agus do chuaigh sé go dtís na South Pole. Do bhí na naoimh (istigh ina n-áit féinig) sin tamall ó chéilig. Chuaigh sé isteach go dtí an chéad naomh agus má chuaigh (nuair a d'éirigh sé ina shuí) do fuair sé óstaíocht na hoíche uaidh agus ní raibh an bia ag teacht chuige. "Níl an bia ag teacht chugham," ar seisean, "agus más tusa fé ndeár é imigh amach cois an tí is cuirfidh Dia an bia chugham."

Do dh'imigh sé amach agus do tháinig an bia chuige, fuair an travailéir bia uaidh, agus d'fhiafraigh an fear eile is é ag tabhairt smut don mbia dó – "Cad a dh'imigh ort nó cad fé ndeara nár tháinig an bia chugham?" "A leithéid seo do dheineas agus do thánag féachaint an bhfaighinn maithiúnachas." "Ó! ní féidir dom aon mhaithiúnachas a thabhairt duit a dhuine mhallaithe; imigh uaim; tá naomh is aoirde ná mé an áirithe seo uaim agus téir ag triall air."

D'imigh sé; chuaigh sé ag triall ar an tarna naomh agus má chuaigh do chuaigh sé isteach agus ní raibh an bia ag teacht go dtí an naomh agus dúirt sé leis imeacht amach go dtiocfadh an bia chuige is go bhfaigheadh sé smut don bhia. D'imigh amach is do fuair sé smut don bhia nuair a tháinig sé chuige. "Cad a dheinis ar an slí fé ndéar nár tháinig an bia chugham?" ar seisean. Do inis sé dhó cad a bhí titithe amach air. "Ó! a dhuine mhallaithe, ní féidir aon mhaithiúnachas a thabhairt duit. Tá naomh is aoirde ná mé tamaillín uait; téir ag triall ar sin agus mara dtabharfaidh sé sin maithiúnachas duit ní féidir le haon duine eile é 'thabhairt duit."

D'imigh sé air go dtí an tríú naomh. Níor tháinig an bia chuige nuair a chuaigh sé isteach agus dúirt sé leis imeacht amach go dtiocfadh an bia chuige. D'imigh sé amach agus má dh'imigh do tháinig an bia chuige. "Cad a dheinis ar an slí i dtaobh nár tháinig an bia chugham?" Do inis siúd dó. "Ó! a dhuine mhallaithe, fan ansan go ceann seachtaine agus téir go dtí tigh an Aifrinn Dé Domhnaigh."

Chuaigh sé go dtí tigh an Aifrinn Dé Domhnaigh agus d'éist sé an tAifreann." "Fan anois go ceann seachtaine eile aríst agus téir go dtí an tAifreann Dé Domhnaigh." Do dh'fhan is do chuaigh sé go dtí an tAifreann Dé Domhnaigh. D'éist sé an tAifreann. "Fan anois go dtí ceann seachtaine aríst." Do dh'fhan. Do dhein. "Sea anois, téir go dtí tigh an Aifrinn Dé Domhnaigh agus beir leat an paidrín seo agus buail idir do dhá láimh í agus téir i gcúinne an tséipéil agus má ritheann leat inniu gan aon ní do theacht trasna ort le linn an Aifrinn tá seans agat."

D'imigh sé, thug leis a phaidrín is do chuaigh sé i gcúinne an tséipéil is bhí sé ag éisteacht an Aifrinn agus má dhein bhí ag rith leis gan aon ní do theacht trasna air i rith an lae, agus tháinig sé go dtí an naomh. "'Rith leat inniu?" arsan naomh. "Do rith," ar seisean. "Imigh anois," arsan naomh, ar seisean, "thar n-ais aríst agus téir abhaile," ar seisean, "agus níl neart agat bonn do dhá chois a bhualadh ar aon talamh go dtí pé faid gairid go sroichfidh tú an seantán a leagais ar an gcailín. Sin é an áit go bhfuil neart agat seasamh ar do dhá chois; ach go dtí san níl neart agat dul ar do dhá bhonn coise go dtí pé faid gairid a shroichfidh tú an paiste san ach imeacht ar do dhá ghlúin.

B'éigean dó, agus ba mhór an journey é, agus ba mhór an breithiúnachas aithrí é – b'éigean dó siúl ar a dhá ghlúin go dtí gur shroich sé an seantán go[1] leag sé ar an gcailín. "Tá sí sin," a dúirt sé, "ina beathaidh fós thíos fén seantán san agus ní hé an cailín do mharú fé ndeár duit an bhreith a bheith chomh dian ort ach an leanbh a bhí ar iompar aici. Tá sí ina beathaidh fós agus éireoidh sí chughat chomh beo beathúch chomh maith is bhí sí an lá a leagais an scailp uirthi agus gaibh léithi."

21. AN FEAR A BHÍ AG DÉANAMH A PHURGADÓIREACHTA GO BhFAIGHEADH SÉ NA TRÍ GHUÍ AR GhAL DÁ PHÍP

Bhíodh fear bocht ar thaobh an bhóthair agus píp aige is ní ligfeadh eagla dho éinne gabháil chuige le heagla roimis gob ait leo mar dhuine é. Bhí fear áirithe ann go raibh gorta thobac air, oíche dos na hoícheanta agus ní raibh aon bhlúire thobac le fáil aige agus bhí na fiacla ag titim air cheal ghal tobac.

"Níl aon tobac agam," ar seisean, "is raghaidh mé ag triall ar fhear na pípe agus geobhaidh mé mo dhóthain tobac." Ba sheo chun siúil é agus do chuaigh sé chun fear na pípe. Shín sé an phíp chuige. "Dearg," ar seisean, "agus ól do shásamh." Do dhearg agus d'ól sé a shásamh. Shín chuige í. "Beannacht Dé le hanaman na marbh agus le t'anam, a fhir mhaith," arsan fear go raibh an gorta thobac air. "Bain sclogóg eile aisti," arsa fear na pípe. "B'fhéidir gur fada arís go bhfaighfeá í."

Do rug arís uirthi is do bhain iarracht eile aisti. "Beannacht Dé le hanaman na marbh is le t'anam, a fhir mhaith," ar seisean. "'el ná bac san," arsa fear na pípe, "is bain iarracht eile aisti." Agus rug an tríú huair uirthi agus do bhain sclogóg eile as an bpíp. Do shín chuige í. "Beannacht Dé le t'anamsa leis," arsan fear marbh, fear na pípe. "Níl aon mhoill eile ormsa anois ach dul sa flaithis, ach chaithfinn fanacht anso go deo go ngeobhadh fear éigint an bóthar go nguífeadh trí huaire chun Dé lem' phíp ar son m'anam," agus sin é an chúis go bhfuil sé ráite go bhfuil píp agus tórramh ar na corpaibh.

22. FEAR A LABHAIR TAR ÉIS A BHÁIS – NA BA A DÓDH

Bhí fear ann fadó agus cuireadh ina leith gur dhóigh sé scioból le feirmeoir áirithe. Ní raibh an fear bocht ciontach agus tháinig an-náire air a rá gur cuireadh ina leith a leithéid de rud agus gan é ciontach ann. Bhuail sé fé a cheann agus nuair a gheibheadh sé amach i gcónaí bhíodh gach éinne ag casadh an sciobóil leis. D'imigh sé as an áit ar fad ar deireadh féachaint an n-imeodh cuimhne an scéil as a gceann. Thug sé tamall maith amuigh agus nuair a cheap sé go raibh cuimhne an scéil imithe as cheann na ndaoine do ghluais sé chun teacht abhaile. Bhí mórán daoine ag rince in aice le caisleán agus ghaibh sé ar an dtaobh thíos dóibh chun ná cífidís é. "Féach fear na mba a dhó," arsa duine acu trí uair i ndiaidh a chéile.

Tháinig sé abhaile agus cailleadh é. Nuair a cailleadh é bhailigh a lán daoine chun tigh an choirp an oíche san. I gceann tamaill d'éirigh an fear bocht aniar ar an mbord. Tháinig eagla ar na daoine ach dúirt sé leo gan a bheith. "Táimse naofa," ar seisean, "agus fuaireas cead chun teacht thar n-ais. An méid peacaí a bhí orm do thóg daoine an chaisleáin díom iad. Ní mise a dhóigh an scioból agus na ba agus fuaireas cead teacht thar n-ais agus a insint díbhse nach mé a dhein é chun ná beadh sé le rá le aon duine im' dhiaidh." Bhí sé ráite go dtabharfadh sé a thuilleadh cainte uaidh mara mbeadh cailín a bhí istigh. D'fhiafraigh sí dho an bhfacaigh sé a mháthair agus dúirt sé go bhfacaigh. "Conas atá sí?" arsan cailín. "Tá sí fé mar a bhí sí ar an saol so, a gallún aici agus [í] ag crú ba na gcomharsan," ar seisean. Shín sé siar ansan agus níor labhair sé focal eile.

23. AN FEAR FIAIN[1]

Bhí bean Chaitliceach pósta ag Protastúnach fadó. Bhíodar an-shaibhir agus thagadh a lán daoine bochta chucu ag lorg déirce orthu. Tar éis tamaill ba mhór leis an bProtastúnach a raibh á thabhairt dos na bochtaibh. Dúirt sé lena mhnaoi gan éinne a fhágaint istigh aon oíche eile nó dá bhfágfadh go maródh sé an duine san.

Aon oíche amháin tháinig beirt dearthár go dtí an tigh. Bhí an oíche an-fhliuch agus d'iarradar lóistín ar bhean an tí. Dúirt sí leo ná raibh cead aici iad a dh'fhágaint istigh ach go raibh scioból ansan thiar acu agus go bhféadfaidís fanacht ann ó bhí an oíche chomh fliuch. Chuadar 'on scioból. Ní fada a bhíodar ann nuair a tháinig an Protastúnach agus a bhuachaill abhaile tar éis a bheith ag fiach. Do chuir an buachaill na capaill fiaigh 'on scioból agus chualaigh sé anál na bhfear. Do chuaigh sé isteach agus dúirt sé lena m*h*áistir go raibh daoine éigin sa scioból. "An bhfuil aon duine sa scioból?" arsan Protastúnach lena bhean. "Tá," arsa a bhean, "tháinig beirt dearthár go dtí an tigh tráthnóna agus ó bhí an oíche chomh fliuch dúrt[2] leo fanacht istigh sa scioból." "Tabhair chugham na daoine san," arsan Protastúnach lena bhuachaill. Chuaigh an buachaill go dtí an scioból agus thug sé leis iad. "Tabhair chugham an gunna anois," ar seisean leis an mbuachaill. "Lig domhsa cúpla focal cainte a rá," arsan bráthair críonna, "agus nuair a bheidh deireadh ráite agam is féidir leat mé 'mharú ansan." Chuaigh sé in airde ar an mbord agus dúirt sé caint bhreá bhlasta. Nuair a bhí deireadh ráite aige dúirt sé[3] é 'mharú. "Ní mharód," arsan Protastúnach, "mar chonac aingeal istigh id' dhá shúil." Ansan fuair sé gabhál tuí agus dhein sé leabaidh don bheirt dearthár sa chúinne. An fhaid a bhí sé ag déanamh na leapan do bhí an oiread deora silte aige go gcuadar isteach ina bhróga. Nuair a bhí an leabaidh déanta aige do chuaigh an bheirt dearthár a chodladh.

Timpeall lár na hoíche tháinig Naomh Mícheál agus an diabhal isteach agus bhíodar ag áiteamh ar a chéile féachaint [ag] cé acu a bheadh an Protastúnach. Fuaireadar meá agus bhíodar ag caitheamh isteach ann. Rug an diabhal ar an mbord agus chaith sé isteach ann é. "Is liomsa é anois gan buíochas duit," ar seisean le Naomh Mícheál. "Ní leat fós é," arsa Naomh Mícheál, agus rug sé ar an dtua a bhí sa chúinne agus thóg sé an meá in airde san aer. "Is liomsa anois," ar seisean leis an ndiabhal agus d'imigh sé ina cholúr gléigeal an spéir in airde agus d'imigh an diabhal ina lasaracha dearga tríd an dtigh amach.

Nuair a bhíodar imithe do liúigh an t-éan sa tseomra go raibh an Protastúnach caillte. "Ná bíodh aon uaigneas ort ina dhiaidh," arsan bráthair críonna, "mar tá an fear san naofa. Bhíos-sa ag faire ar Naomh Mícheál agus ar an ndiabhal féachaint [ag] cé acu a bheadh sé agus is ag Naomh Mícheál a bhí sé."

24. AN FEAR NÁRBH FHÉIDIR MAITHIÚNACHAS A THABHAIRT DÓ

Bhí feirmeoir ann fadó agus cheannaigh sé feirm mhór talún. Bhí sé ag dul i saibhreas ó bhliain go bliain. Bhí sé an-mhór le sagart an pharóiste. D'fhan mar sin nó gur buaileadh breoite é. Chuir sé fios ar an sagart paróiste agus tháinig sé chuige. Tháinig an sagart paróiste abhaile tar éis a bheith ag an nduine breoite. D'fhiafraigh an séiplíneach dho conas a bhí ag an bhfear breoite. "Níl an fear san ar fónamh agus a rá ná féadfainnse an Ola Dhéanach a chur air," arsan sagart paróiste. "An ligfeá mise chuige?" arsan séiplíneach. "Ligfead," arsan sagart paróiste. Chuaigh an séiplíneach chuige. D'inis an fear breoite an scéal dhó. "Ó! tá an scéal go holc agatsa," arsan séiplíneach, "beidh tú i measc na dtinteacha, is baolach. Glaoigh chughat do chlann go léir agus má choimeádann aon duine acu a mhéar ceathrú uair a' chloig i lasair an choinnil san beidh do phardún agatsa." Tháinig an chlann ina láthair agus dúirt an sagart leo go mbeadh a chionta maite dhon bhfear breoite dá gcoimeádfaidís a méar ceathrú uair a' chloig sa choinneal. "Ó! ní foláir nó coimeádfaimíd," arsan chlann. Ní fada a bhí an mhéir sa choinneal ag duine acu nuair a thóg sé í agus chuir sé ina bhéal í. Dob é an scéal céanna ag an gcuid eile acu é. "An bhfeiceann tú anois cad atá déanta ag do chlann?" arsan sagart leis an bhfear breoite. "Is suarach an pionós é sin seachas an pionós a chaithfirse a fhulaingt in Ifreann ina dhiaidh so. Is mór atá bailithe agatsa do chuid na gcomharsan id' neartú féin agus do chlann agus tabharfad bliain dhuit ón lá atá inniu ann chun a chuid féin a thabhairt do gach duine gur thógais uaidh é." Dhíol sé amach a stoc agus a fheirm agus thug sé a chuid féin thar n-ais dos gach duine go raibh aon ní beirthe uaidh aige. Tháinig an sagart chuige i gceann bliana agus d'fhiafraigh sé dho an raibh gach aon rud déanta aige. Dúirt an fear bocht go raibh gach rud déanta a bhí ina chumas a dhéanamh. Chuir sé an Ola Dhéanach ar an bhfear bocht agus dúirt sé leis síneadh siar agus aghaidh a thabhairt ar an tsíoraíocht.

25. MAC AN BHRÁTHAR Ó AGUS AN CAPALL BÁN: SEOMRA Ó

Bhí i gCeann Trá fadó – Bráthair Ó ab ea an ainm a bhí air – ag tabhairt Aifrinn uaidh, agus do ráinig sé lá Domhnaigh déanach ná raibh sé ag teacht go dtí an séipéal chuig Aifrinn a thabhairt uaidh. Bhí na daoine bailithe ag an séipéal agus ní raibh an sagart ag teacht. Bhíodar ag caint mar ba ghnáth le *class* daoine nuair a bhíonn siad i dteannta 'chéilig ag cur síos ar a lán rudaí; agus bíonn a lán ar siúl ná bíonn ró-mhaith. Dúirt duine éigint áirithe ach go háirithe go mb'fhéidir gur ag imirt[1] ar a dhrifír do bhí an sagart, á rá is ná raibh sé ag teacht. Bhí fear éigint ann do bhíodh i gcónaí timpeall an tsagairt mar 'bheadh aon duine ag an séipéal – beannacht Dé lena anam, Ned Sheáin Aoidh do bhí ansan thuaidh a bhíodh timpeall na sagart nuair a thagaidís mór[2] leothu. Tháinig sé agus bhí cuid don phobal scaipthe. Nuair a bhí an tAifreann léite aige: "Bhíos déanach inniu," ar seisean, "ní raibh leigheas agam air, agus tá cuid don phobal imithe uainn," ar seisean, "ná fuil an tAifreann acu agus is dócha," ar seisean, "go rabhadar ag cur síos ormsa – cad faoi ndeár dom ná raibh in am chuig an Aifrinn agus ní raibh aon leigheas agam air." "Do bhíodar mhuise!" arsan fear so, "agus ní cuir síos ró-mhaith a bhí ag a lán acu. Dúirt duine éigint ach go háirithe go mb'fhéidir gur ag imirt ar do dhrifír a bhís fé ndeár dhuit 'bheith chomh déanach leis an Aifreann inniu."

Bhí an-rud ar an sagart i dtaobh an fhocail sin a rá, agus, "caithfeadsa déileáil lem' dhrifír de dheascaibh an fhocail sin," ar seisean. Dob éigean dó d'fhonn a phobal do shaoradh. Do ráinig leanbh mic ag an drifír. Do thug sé scolaíocht mhaith dhó go raibh sé ceithre bliana déag aoise. Nuair a bhí sé an méid san aoise, do thug sé suas don seanbhuachaill é thar ceann an phobail do bhí damanta ag an bhfocal cainte 'dúrthas roime sin. "Tánn tusa greamaithe ag an ndiabhal," arsan sagart, ar seisean, "agus prioc leat chun saoradh a dhéanamh ort fhéin."

D'imigh an mac agus é greamaithe tugtha suas don seanbhuachaill. D'imigh sé agus do shiúlaigh sé Éire, sagairt agus easpaig agus ga' haon duine is ní bhfaigheadh sé aon duine a dhéanfadh aon mhaitheas dó. D'imigh sé agus do chuaigh sé go dtí an Pápa agus do bhuail buachaill leis agus d'fhiafraigh sé dhon mbuachaill cá raibh sé ag dul. "Táim ag dul ag triall ar an bPápa," arsan buachaill. "Táimse leis ag dul ann," a dúirt mac an Bhráthar. "Cad a dheinis-se?" arsa mac an Bhráthar, "faoi ndeár dhuit a bheith ag dul go dtí an Pápa?" "Do mharaíos m'athair," arsan buachaill. Chuadar go dtí an Pápa agus bhí an Pápa rompu, agus do cheistigh an Pápa iad, ar cad a bhí déanta acu.

"Sabhálfaidh mé tusa," arsa Pápa, leis an té 'mhairbh [a] athair, "agus n'fhéadfainn tusa 'shábháilt," ar seisean le mac an Bhráthar, "ach téirigh go hÉirinn," ar seisean, "agus in Éirinn atá an fear a dhéanfaidh tú 'shábháilt," ar seisean, "má tá sé os do chionn é 'dhéanamh, agus níl neart agat ar dhuine a lorg ná a thuairisc a chur," ar seisean, "go dtí pé faid gairid a bhuailfidh sé trasna ort; agus" ar seisean, "imigí uaim anois," ar seisean, "agus má chíonn sibh aon iontas i rith an bhóthair tagaíg chugham arís le hathscéala."

Ghluaiseadar an bheirt agus do dh'éirigh eascú mhór dhubh aníos as díg an bhóthair, agus dhírigh sí ar an té 'mhairbh [a] athair, do lúb sí suas ar a mhuineál agus do bhí sí á dh'ithe léithi gur dh'ith sí síos go dtís na cosa é. Do mhairbh sí é agus do tháinig uafás agus scéan ar mhac an Bhráthar agus d'iompaigh sé thar n-ais ar an bPápa. "Tá iontas mór feicthe agat," arsan Pápa. "Tá," ar seisean, "a leithéid seo a thit amach orainn," ar seisean, "ó d'fhágamair tú." "Á! chaithfeadh sé sin díol," arsan Pápa, ar seisean, "agus chaithfeadh sé é sin do dhéanamh do dheascaibh a anam a bheith agam," ar seisean. "Tá a anam agamsa tugaithe ó Ifrionn." "Imighse leat," ar seisean, "téirigh féin go hEirinn agus féach an bhfaighidh tú éinne a shábhálfaidh tú fhéinig?" Do ghluais sé is do tháinig sé go hÉirinn agus thug sé ar feadh seacht mblian ag siúl ar fuaid na hÉireann, síos agus suas . . . agus níor bhuail Ó[3] ná capall bán leis. I gceann a seacht mblian do bhuail an mar-cach leis agus a chapall bán fé. "A bhuachaill mhaith," arsa fear an chapaill bháin, ar seisean, "cím ag imeacht ansan tú le fada riamh d'aimsir ag siúl ar fuaid na hÉireann. Cad 'tá uait, nó cad 'tá ort?" "An té atá uaim nílim á dh'fháil," arsa mac an Bhráthar, "agus níl neart agam ainm do lorg," ar seisean. "'Sé'n duine athá uaimse," ar seisean, "Ó, agus nílim ag bualadh leis is níl sé ag bualadh liom."

"Ó! mise an fear san," arsa fear an chapaill, ar seisean, "mise Ó, agus cad 'tá ort?" "Táim greamaithe ag an seanbhuachaill agus do bhí an Pápa á rá liom gur tusa a shábhálfadh m'anamsa." Bhuail sé screadóg ina bhéal agus do shéid agus do shéid agus do shéid, agus má shéid do bhí cailín thíos in íochtar Ifrinn agus an tarna screadóg do bhí sí ag na geataí agus ar an tríú screadóg bhí sí aige. "Táim anso agat." "B'fholláin duit. Do chuirfinnse do dhóthain do ghreim ort. Fuascail a ghreamanna dhon bhfear so." "Ní fhuasclóidh mé," ar sise. "Tá a mhalairt do ghreim agam air." "Fuascail na greamanna dhó," ar seisean. "Ní dh'fhuasclód," ar sise. "Cuirfidh mé isteach fés na bróinte thú agus meilfidh mé do chnámha." "Ní dhéanfaidh sé an gnó,[4] ní fhuasclóidh mé é, tá a mhalairt do ghreim agam air." Buaileadh isteach fés na bróinte í agus ní fágadh aon bhlúire di ná meileadh. Ní dhein sé an gnó, Tháinig sí amach as chomh folláin agus 'chuaigh sí isteach ann. "Cuirfidh mé síos 'on choire mór tú ar mhullach do chinn." "Ní dhéanfaidh sé an gnó. Ní bhogfad mo ghreamanna." Buaileadh 'on choire mhór í ar mhullach a cinn agus tháinig sí amach as chomh folláin agus 'chuaigh sí isteach ann. "Bog na greamanna," ar seisean. "Ní bhogfad," ar sise. "Cuirfidh mé isteach go seomra Ó thú," "I gcuntais an tsaoil," ar sise, "níosa thúisce ná raghainn ansan, bogfaidh mé na greamanna." Bhog sí na greamanna agus d'fhuascail sé mac an Bhráthar. "Uch! go bhféacha Dia orainn," arsa hÓ, ar seisean, "is dainséarach an paiste athá ceapaithe dhomhsa," ar seisean, "a rá," ar seisean, "t'réis a bhfuil fachta aici ná raghadh sí insa seomra athá ceapaithe dhomhsa," ar seisean, "agus," ar seisean, "is dainséarach an scéal é." "Tánn tusa fuascaltha agamsa anois," arsa hÓ, ar seisean, "agus b'fhéidir go bhfuasclófása mise ós na greamanna athá orm." "Téir," ar seisean, "agus tánn tú breac-fhoghlamanta, 'on choláiste," ar seisean, "agus déanfar sagart díot agus an chéad Aifreann a bheidh agat á léamh, beadsa i dtigh an Aifrinn, agus faigh scian," ar seisean, "agus bíodh trí cinn do bhráilíntí agat, mairbh mise," ar seisean, "agus cuir m'anam i mbráilín agus mo chorp i dhá bhráilín ar an altóir agus nuair a bheidh an tAifreann léite agat," ar seisean, "tiocfaidh an tÁirseoir chughat agus lorgóidh sé ort mise. Abair leis go bhfaighidh sé ceann dos na pacaí (bráilíntí) ach ná faighidh sé mé ar fad. Bíodh an corp nó an t-anam agat, ceann éigint acu. Ná faigheadh sé ach cuid díom."

Sea, mar sin a bhí. Deineadh sagart do agus an chéad Aifreann a bhí sé ag léamh bhí Ó i dtigh an Aifrinn agus do mhairbh sé Ó le scian is do chuir sé a chorp i dhá bhráilín agus a anam i mbráilín.

26. AN SAGART A CHUIR AN GHRÁIN MHÍOLACH AR AN SASANACH A BHÍ AG IARRAIDH É 'LÁMHACH

Fadó nuair a bhíodh ruagairt á chur ar na sagairt n'fhéadfaidís an tAifreann do rá in aon áit ach in áit éigint uaigneach. Bhí sagart lá ag rá an Aifrinn i gcom chnoic is bhí duine ag faire amach dó ar eagla go dtiocfaí i gan fhios orthu is go marófaí iad.

Ní fada gur rith an té a bhí ag faire isteach mar a raibh an tAifreann ar siúl is dúirt sé leo teitheadh go raibh na saighdiúirí, nó pé dream a bhí ina ndeaghaidh, orthu. "Teithíg," arsan sagart leis an bpobal, "ach caithfeadsa mo thriail a sheasamh, n'fhéadfaidh mé teitheadh."

Do theith an pobal is do tháinig an lucht airm is iad ar chapallaibh is do chaitheadar ar bhuachaill fionn rua is do lámhachadar é. Níor imigh aon ní ar an sagart. Nuair a dh'imigh ga' haon ní ansan do tháinig na daoine mar mheasadar go raibh an sagart marbh. Ní raibh. "Go mbaine an capall an inchinn ar bheirt acu agus go dtaga an ghráin mhíolach ar an dtríú duine acu," arsan sagart. Triúr a bhí ann.

Sea, lá 'rna mháirech nó an oíche san do tháinig an ghráin mhíolach ar dhuine don dtriúr. Do líon sé féin is do líon a thigh suas do mhíolaibh. Bhí sé ina sheó is n'fheadar sé cad a dhéanfadh sé. N'fhéadfadh sé aon leigheas a dhéanamh ar an scéal. Bhí seirbhíseach buachalla aige is dúirt sé leis ná raibh aon duine chun é 'leigheas is na míola do dhíbhirt ach an sagart so. "Dhera! nár mharaíomar é sin inné," arsan Sasanach. "Níor mharaíobhair," arsan buachaill, "ní hé a maraíodh chuige ach buachaill fionn rua a bhí ar an bpobal." "Ní hé, ach an sagart," arsan fear eile. "Mar nach é," arsan buachaill, "agus má thugann tusa blúire scríbhneoireachta le tabhairt chuige leighisfidh sé thú is glanfaidh sé an tigh."

Do ghéill an Sasanach ar deireadh is do thug sé an scríbhneoireacht don mbuachaill le breith go dtí an sagart. Do thug an buachaill an scríobh chun cinn is do thug don sagart í. Do tháinig an sagart is do chuaigh 'on tigh is do thóg amach a leabhar is do chuir a stól air féin is do thosnaigh ar léamh is do ghlan sé an ghráin mhíolach don Sasanach is do ghlan sé an tigh. Ach d'imigh an íde do ghuigh sé don mbeirt eile, d'imigh sé orthu. Do bhain an capall an inchinn orthu araon.

27. AN SAGART AGUS AN CAT

Bhí sagart ann fadó agus théadh sé ag bailiú airgid timpeall an pharóiste. Lá áirithe casadh isteach i dtigh ministir é. Bhí na ministirí go léir ag ithe bídh thíos i seomra nuair a chuaigh sé isteach. Do sheasaimh sé thíos ag an ndoras agus tar éis tamaill do chonaic sé cat mór bán suite sa chúinne. "An fada atánn tú ansan?" arsan sagart leis an gcat. "Táim ann le trí chéad bliain," arsan cat. Do chualaigh an cailín aimsire an sagart agus an cat ag caint agus dúirt sí leis an ministir go rabhadar ag caint le chéile. "Éist do bhéal," arsan ministir, "cad fáth go mbeadh an cat ag caint le éinne agus gan aon chaint aige." "Tar anseo go dtí an ndoras agus cloisfir ag caint iad," arsan cailín aimsire. Chuaigh an ministir go dtí an ndoras agus chualaigh sé ag caint iad. "Tá sé in am agat a bheith ag imeacht as so," arsan sagart leis an gcat, "má tánn tú ann le trí chéad bliain." "Tá sé ró-luath agam fós agus fanfad ann tamall eile," arsan cat. "Tá sé chomh maith agat 'bheith ag imeacht nó cuirfeadsa náire ort ag imeacht," arsan sagart. "An n-imeoir?" arsan sagart arís. "Ní dh'imeoidh," arsan cat. Ansan thóg an sagart leabhar amach as a phóca agus léigh sé rud éigin ar an gcat. "An n-imeoir anois?" arsan sagart leis an gcat. "Ní dh'imeoidh," arsan cat. Do léigh sé arís ar an gcat agus chuir sé ina lasracha dearga tríd an dtigh amach é. Ansan tháinig na ministirí go léir aníos as an seomra agus chuadar ar a nglúine roimhe an tsagart agus bhaist an sagart iad.

28. AN SAGART AGUS MAC NA BAINTRÍ

Bhí baintreach agus a mac ag teacht ón Aifreann Domhnach fadó. Bhí seanmóin bhreá ag an sagart an Domhnach seo, agus dúirt sé i ndeireadh na seanmóna go gcaithfeadh gach éinne an bóthar díreach a choimeád.

Bhí lochán uisce i lár an bhóthair ina mbíodh na daoine ag teacht abhaile ón Aifreann agus chaitheadh gach éinne dul laistigh don chlaí chun dul tirim thar an lochán. Nuair a bhí an garsún agus a mháthair ag teacht, dúirt an mháthair go gcaithfidís dul laistigh do chlaí chun dul thar an lochán. "Ar airís cad a dúirt an sagart ag an seanmóin inniu?" arsan garsún. "Ná dúirt sé le gach duine an bóthar díreach a choimeád."

"Raghadsa laistigh do chlaí ach go háirithe!" arsan mháthair. "Téir más maith leat ach ní raghadsa," arsan garsún. Bhí an sagart ina ndiaidh ar an mbóthar agus chuala sé gach focal a dúirt an garsún agus a mháthair le chéile. D'fhiafraigh sé do mháthair ¹an bhuachalla¹ an ligfeadh sí a mac in aimsir chuige féin. Dúirt an mháthair go ligfeadh. Thug an sagart leis go dtí a thigh féin é. Nuair a thagadh am bídh gach lá, do cuireadh an garsún i seomra leis féin chun a chuid bídh a ithe.

Bhí pictiúr na Maighdine Muire sa seomra ina mbíodh an garsún ag ithe a chuid bídh. Dheineadh an garsún dhá leath dá chuid bídh gach lá agus d'fhágadh sé a leath ag an bpictiúr naofa. Sa deireadh thug an sagart faoi deara go raibh an garsún ag dul as go mór. Chuaigh sé go dtí an cailín aimsire agus d'fhiafraigh sé di an dtugadh sí a dhóthain bídh go dtí an mbuachaill. "Bíonn leath an bhídh spártha aige gach lá," arsan cailín. Chuaigh sé go dtí an ngarsún ansan agus d'fhiafraigh sé de an bhfaigheadh sé a dhóthain bídh gach lá. "Faighim ach tugaim leath don mBean Uasal agus mura mbeadh san, bheadh mo dhóthain bídh agam," arsan garsún. Chuaigh an sagart go dtí an gcailín aimsire thar n-ais agus dúirt sé léi dúbailt bídh a thabhairt don ngarsún as san amach. Bhíodh an sagart isteach is amach go dtí an ngarsún as san amach.

Lá amháin, tháinig an Mhaighdean Mhuire go dtí an ngarsún agus dúirt sí leis go dtabharfadh sí cuireadh dinnéir ón mBean Uasal. Dúirt an sagart leis ansan a dh'fhiafraí di an bhfaighfeadh sé féin cuireadh dinnéir ina theannta. Dúirt an Mhaighdean Mhuire leis an ngarsún go bhfaigheadh an sagart cuireadh dinnéir leis ar son ²an gharsúin² ach mura mbeadh san, go gcaithfeadh an sagart é 'thuilleamh níos fearr.

Thug an sagart ordú don gcailín aimsire an oíche san a n-éadaí bhreátha a bhí aici a chur ar an mbeirt acu i gcomhair na hoíche. Chuir, agus chuaigh

an garsún agus é féin in aon leaba amháin an oíche san agus bhí an bheirt
caillte ar maidin agus táid thuas ar neamh anois.

29. AN SAIGHDIÚIR MALLAITHE

Bhí buíon saighdiúirí ann fadó sa tseanshaol agus bhí saighdiúir an-
mhallaithe ina measc ná féadfadh éinne ceart ná cothrom a bhaint do.

Bhí clochar ban rialta san áit agus gheibheadh an bhuíon saighdiúirí
thairis gach lá nuair a bhídís ag máirseáil. Bhí crann breá ag fás in aice leis
an gclochar agus bhí pictiúir na Maighdine Muire in airde ar an gcrann.

Bhí an-mhisneach ag duine des na mná rialta agus dúirt sí go gcuirfeadh
sí féin an saighdiúir mallaithe ar a leas. Chuir sí scríbhneoireacht féna bhráid
go mbeadh sí ina leithéid san do choill lá áirithe roimis. Chuaigh an
saighdiúir isteach sa choill agus bhí an bhean rialta ann roimis. Dúirt an
saighdiúir go ndéanfadh sé cábán istigh sa choill agus an fhaid a bhí sé dá
dhéanamh bhí an bhean rialta ar a dhá glúin ag guíochtaint go raghadh an
saighdiúir ar a leas.

Sara n-imigh an bhean rialta ón gclochar chaith sí a veil agus a bóna ar
phictiúir na Maighdine Muire a bhí in airde ar an gcrann agus dúirt sí leis
an bpictiúir iadsan do choimeád nó go bhfillfeadh sí féin thar n-ais pé faid
gairid a bheadh ann.

Nuair a bhí an cábán déanta ag an saighdiúir mallaithe tháinig sé amach
go dtí an mbean rialta agus dúirt sé léi dul isteach 'on chábán. Dúirt sise ná
raghadh. Rug sé ar bhun dhá ascall uirthi chun í 'thabhairt leis isteach.
Chuaigh an t-uisce isteach ina bhróga a shil sé as na súilibh, nuair a thóg sé
suas í. Do bhog sé dhi ansan mar do chorraigh an méid san é. Dúirt sí leis
í féin a dh'fhágaint ina dhiaidh mar go raibh sí féin pósta le naomh ar
Neamh. "Ní dhéanfadh sé aon deifir mise 'theacht anso," arsan bhean rialta,
"ach téirse abhaile go dtí do bhuíon saighdiúirí féin anois, agus bí ag obair
mar a bhís riamh."

Do chuaigh an saighdiúir mallaithe abhaile arís go dtí na saighdiúirí agus
bhí sé ag obair fé mar a bhí sé riamh. An chéad lá a bhí na saighdiúirí ag
máirseáil arís bhíodar ag gabháil thar chlochar na mban rialta agus
d'umhlaigh pictiúir na Maighdine Muire a bhí in airde ar an gcrann don
saighdiúir seo.

Chonaic an captaen an pictiúir ag umhlú agus dúirt sé leo go raibh duine
éigin naofa ina measc. Chuir sé duine ar dhuine acu thairis an bpictiúir ach
níor dh'umhlaigh an pictiúr d'éinne acu nó go gcuir sé an saighdiúir
mallaithe thairis. D'umhlaigh an pictiúr ansan. "Cad a dheinis," arsan cap-
taen, "go bhfuilir naofa?" "Is cuma dhuit sa domhan cad a dheineas ach dein
do chúram dhuit féin anois," arsan saighdiúir mallaithe.

Bhí sé ráite gur thug an bhean rialta seacht mbliana amuigh sa choill ina
dhiaidh san. Nuair a tháinig sí abhaile bhí a bhéil agus a bóna in airde ar
an bpictiúr. Thóg sí anuas iad agus dúirt an Mhaighdean léi gur dhein sí a
cúram an-mhaith agus nár ghá dhi an oiread aimsire a thabhairt amuigh sa
choill in aon chor.

30. SEOMRA PHEADAIR

Bhí sagart ann fadó agus briseadh as sagartóireacht é. Bhíodh sé ag imeacht leis ins gach aon áit ansan. Bhí sé ag imeacht leis riamh is choíche nó gur casadh isteach i dTrá Lí é. Chuala sé trácht ar Dhaingean Uí Chúise i dTrá Lí agus dúirt sé leis féin go raghadh sé go dtí an Daingean nuair go dtáinig sé chomh fada in aon chor.

Bhuail sé isteach i dtigh sa Daingean tráthnóna amháin agus fuair sé lóistín ó bhean an tí ann. Bhí fear an tí ag iascach an lá san agus tháinig sé abhaile tráthnóna. Bhí sé féin agus an sagart ag caint le chéile. Dúirt fear an tí lena mhnaoi breac a scoltadh don bhfear bocht. D'imigh an bhean amach agus do scoilt sí an breac agus fuair sí eochair istigh sa bhreac.

D'imigh sí isteach agus d'inis sí dá fear go bhfuair sí eochair istigh sa bhreac. Dúirt an fear go bhfacaigh sé talamh tirim sa bhfarraige inniu agus tigh istigh ann agus b'fhéidir gurb in í an eochair a d'osclódh doras an tí.

Ar maidin lá 'rna mháireach nuair a bhíodar ag dul ag iascach, d'fhiafraigh an sagart dóibh an ligfidís é féin ag iascach in aonacht leo. Dúradar go ligfidís. Chuireadar amach na báid, agus bhíodar ag rámhaíocht leo i dtreo an talaimh tirim go dtí sa deireadh gur chuadar i dtír ann. Chuadar isteach sa tigh. Sáipéal a bhí ann agus chonacadar culaith an Aifrinn ar an altóir.

Dúirt an sagart leo é féin a dh'fhágaint sa tséipéal agus an doras a dhúnadh air agus an glas a chur ar an ndoras agus an eochair a chaitheamh sa pholl is doimhne don bhfarraige. Dheineadar fé mar a dúirt sé leo.

Bhí deartháir don sagart ina chónaí gCorcaigh agus bhí sé ag lorg an tsagairt ins gach aon áit. Tháinig sé go Trá Lí agus ¹go gcuaigh¹ sé ó Thrá Lí go Daingean Uí Chúise. Chuaigh an deartháir 'on Daingean agus bhuail sé isteach i dtigh ann tráthnóna.

Bhí fear an tí ag iascach agus tháinig sé abhaile tráthnóna déanach agus bhí sé féin agus deartháir an tsagairt ag caint. Sa deireadh dúirt fear an tí lena mhnaoi breac a scoltadh don bhfear bocht. D'imigh sí amach go dtí an abhainn agus do scoilt sí an breac agus do fuair sí eochair istigh sa bhreac. D'imigh sí isteach agus d'inis sí dá fear é. Dúirt fear an tí go bhfacaigh sé talamh tirim amuigh insan bhfarraige le dhá lá agus tigh istigh ann agus b'fhéidir gurb in an eochair a d'osclódh doras an tí. "Tá seacht mbliana anois ann ó chonacamair an talamh tirim agus an tigh istigh ann," arsa fear an tí.

Nuair a bhíodar ag dul ag iascach arís maidin lá 'rna mháireach d'fhiafraigh deartháir an tsagairt dhóibh an ligfidís é féin ina dteannta. Dúradar go ligfidís agus fáilte. Do chuireadar amach na báid agus bhíodar ag rámhaíocht leo riamh is choíche nó gur bhaineadar an talamh tirim amach sa deireadh. D'osclaíodar doras an tséipéil leis an eochair a fuaireadar sa bhreac. Bhí an sagart istigh rompu agus é ag léamh an Aifrinn ar an altóir. Thug sé féachaint mhillteach orthu agus dúirt sé leo ná facaigh sé aon dream riamh ní ba mheasa ná iad. Dúirt sé leo an séipéal d'fhágaint go brách i dtaobh nár fhágadar mar a bhí sé é. Tháinig sé leo ins na báid agus bhaineadar an Daingean amach tráthnóna déanach.

D'imigh an sagart dó féin ansan agus thóg sé tigh beag dó féin sa bhfásach. Do chónaigh sé sa tigh dó féin as san amach.

Tháinig oíche fliuch fiain agus an sagart sa tigh so. Bhí tine mhaith mhóna aige an oíche ghaofar so mar bhí sé an-fhuar. I gcaitheamh na hoíche tháinig bean go dtí an doras chuige agus d'iarr sí air í 'ligint isteach. Dúirt sé léi ná ligfeadh mar ná faigheann aon duine aon lóistín sa tigh seo aon oíche. Sa deireadh d'iarr sí air in ainm Dé í 'ligint isteach mar go raibh an oíche chomh fuar fliuch sin. Do lig sé isteach í ar son Dé agus do shuigh sí thíos ag doras an tí. Bhí sí ag crith leis an bhfuacht thíos ag an ndoras. Dúirt sé léi tarrac aníos chun na tine agus í féin do théamh. Do tháinig an bhean aníos chun na tine agus nuair a chuaigh teas na tine fúithi thug an sagart fé ndeara gur bhean óg álainn a bhí inti. Tháinig grá mór aige dhi agus d'fhiafraigh sé dhi tar éis tamaill an bpósfadh sí é. Dúirt sí leis go bpósfadh mar gurb é a bhí uaithi. Bhíodar ag socrú eatarthu féin mar gheall ar an bpósadh. Sa deireadh d'fhiafraigh an bhean do cé a tharraingeodh na coinníll. Dúirt an sagart go dtarraingeodh sé féin iad. Do tharraing an sagart na coinníll agus nuair a bhí an méid san déanta aige do loirg an bhean air iad. Dúirt sé léi ná faigheadh. Bhí sí ag taithint agus ag taithint air iad a thabhairt di agus sa deireadh do fuair sí na coinníll uaidh. Ní túisce a fuair sí iad ná go d'imigh sí ina lasracha dearga tríd an simné in airde.

Is ansan a thuig an sagart cé dhó a thug sé na coinníll. Do bhí a fhios aige ansan go raibh sé greamaithe ag an ndiabhal thíos in Ifreann. "Sea, tá an méid san déanta anois" arsan sagart leis féin. "Caithfead dul agus na coinníll a sholáthar, ach cad a dhéanfaidh an méid san?"

Sea, d'imigh sé air agus casadh isteach go dtí fear siopa é. D'fhiafraigh fear an tsiopa dhó cá raibh a thriall. D'inis an sagart dó gach ar tharla dó féin ó thosach go deireadh agus d'fhiafraigh sé dhó an raibh fhios aige aon duine a dhéanfadh aon fhóirithint air. Dúirt fear an tsiopa leis go raibh uncail dó féin ina phórtaeir ar gheata Ifrinn agus mura ndéanfadh sé sin aon fhóirithint air ná raibh aon duine eile chun é a dhéanamh dó. D'imigh an sagart air agus bhain sé amach pórtaeir Ifrinn. D'inis sé an scéal go léir don bpórtaeir ó thosach go deireadh. Fuair an pórtaeir feadóg agus shéid sé í ach má shéid níor tháinig an bhean. Shéid sé an dara uair í agus níor tháinig sí. Shéid sé an tríú uair í agus tháinig sí os a chomhair amach. "Cá rabhais nuair a shéideas an fheadóg ar dtúis?" ar sé léi. "Bhíos thíos ar an leac is íochtairí in Ifreann," ar sise. "Cá rabhais nuair a ghlaos ort an dara babhta?" ar seisean. "Bhíos i lár Ifrinn," ar sise. "Cá rabhais nuair a ghlaos ort an tríú uair?" ar seisean. "Bhíos anso os do chomhair amach," ar sise. "Tabhair dom na coinníll a fuairis ón bhfear so," ar seisean léi. "Ní thabharfad mhuise," ar sise. "Mura dtabharfaidh tú uait iad anois cuirfidh mé isteach i gcuire fiuchta thú," ar seisean. "Ní thabharfad," ar sise. Caitheadh isteach sa chuire fiuchta í ach tháinig sí amach as chomh maith agus a bhí sí riamh. "An dtabharfaidh tú uait anois iad?" ar seisean. "Ní thabharfad," ar sise. Cuireadh isteach insna bróintibh í agus meileadh a cnámha agus a cuid feola ina píosaibh. Tháinig sí amach astu arís chomh slán agus a bhí sí riamh. "An dtabharfaidh tú uait anois iad?" ar seisean. "Ní thabharfad," ar sise. "Mura dtabharfaidh tú mhuise," ar seisean, "cuirfead isteach i Seomra Pheadair tú." "Ó! níos túisce ná raghad isteach i Seomra Pheadair tabharfad uaim iad," ar sise. Thug sí na coinníll don sagart.

"Ní foláir nó is olc an áit Seomra Pheadair agus a rá go dtug sí uaithi na coinníll níos túisce ná raghadh sí isteach ann," arsan sagart le pórtaeir Ifrinn. "Níl fhios agatsa a leath," arsan pórtaeir. "B'fhearr liom go bhfeicfinn é," arsan sagart. "Ná bac id' dhiaidh é," arsan pórtaeir. "Caithfead é 'fheiscint mhuise," arsan sagart agus d'imigh sé go dtí an seomra. D'fhéach sé isteach trí pholl na heochrach sa tseomra agus ní túisce a bhí an méid san déanta aige ná tháinig siolla gaoithe amach as an bpoll. Níor fhág an siolla gaoithe san aon bhlúire feola ar a leathcheann go léir.

D'imigh an sagart air agus bhain sé amach fear an tsiopa. Peadar an ainm a bhí ar fhear an tsiopa agus is dó a bhí an seomra úd ceapaithe nuair a gheobhadh sé bás. "Is olc an áit atá ceapaithe duitse ach go háirithe," arsan sagart le Peadar. "Cá bhfios duitse é?" arsa Peadar. "Do bhíos ag do sheomra," arsan sagart, "agus nuair a chuireas m'aghaidh isteach le poll na heochrach níor dh'fhág an siolla gaoithe a tháinig amach as croiceann ná blúire feola ar mo leathcheann." "Téanam ort anois agus déanfaidh beirt againn aithrí agus raghaimid amach sa bhfásach." D'imíodar amach sa choill agus cailleadh ann iad agus d'imíodar ina dhá cholúr ghléigeal an spéir in airde mar fuaireadar bás naofa.

D. Scéalta Rómánsaíochta

31. CONAS A FUAIR BRIAN BEAN

Bhí fear ann fadó agus dá mhéid a dheineadh sé a dhícheall ní bhfaigheadh sé aon bhean a phósfadh é. Brian ab ainm dó. Bhí sé ar a shlí abhaile oíche, agus casadh triúr fear air agus comhra ar a nguailne acu. "Is mór an trua gan an ceathrú fear agaibh," arsa Brian leis féin. Bhuail sé a ghuala fén dtaobh folamh don gcomhrain ach ní túisce 'dhein, ná caitheadh chuige ar fad í. Fuair Brian súgán féir agus chas sé timpeall na comhran é, agus thug leis abhaile mar sin í. Nuair 'shroich sé an baile, fuair sá mór agus bhain sé an clúdach di. Sin é an uair a chonaic sé an t-iontas, mar istigh sa chomhrain, bhí an cailín ba bhreátha dá bhfaca sé riamh. Chonaic sé amach as cúl a gruaige, biorán suain, a bhí tar éis a bheith curtha ann ag dream an leasa. Bhain sé an biorán as a cúl agus tháinig ¹a caint¹ agus a héisteacht di chomh mhaith agus a bhí riamh.

Nuair a ghaibh Brian amach ar maidin, bhí bean ag siúl lena chois. Nuair a chonaic na comharsain bean ag Brian tháinig ard-iontas orthu.

"Conas a fuair Brian bean?" arsa gach éinne, ach níor fhéad éinne iad a fhreagairt. Arsa duine éigin le Brian: "cá bhfuairis an bhean?" "Fuaras ó Dhia," arsa Brian. D'fhág Brian an scéal mar sin acu.

32. SEÁN NA CEÁRTAN

Bhí buachaill ann fadó agus bhí an-dhúil i gcuileachta agus i spórt aige. Pé áit go mbeadh aon ní i bhfoirm spóirt bheadh sé ann. Ba ghnáthaí sa cheártan é ná in áit eile mar is ann a bhíonn gach saghas duine bailithe. Thugtaí Séan na Ceártan air toisc é 'bheith ann chomh minic. Is in am mhairbh na hoíche a d'fhágadh sé an cheártain.

Thug sé capall a athar 'on cheártain tráthnóna amháin fómhair, mar bhí a athair agus a dheartháireacha ró-chúramach chun dul ann.

Nuair a bhí na cruite curtha ag an ngabha fén gcapall, lig Séan an capall abhaile, gan giolla ná srian ach má lig bhain an capall a bhóthar féin amach. D'fhan Séan sa cheártain go dtí meán oíche.

Nuair a bhí sé ag gabháil thar lios a bhí san áit, chonaic sé chuige triúr fear agus comhra ar a nguailne acu. "D'oirfeadh an ceathrú fear díbh," arsa Séan. Bhuail sé a ghuala fén dtaobh folamh don chomhra, ach má bhuail caitheadh chuige ansan í. "Ní raibh an donas riamh orm go dtí anois," arsa Séan, "ach ní stadfadsa choíche go mbeidh 'fhios agam cad 'tá inti." Bhuail sé súgán féir timpeall ar an gcomhrain, agus chaith sé thiar ar a dhroim í, agus thug leis abhaile í. Bhuail sé ar an ndoras, agus d'oscail a mháthair é. "Tá an ainnise (?) riamh id' dhiaidh agus beidh go deo," arsan mháthair nuair a chonaic sí cad a bhí aige. Fuair Séan seanthua agus bhain sé an clúdach dhi, agus bhí an bhean ba bhreátha dár leag súil duine riamh uirthi istigh ann. Ach ní raibh a caint ná a héisteacht aici. Thóg sé amach as an gcomhrain í agus thug rud le n-ithe di. "Dá mbeadh a bhfuil de mhná as so go Contae an Rí ag teacht ag triall ormsa," arsa Séan, "'sí seo mo bhean."

62

Nuair a bhí sé ag gabháil thar an lios lá 'rna mháireach, chonaic muintir an leasa é. "Féach," arsa duine acu, "cé[1] 'thug ár mbean uainn?" "Ariú nach cuma dúinn?" arsa duine eile acu, "ní haon mhaitheas dó siúd í, níl a caint ná a héisteacht aici." "Ní bheadh sí mar sin," arsan chéad duine a labhair, "dá bhfaigheadh sí trí deocha as an gcoirn seo, bheadh a caint agus a héisteacht aici chomh maith agus a bhí riamh."

Ní túisce an focal as a bhéal aige ná seo Seán isteach agus sciob leis an corn, sara thug éinne fé ndeara é. Thug leis a bhaile é agus thug trí deocha dá bhean as, agus bhí a caint agus a héisteacht aici chomh maith agus a bhí riamh.

Chuadar go dtí an sagart chomh luath agus d'fhéadadar é, chun iad a phósadh.

Ní raibh ba ná gamhna ag Seán, ach naoi nó deich do ghabhair, agus n'fhaca an cailín gabhair riamh roimhe sin agus bhí sí ag déanamh an-iontas dóibh. Thug sí trí mbliana pósta sara inis sí d'éinne cárbh as í. Bhí aonach le bheith lá áirithe ina baile dúchais, agus dúirt sí le Seán go raibh sé chomh maith ag an mbeirt acu dul ann agus go mb'fhéidir go mbuailfeadh a hathair leo ar pháirc an aonaigh.

D'imíodar leo go luath maidin an aonaigh. Thugadar an lá ann ach níor bhuail athair an chailín leo. "Ón uair ná fuil sé ar an aonach," arsan cailín le Seán, "téir féin suas chuige agus abair leis go bhfuil a iníon anso agus go dteastaíonn sé uaim." D'imigh Seán suas agus nuair a tháinig sé go dtí an ndoras bhí cos leis amuigh agus cos leis istigh, mar bhí eagla air go dtiocfadh fearg ar athair a chéile chuige. Dúirt sé cad a bhí uaidh. Nuair a bhí deireadh ráite, d'fhéach an fear istigh timpeall air féin féachaint an bhfaigheadh sé aon ní a chaithfeadh sé leis, ach ní raibh faic le fáil aige ach seanbhróg. Ba mhaith an mhaise ag Seán é, bhí sé curtha dho go mear. Dá bhfaigheadh sé an seanbhróg bhí deireadh lena ré.

Tháinig sé go dtína bhean agus d'inis di cad a dhein a hathair. "Ná bac san," arsan cailín, "téir suas arís." Chuaigh sé suas arís ach ba é an scéal céanna é. "Téir suas anois," arsan cailín, "agus muna dtiocfaidh sé abair lem' mháthair teacht." Chuaigh sé suas, ach dá mbeadh sé ag caint lena hathair riamh ó shin ní thiocfadh sé. "Ní foláir nó tá sí thíos," arsan mháthair, "agus tú ag dul chomh dian." Téanam ort síos," ar sise lena fear. Chuaigh a fear lena cois. Bhí a n-iníon rompu agus rug sí ar lámh orthu araon. D'inis sí dóibh conas mar a bhí an scéal aici, gur amhlaidh a bhí sí sciobaithe ag an slua sí agus conas mar a shábháil Seán í, agus go rabhadar pósta le trí mbliana.

"Más mar sin atá an scéal," arsa 'hathair, "tagaíg liomsa agus tabharfad m'fheirm díbh." "Tá feirm bheag dheas againne," arsan cailín, "agus a leithéid do bha dheasa ní fhacaís a leithéidí riamh. Ní bhfaighfeá cortha go deo ó bheith á gcrú." "Bíodh bhur dtoil féin agaibh," arsan t-athair, "ach tagaíg chughamsa agus bíodh fleadh againn." Chuadar, agus bhí an fhleadh ar siúl ar feadh trí lá agus trí oíche.

33. NA TRÍ COMHAIRLEACHA

Chuaigh fear in aimsir go dtí feirmeoir fadó. Fear bocht ab ea é go raibh bean agus clann mar chúram air. Nuair a bhí bliain tugtha i bhfochair an fheirmeora aige, d'fhiafraigh sé do ci'acu ab fhearr leis, pá nó comhairle. Dúirt an fear [1]nach b'olc[1] í comhairle aon uair, agus go raibh sé chomh maith aige í 'thógaint. Thóg sé an comhairle agus 'sé an comhairle a fuair sé ná – gan gabháil go deo in aon áit an cóngar. "Níl mórán éifeacht le san pé scéal é," ar seisean, "ach caithfead a bheith sásta anois."

Thug sé bliain eile ag an bhfeirmeoir agus d'fhiafraigh sé dho arís, ci'acu ab fhearr leis pá ná comhairle. "Cé nár dhein an comhairle a thugais dom anuraidh aon mhaitheas dom, tógfad do chomhairle anois." Fuair sé an comhairle – dul ag fiosrú a charad sara mbeadh sé i ngátar. "Tabharfad an tríú bliain agat," ar seisean, "ar chomhairle eile." Fuair sé an comhairle i ndeireadh na bliana – gan codladh go deo i dtigh go mbeadh bean óg pósta ag seanduine.

Ghluais sé air chun teacht abhaile. Bhuail gasra d'fhir óga leis, go raibh aithne acu air. "Tá sé chomh maith againn," ar siadsan, "an cóngar a thógaint, ón uair go bhfuil sé chomh déanach." D'imíodar leo, ach ní fada 'chuadar nuair a chuimhnigh mo dhuine ar an chomhairle go dtug sé bliain oibre uirthi. Chas sé ar a sháil agus tháinig sé amach ar an mbóthar réidh arís. Chodail sé i gcoca féir an oíche san. Nuair a dh'éirigh sé bhí sé ag giorriú an bhóthair air abhaile. Ní fada 'chuaigh sé nuair a chualaigh sé gur maraíodh a chomrádaí a ghaibh an cóngar an oíche roimis san.

"Mo ghrá croí mo mháistir maith," ar seisean. "Muna mbeadh thú do bheinnse marbh chomh maith leo siúd." Bhí sé déanach san oíche nuair a shroich sé a thigh féin. Bhí a bhean agus a chlann imithe a chodladh ach níor chuireadar glas ná bolta riamh ar an ndoras. Chuaigh sé isteach agus las sé coinneal. Seo leis síos 'on tseomra chun dul a chodladh, ach má chuaigh, chonaic sé fear óg sa leaba i dteannta a mhná. Chuimhnigh sé láithreach gurb amhlaidh a bhí a bhean pósta arís. Chuaigh sé isteach san chistin arís, chun scian a dh'fháil chun an fear óg a mharú. Bhí sé ag béal dorais an tseomra nuair a chuimhnigh sé gur mb'fhéidir gurb é a mhac a bhí ann. Dhúisigh sé a bhean agus d'fhiafraigh sé di cérbh é an slataire d'fhear óg a bhí lena cois. Dúirt sí gurb é a mhac a bhí ann. "Tá an méid san déanta go maith agam, ach go háirithe," ar seisean.

Ní fada a bhí sé age baile nuair a chuimhnigh sé ar an dara comhairle a fuair sé óna mháistir. Bhuail sé suas air an t-éadach ba mheasa a bhí aige. Seo chun siúil é go dtí duine dá dheirféaracha ag lorg déirce uirthi. Bhuail sé isteach chuici um mheán lae. Bheannaigh a dheirfiúr dhó agus dúirt gur dócha ná tiocfadh sé á féachaint mara mbeadh go raibh sé bocht, "ach," ar sise, "níl faic le tabhairt agamsa dhuit ach lóistín oíche, agus canna bainne géir agus bollóg aráin." "Ní mór an meas atá agatsa ar do dhearthráir," arsan fear ina aigne féin, "ach dá mba dhóigh leat go rabhas saibhir bheadh meas maith agat orm."

Chuaigh sé go dtí an dara deirfiúr le súil go mbeadh sí níos fearr, ach má chuaigh, 'sé an scéal céanna aici sin é, agus an tríú deirfiúr mar an gcéanna. Ní bhfuair sé óna thriúr deirféar ach lóistín oíche agus canna bainne géir agus bollóg aráin. Thug sé abhaile a channaí agus a chuid aráin.

Nuair a bhí deireadh dá raibh aige caite, dúirt sé lena bhean lón a dhéanamh suas dó, agus go raghadh sé ag lorg oibre. Fuair sé a lón agus d'imigh sé leis. Thug sé an lá ag siúl ach ní[2] bhfuair sé éinne a thógfadh chun d'imigh sé leis. Thug sé an lá ag siúl ach ní² bhfuair sé éinne a thógfadh chun oibre é. Casadh isteach i dtigh ar thiteam na hoíche é. Loirg sé lóistín na hoíche ar bhean óg a bhí istigh. "Ní fágtar éinne istigh san tigh seo," arsan bhean óg. D'imigh sé amach, ach bhuail seanduine leis sa chlós. "Nach déanach atá tú amuigh," arsan seanduine. "Níl aon lóistín le fáil agam," arsan fear. "Chuas isteach san tigh thall ach ní bhfaighinn a bheith istigh." "Sin é mo thighse," arsan seanduine, "agus geobhair a bheith istigh uaimse." Thug an seanduine isteach é agus thug suipéar dó. Nuair a bhí an suipéar ite aige, siúd leis an bheirt seandaoine cois tine agus bhíodar ag caint agus ag caitheamh aimsire dhóibh féin. I gcaitheamh na hoíche d'fhiafraigh an fear don seanduine arbh iníon dó an bhean óg a bhí anso i dtosach na hoíche. Dúirt sé nach mb'ea,³ ach gurb í a bhean í. "Tá go breá," arsan fear eile ina aigne féin, "bean óg pósta ag seanduine." Nuair a bhí an bheirt imithe a chodladh d'éalaigh sé amach agus chaith sé é féin i gcruach féir a bhí san iothlainn. Ní fada a bhí sé ann nuair a chonaic sé capall iallaite agus fear óg ag marcaíocht air. Bhuail sé ar dhoras an tseanduine, agus d'oscail an bhean óg é. Chuaigh an fear isteach ach ní fada a bhí sé istigh nuair a bhí béiceach agus argóint ar siúl. D'éalaigh mo dhuine ón gcoca féir agus thóg sé sisiúr amach as a phóca agus bhain sé píosa amach as casóg mhór an duine a chuaigh isteach.

Bhailigh na comharsain go léir ag tigh an tseanduine, nuair a chualadar an gleo (?). Cuireadh fios ar na gardaí, ach bhí beirt marbh sara dtángadar agus cuireadh an chúis ar an seanduine. Glaodh an chúis san chúirt, ach dhearbhaigh fear an chapaill iallaite go bhfacaigh sé féin an seanduine ag marú na beirte. "Cead cainte dhomhsa," arsa fear an choca féir. Bhíos-sa san tigh san i dtosach na hoíche, ach nuair a fuaras amach gurb í an bhean óg bean an tseanduine do theitheas mar fuaireas comhairle gan codailt go deo i dtigh go mbeadh bean óg pósta ag seanduine. Nuair a chonac an fear san thall ag teacht go dtí an dtigh, agus nuair a chuala an gleo, chuas anonn go dtí an cóta mór, agus bhaineas an píosa seo amach aisti. Agus is dóigh liomsa gurb é sin agus an bhean óg fé ndeár an drochobair go léir. Nuair a chualaigh fear an chapaill iallaite an chaint san bhí 'fhios aige go raibh buaite air. Tháinig a leithéid san d'eagla air gur inis sé an fhírinne. Crochadh é féin agus an bhean óg an lá san. Fuair an fear eile a fheirm ón seanduine, agus mhair sé féin agus a chlann go lántsásta as san amach.

E. Scéalta Faoi Chleasaithe

34. AN BITHIÚNACH AGUS AN GARSÚN

Bhí bithiúnach ann fadó agus bhíodh sé ag robáil na ndaoine in áit áirithe don mbóthar. 'Sé an ainm a bhí air ná Réamonn. Bhí capall fiain láidir aige. Bhí céad punt fógartha ar a cheann. Bhí sé an-dheacair teacht suas leis mar bhí capall fiain láidir aige agus a chuid airm. Ní ligfeadh an t-eagla d'aon duine dul isteach 'on bhaile mór dá mbeadh aon airgead acu. Bhí gréasaí san áit agus bhí buachaill aige ag obair ar a cheird ina theannta. Bhí ceal leathair ar an ngréasaí agus ní raibh aon phinginí beaga aige. Bhí céad punt sa bhanc aige agus ní ligfeadh eagla dhó dul ag triall orthu. Bhí seanchapaillín aige a bhíodh ag tarrac an leathair chuige. "Tabhair domhsa an seanchapaillín agus raghad ag triall ar do chéad punt," arsan buachaill leis an ngréasaí. "Cad é an mhaitheas dom tusa a chur ag triall air?" arsan gréasaí. "Mara dtabhar-fadsa do chéad punt bíodh mo cheann agat," arsan buachaill. "Cad é an mhaitheas domhsa do cheann i gcoinne mo chéad punt?" arsan gréasaí. Bhí sé ag taithint ar an ngréasaí go dtí sa deireadh go bhfuair sé an capaillín. D'imigh sé chun siúil agus bhí sparáinín déanta suas aige. Nuair a bhí sé ag imeacht tríd an áit uaigneach sa bhóthar d'éirigh an bithiúnach amach chuige. "Cá raghair, a gharsúin?" arsan bithiúnach. "Raghad isteach 'on bhanc ag triall ar chéad punt," arsan garsún. "Maith an bhuachaill agus ná hinis an méid san d'éinne[1] eile," arsan bithiúnach. "Ní inseoinn an méid san d'éinne eile ach duitse," arsan buachaill. Thóg sé amach an céad punt agus shóinseáil sé ina bpinginí chúig phuint dó. Chuir sé na pinginí sa sparán a bhí aige agus d'imigh sé abhaile. Nuair a tháinig sé go dtí an mbithiúnach loirg sé an céad punt air. "A dhuine uasail, ní tusa a bhainfeadh díom é," arsan buachaill. "Ó! is mise a bhainfidh díot é," arsan bithiúnach. "Má bhainfidh tú dhom é bainfear an ceann dom dá dheascaibh," arsan buachaill. "Is cuma liomsa ach tabhair dom an t-airgead," arsan bithiúnach. Chrom an buachaill ar ghol agus rug sé ar sparán na bpinginí agus chaith sé ar an dtaobh istigh do chlaí mór ard é. "Is cuma duitse dul ag triall ar san seachas mise go mbainfear an ceann díom mar gheall air," arsan buachaill. Léim an bithiúnach anuas dá chapall fhéin agus léim sé ar an dtaobh istigh den gclaí ag triall ar an sparán. Chaith an buachaill é féin anuas dá chapall féin agus léim sé in airde ar chapall an bhithiúnaigh agus thiomáin sé leis. Bhí gach aon ghlaoch ag an mbithiúnach air go bhfaigheadh sé an céad punt arís uaidh ach an capall a thabhairt dó. Níor thug an buachaill aon tor air agus thiomáin sé leis abhaile. Bhí an-iontas ar an ngréasaí nuair a chonaic sé an capall a bhí ag an mbuachaill. "Cúig punt a thugas ar an gcapall san," arsan buachaill, "agus is leis an mbithiúnach é." Bhí tigh mór ag an ngréasaí agus bhí lochta air. Bhí poll déanta in airde ar an lochta agus bhí sé ag dul síos 'on chistin. Bhí dréimire ag teacht anuas ón bpoll go dtí an gcistin. Bhí comhla sa pholl. Ní raibh a fhios ag an mbithiúnach conas a thiocfadh sé suas leis an mbuachaill. Dhein sé cuimhneamh agus cheangail sé ceann dá chosa suas féna thóin. Fuair sé maidí croise agus mála agus d'imigh sé ag lorg déirce. Tháinig sé go dtí tigh an ghréasaí agus d'iarr sé óstaíocht na hoíche.

Fuair sé óstaíocht na hoíche agus nuair a bhíodar ag caitheamh an bhricfeasta ar maidin d'fhiafraigh sé don ngréasaí an ligfeadh sé an gréasaí óg ina theannta ag tabhairt eolas na slí dhó ar an dtaobh eile don gcnoc a bhí in aice leo. "Imigh ort a bhuachaill agus taispeáin an cosán dó san," arsan gréasaí leis an mbuachaill. D'imigh an buachaill ina theannta agus i gceann tamaill dúirt an bithiúnach go raibh sé chomh maith acu suí síos. "Tá," arsan buachaill. Shuíodar síos agus scaoil sé an chois agus shín sé uaidh amach í. "Nach breá lúfar an chois í sin," ar seisean leis an mbuachaill. "An cuimhin leat cad a dheinis fadó ar Réamonn?" arsan bithiúnach. "Is cuimhin liom go maith," arsan buachaill. "Is mise Réamonn agus bainfead díot do cheann mar gheall ar cad a dheinis orm fadó," arsan bithiúnach. "Ná dein," arsan garsún, "agus scaoil (?) liom agus beidh an doras oscailte anocht romhat. Garsún aimsire is ea mise ag an ngréasaí agus níl aon bhaint eile agam leis. An áit go gcuireas-sa an t-airgead tá seacht chéad anois ann. Tar anocht agus beidh an doras oscailte romhat in am mhairbh an hoíche." Scaoil sé leis an ngarsún agus tháinig an garsún abhaile. Chuaigh an gréasaí a chodladh agus nuair a chuaigh d'fhág an buachaill an doras oscailte. Tháinig an bithiúnach in am mhairbh na hoíche agus d'imíodar in airde ar an lochta. Bhí an buachaill roimis amach i gcónaí agus chuadar in airde ar an lochta. Thóg sé in airde an chomhla a bhí sa pholl agus d'imigh sé síos an dréimire agus mála aige. Bhí sé tamall maith síos agus tar éis tamaill dúirt sé leis an mbithiúnach go raibh an mála ró-throm dó féin agus go gcaithfeadh sé féin teacht ag triall air. D'imigh an bithiúnach síos agus tháinig [seisean] aníos. Nuair a fuair an buachaill thíos an bithiúnach tharraing sé aníos an dréimire agus do dh'iaigh sé an chomla ar an mbithiúnach. Do ghlaoigh an buachaill ar an ngréasaí ansan agus dúirt sé leis dul ag glaoch ar an ngarda mar go raibh bithiúnach i ngreim aige. Do tháinig an garda agus baineadh an ceann don mbithiúnach. Fuair an buachaill céad punt ar cheann an bhithiúnaigh agus mhair sé go sonas sásta as san amach.

35. BITHIÚNACH MÓR ARD FHEARTA

Do mhair bithiúnach mór in Ard Fhearta fadó. Ní raibh aon[1] teora leis an mbithiúnach. D'fhéadfadh sé rud a ghoid uait os comhair do dhá shúil amach. Níorbh fhéidir le pílear ná le póilín teacht suas leis. Bhí a ainm in airde ar fud na hÉireann uile. Éinne go mbíodh aon dúil aige a bheith ina bhithiúnach is chuige a thagadh sé chun an cheard d'fhoghlaim.

I measc na ndaoine a thagadh chuige, tháinig garsún óg. Bhí an garsún seo chomh oilte aige i gcionn bliana, gur bhuaigh sé ar an mbithiúnach mór féin. "Téimís agus goidimís an bhuatais óir atá ag an seanmhnaoi atá sa bhaile san thall," arsan garsún leis an mbithiúnach mór. "Tá go maith," arsan bithiúnach. D'imíodar leo. Thángadar go tigh na seanmhná ag titeam na hoíche. Ní raibh éinne istigh ach í féin. Shuigh an bheirt cois na tine, agus bhíodar féin agus an tseanbhean ag cur an tsaoil trína chéile. "Deirtear," arsan garsún, "go bhfuil an-chuid airgid le tabhairt ar sheanbhróga anois." "Mhuise tá seanbhuatais agamsa," arsan tseanbhean. "Dá bhfaighinn éinne a cheannódh uaim í." "Tabharfadsa ar an margadh amáireach í," arsan garsún, "má thugann tú dhom í." "Tabharfad," arsan tseanbhean,[2] "má

thugann tú a luach chugham." "Ar m'fhocal go dtabharfad," arsan garsún.
Thug sí an bhuatais dóibh ach níor bhfuair sí an t-airgead riamh ó shin.

"Cá ragham anocht?" arsan bithiúnach mór. "Tá sé chomh maith againn
dul fé dhéin Each na gClog," arsan garsún. "Ó ní féidir linn í sin a thabhairt
linn," arsan bithiúnach mór. "Tá seift agamsa," arsan garsún. "Tá go
maith," arsan bithiúnach mór. D'imíodar leo, go dtángadar go dtí an áit go
raibh Each na gClog. "Ní féidir linn í seo a ghoid," arsan bithiúnach mór.
"Téimís isteach i dtigh na muintire ar dtúis," arsan garsún. Chuadar isteach.
Bhí triúr nó ceathrar fear istigh. Níor aithin éinne iad. "An bhfaighimís
lóistín na hoíche?" arsan garsún. "Geobhair agus fáilte," arsa fear an tí.
Cuireadh an bheirt in airde ar sheanlochta ina raibh seithí ainmhí. Nuair a
bhí muintir an tí go léir ina gcodladh, fuair an garsún cúpla seithe agus
cheangal sé thiar den mbithiúnach mór é féin. "Ó braithfidh muintir an tí
sinn," arsan bithiúnach, "agus crochfar[3] sinn." "Ní baol dúinn," arsan gar-
sún, agus é ag ceangal dhá sheithe eile dhó. Chroith an bithiúnach mór é féin
arís, agus an fhuaim a dhein na seithí dhúisigh siad an tigh. "Ó," arsa fear
an tí, "tá siad siúd ag goid mo chuid beithíoch agus beimíd creachta go deo."
D'éirigh sé féin agus cúpla duine eile. Nuair a bhraith an bithiúnach mór iad
ag éirí, léim sé amach tríd an bhfuinneog.

Fuair fear an tí capall, agus lean sé é, ach bhí sé fánach aige teacht suas
leis siúd. Tháinig sé thar n-ais. "Ar thángaís suas leis siúd?" arsan garsún.
"Níor thánag," arsan fear an tí. "Dá dtabharfá Each na gClog domhsa,"
arsan garsún, "ní bheinn i bhfad ag teacht suas leis. 'Sé siúd an bithiúnach
mór agus tá mórán airgid don té a thabharfadh a cheann dos na gardaí."
Fuair sé Each na gClog, agus siúd leis abhaile. Ní fhaca sé riamh a leithéid
d'fhearg ar éinne riamh agus a bhí ar an mbithiúnach mór. "Cad chuige an
fhearg go léir?" arsan garsún. "Tá sé chomh maith agat tú féin d'iompar as
so suas," arsan bithiúnach mór, "nó is duit féin is measa é." "Ach," arsan
garsún, "bhí 'fhios agamsa go raibh rith maith agat, agus nárbh fhéidir le fia
ná eilit teacht suas leat. Agus tá Each na gClog agamsa dod' bharr."
"B'fhéidir nach i gcónaí a bheadh ag éirí linn," arsan bithiúnach, "ach is
cuma é má tá Each na gClog agatsa." "Téimís amach," agus n'fhaca an
bithiúnach each chomh breá leis riamh. "Cá ragham anocht?" arsan
bithiúnach mór, istoíche lá 'rna mháireach. "Téimís agus goidimís an tEach
caol donn atá ag Iarla Chinn Mhara," arsan garsún. D'imíodar leo agus
thángadar go tigh an Iarla le faobhar na hoíche. "Nuair a raghaimíd isteach
anois," arsan garsún, "ligse ort a bheith caoch."

Bhí muintir an tí ag áireamh a gcuid airgid nuair a chuadar isteach. "An
bhfaighmís lóistín na hoíche uaibh?" arsan garsún. "Geobhair agus fáilte,"
arsa fear an tí. Nuair a bhíodar tamall istigh chuir an garsún cogar i gcluais
an bhithiúnaigh, nuair a gheobhadh sé an chaoi an t-airgead a ghoid den
mbord. Bhí an dúil mhallaithe san airgead ag an mbithiúnach mór agus níor
ghá don ngarsún é 'rá an tarna huair. Thug sé aon tsnap amháin ar an mbord
agus thóg sé a raibh d'airgead ar an mbord. Siúd leis ar cosa in airde.
D'imigh a raibh san tigh ina dhiaidh, ach an garsún agus seanbhean a bhí
sa chúinne. "Is baolach ná féadfaidh siad teacht suas leis," arsan tseanbhean.
"An bhfuil aon chapall maith lúfar agat?" arsan garsún. "Má tá, tabhair
domhsa é agus raghad ina dhiaidh." "Tá an tEach caol donn ansan amuigh

san stábla agat," arsan tseanbhean. Chuaigh sé amach agus thug sé leis an tEach caol donn. Ach níor ghaibh sé an bóthar mar ghaibh an tIarla. Dá fheabhas an deabhadh a dhein an tEach bhí an bithiúnach mór age baile roimis. "Tá an tEach caol donn agam," arsan garsún, chomh luath agus a bhí sé 'on dtaobh istigh don ndoras, mar bhí eagla air go ndéanfadh an bithiúnach mór díobháil dó. Níor labhair an bithiúnach mór aon rud ach chuir do a chodladh.

Bhí fhios ag an ngarsún go raibh rud éigin beartaithe ag an mbithiúnach mór ina chaint, agus d'fhan sé suas an oíche san féachaint cad a bheadh ar siúl aige féin agus ag a mhnaoi. I gceann tamaill[4] don oíche dúirt an bhean leis an mbithiúnach mór go gcaithfeadh sé rud éigin a dhéanamh leis an ngarsún nó go gcuirfeadh sé chun báis é. "Ach ní féidir liomsa aon rud a dhéanamh leis sin," arsan bithiúnach, "tá sé róchliste dhom." "Ach ná fuil inneall ansan amuigh san gharraí," arsan bhean. "Tabhair leat amach ar maidin amáireach é agus abair leis go dtáispeánfaidh tú cleas nua dhó." "Tá go maith," arsan bithiúnach, "déanfad san."

Chodail sé go sámh an oíche san. Nuair a bhí a mbricfeasta ite acu, dúirt an bithiúnach mór leis an ngarsún go raghaidís amach 'on ghairdín agus go dtaispeánfadh sé cleas nua dhó. "Tá go maith," arsan garsún, "agus é ag leamhgháirí leis féin mar chualaigh sé cad a dúirt a bhean leis an mbithiúnach an oíche roimis sin. D'imíodar leo amach. "Seo," arsan bithiúnach, "cuir do cheann ansan isteach." Chuaigh an garsún sall go dtí an inneall agus sháigh sé a láimh isteach ann. "Ach ní mar sin a dúrt leat é 'dhéanamh," arsan bithiúnach. Tharraing sé amach a lámh agus sháigh sé isteach an lámh eile. "Ach ní mar sin a dúrt leat é 'dhéanamh," arsan bithiúnach. "'Sé do cheann a dúrt leat a chur isteach ann." Chuaigh an garsún sall arís agus sháigh sé a chos isteach ann. "An mar sin a dúraís liom é 'dhéanamh?" arsan garsún. "Och mo mhallacht ort," arsan bithiúnach. "Nach é do cheann a dúrt leat a chur isteach." "Ní féidir liomsa é 'dhéanamh gan é 'fheiscint déanta romham. Téir féin sall agus dein é san tslí cheart." Chuaigh an bithiúnach mór sall agus sháigh sé a cheann isteach ann. Nuair a fuair an garsún a cheann istigh ann bhuail sé an cláirín a bhí thíos i ndeireadh na hinnille, agus fáisceadh an téad ar mhuineál an bhithiúnaigh, agus crochadh é.

Chuaigh sé isteach go dtí mnaoi an bhithiúnaigh ansan. "Cá bhfuil mo chéile?" arsan bhean leis. "Tá sé ansan amuigh sa ghairdín," arsan garsún, "agus tá sé ag tomhas a dhoirn chugham, agus é ag caitheamh a chosa chun mé 'bhualadh. Nuair a bhíos ag imeacht uaidh, chuir sé bonnlámh dá theanga amach chugham." "Ó tá an méid san déanta agat," arsan bhean. "Ní bheadh muna mbeadh thusa," arsan garsún. "Téir amach agus cuir anois é." Chuaigh sé amach agus dhein sé poll agus chuir sé an bithiúnach mór ann. Phós sé bean an bhithiúnaigh, agus ní raibh aon lá dealbh aige fad a mhair sé.

F. Scéal Gaisce

36. LÚTHRACH LAOIGH AGUS LACHA CHINN EALA AGUS MAONUS

Do bhí fear óg ann fadó agus do ghluais sé ar journey agus do chuaigh sé isteach go hoiléan agus do ghluais sé suas fé chúirt an rí agus níor fhág sé geata ná falla mór-dtimpeall ar chúirt an rí nár ghlan sé isteach gan teacht ar an dtalamh. Do chonaic an rí é. Tháinig iontas air de dheascaibh an fhir óig, an lúth a bhí ann agus na geataí go léir glanta aige. "Cé hé tusa?" ar seisean, "nó cad is ainm duit?" "Níl aon ainm orm fós," arsan fear óg, "agus n'fheadar cé hé m'athair." "Cé hí do mháthair?" arsan rí. Thug sé ainm dó ar an máthair. "Á! is fíor san," arsan rí. "is tú mac m'iníne. Do chaithfeá an gaisce agus an lúth do bheith ionat. 'Sé'n ainm do bhaistfead ort anois," ar seisean, "do dheascaibh an lúth agus do nirt," ar seisean, " 'Lúthrach Laoigh'."

"Ar chualaís riamh," arsan fear óg, "trácht thar aon bhean do bhí chun í dh'fhuascailt?" "Do chuala teacht thóirstí," arsan duine aosta. "Do chualas-sa glór gutha tagaithe chugham ar bord an árthaigh go raibh a leithéid so do bhean bhreá i mbraighdeanas fé dhraíocht agus go raibh sí féna comraí orm dul féna déin." Dúirt sé go bhfuasclódh sé í. D'fhág sé slán ag an rí agus d'imigh sa tsiúl agus casadh isteach é insa náisiún go raibh sí. Cheangail sé suas [a] árthach agus má cheangail d'imigh sé an cé amach, d'fhéach thairis ar a árthach agus chonaic sé árthach eile ag gabháil isteach agus gaiscíoch ar bord. Do dh'fhan sa tseasamh san go dtáinig an gaiscíoch eile chuige tar éis 'árthach a cheangal ¹le hais a¹ árthaigh féin. 'Sé 'n ainm a bhí ar san − Maonus. "Cá raghair?" arsa Lúthrach Laoigh le Maonus. "Raghaidh mé," ar seisean, "fé dhéin na mná óige atá i mbraighdeanas, féachaint an bhféadfainn aon fhóirithint a thabhairt uirthi." "Is maith mar a tharlaigh," arsa Lúthrach Laoigh, "is beadsa leis ag dul insan áit chéanna."

D'imíodar leothu. D'éirigh giorria rompu amach agus ba sheo chun siúil an dá ghaiscíoch i ndiaidh an ghiorria agus bhíodar cois ar chois le chéilig gur lámhaigh an bheirt in aonacht dhá chois deiridh an ghiorria agus do stracadar ó chéile é amach go dtí an caibín. Do thóg Lúthrach Laoigh an méid a bhí ina láimh dó, do bhuail sé trasna an leathchinn Maonus.

"Maonus," arsa Lúthrach Laoigh, "ní raibh aon ghaiscíoch sa domhain a choimeádfadh suas liom le barr reatha. Sin é an chúis gur dheineas leat é." "Ó! tá sé maite dhuit," arsa Maonus. D'imíodar suas agus bhí cúirt ansan a bhí ag iompó ar mhór-dtuathal agus bior iarainn amach as ga' haon bhlúire dhi; agus fuinneog ina airde uirthi i mbarra na cúirte agus an óigbhean bhreá istigh sa tseomra, taobh istigh don bhfuinneoig. "Sea anois," arsa Lúthrach Laoigh le Maonus, "an dtabharfaidh tusa faoin bhfuinneoig go raghfá isteach?" "Ní thabharfad," arsa Maonus, "mar ná féadfainn é 'dhéanamh agus ní lugha ná déanfairse é," ar sé le Lúthrach Laoigh, "ach déanfairse é má tá sé sna chosa." "Tá," arsa ²Lúthrach Laoigh.² Le linn don bhfuinneoig a bheith ag teacht chun Lúthrach Laoigh insa chasadh d'éirigh sé dhon talamh agus d'imigh sé isteach tríd an bhfuinneoig mar a dh'imeodh éan.

Rug sé barróg ar an mnaoi bhreá a bhí istigh insa chúirt agus stad an chúirt suas agus d'oscail na doirse agus chuaigh Maonus isteach, agus an chúirt draíochta – bhí an draíocht imithe dhi. Thugadar tamall ansan i dteannta 'chéilig gan aon cheal bídh orthu ar feadh mí nó níosa mó. "Sea," a dúirt Maonus na Luinge Luatha, "tá sé chomh maith agamsa imeacht, tá greim maith anseo agam le mí." D'imigh sé agus casadh anonn go Sasana nó 'on Ghréig má tá a leithéid san d'áit ann.

Bhí dinnéar mór ag rí na Gréige insan am san agus mathshlua daoine bailithe aige ar an bhfaiche. "An bhfacabhair riamh," a dúirt sé leis an mathshlua daoine, "aon lánúna chomh breá lem' mhac agus lem' iníon?" "N'fhacamair," ar siadsan, "ach tá stróinséir inár measc agus b'fhéidir go bhfaca sé sin duine éigint ba bhreátha ná iad ar a journey féin."

Ceistíodh é. Fiafraíodh do an bhfaca sé aon lánúna chomh breá lena mhac agus lena iníon. "Do chonac lánúna," arsa Maonus, ar seisean, "gur bhreátha bonn a gcoise ná clár a n-éadain." Ba mhór an sliur é. Ceanglaíodh suas é go dtabharfadh sé promháil leis an scéal san. Do inis sé cá rabhadar. Do ghluais Rí na Gréige agus a mhac agus do thángadar isteach insan oileán go raibh Lúthrach Laoigh agus Lacha Chinn Eala. Chuadar go dtí an gcúirt agus d'fhéachadar orthu agus dúradar nárbh aon iontas cad dúirt Maonus go b'shin iad an bheirt ba bhreátha dá bhfacadar féin riamh. Do chaitheadar dinnéar ansan ina theannta agus do thug an rí dinnéar do Lúthrach Laoigh, thug go dtína árthach iad agus do bhí ólachán agus caitheamh aimsire ar bord an árthaigh acu i slí is gur cuireadh Lúthrach Laoigh ar mearbhall agus ar mhórdheoch. Nuair a bhí sé ar mearbhall acu rugadar air ar bord an árthaigh, cheanglaíodar suas é; tharraingíodar a chosa siar ar a ghuailne agus a lámha 'dtaobh thiar dá dhroim; casadh téad agus trilseán[3] air mar a dhéanfá le ceirtlín shnáth le cor téide ná raibh aon bhlúire le feiscint do ach an téad féin. Caitheadh do bhord é, amach 'on bhfarraige é, iompaíodh suas [4]an t-árthach[4] agus d'ardaíodar leo í.

Do chuaigh sí [.i. Lacha Chinn Eala] 'on Ghréig agus do chonaic Maonus í agus fuair sé amharca cainte léithi.

"Dhera, cad a thug anso thú?" ar seisean, "nó cá bhfuil Lúthrach Laoigh?" "N'fheadar ca'il sé," ar sise, "ó dh'imigh sé ar bord árthaigh chuige siúd ar cuireadh dinnéir agus n'fheadar cad é an íde do dh'imigh air ní'bh fhéidir dhóibh aon ní a dhéanamh leis ach é 'chaitheamh i bhfarraige."

Do ghluais Maonus, a bhuail chuige árthach agus ní dhein sé aon stad gur tháinig sé go dtí an ché thar n-ais arís agus do dhein sé gráipéir agus do thrilseán[5] sé an áit go raibh na hárthaí ar ancaire agus do chuaigh an gráipéir ceangailte insa trilseán agus do tharraing chuige é. D'fhéach ar an murlán[6] agus b'ait leis é mar scéal a leithéid agus do scaoil sé cor don téid agus do bhí sé ag scaoileadh leis go bhfaca sé [é]. "Dhera!" ar seisean, "an tusa athá ceangailte suas anso?"

Scaoil sé an téad do agus má scaoil do shín sé ar bord é, do thóg sé a chosa dhá ghuailne agus na lámha thairis aniar agus do shín ar bord agus do bhraith sé go raibh an t-anam ann. D'fhág sé ann ar feadh tamaill eile é sínte ar bord agus do chroith sé agus do chroith sé é agus d'éirigh Lúthrach Laoigh ina sheasamh agus do bhuail sé le clabhta baise Maonus agus do chuaigh an-ghairid é 'chur do bhord. "Dá mbeadh a fhios agat," arsa

Maonus, "cad 'tá déanta agamsa dhuit, a fir mhaith," ar seisean, "ní dhéanfá-sa san liom." "Is láidir nár fhágais im' chodladh tamall eile mé," arsa Lúthrach Laoigh. "Is fada an codladh é agat," arsa Maonus, ar seisean. "Cá bhfuil Lacha Chinn Eala?" arsa Lúthrach Laoigh. "Tá sí thall sa Ghréig," arsa Maonus, "i dtigh rí na Gréige agus tusa caite anso insa bhfarraige aige agus ba shlán dhuit mise 'bheith lasmuigh dhíot.

"Do ráiníos sa Ghréig nuair a thug rí na Gréige ann í agus do fuaireas-sa amharca cainte léithi is bhíos in amhras go rabhais caite sa bhfarraige is do thánag anso ansan is do fuaireas an gráipéir is do tharraingíos ar barra thú, is bhaineas an trilseán dod' lámha is dod' chosa." "Bainfeadsa sásamh as rí na Gréige de dheascaibh cad atá déanta aige," arsa Lúthrach Laoigh. Dh'imíodar araon is chuadar 'on Ghréig is níor dh'fhágadar meighill[7] beo ag rí na Gréige ná dá chamthaí nár threascadar is nár mharaíodar is thug[8] sé leis thar n-ais arís Lacha Chinn Eala is bhíodar go lánláidir as san suas.

G. Scéalta Faoi Dhónall na ɴGeimhleach

37. BÁIRE I SASANA

Chuaigh fear ó Éirinn sall go Sasana fadó ag féachaint ar chluiche iománaíochta a bhí idir seisear fear. Bhí triúr dos na fearaibh agus níor thugadar aon phoc don liathróid don dtriúr eile. Tar éis an cluiche a bheith críochnaithe tháinig fear ó Shasana ag caint leis an bhfear ó Éirinn. "An bhfacaís riamh aon triúr a dh'imreodh cluiche leothu-san?" arsa fear Shasana, leis an bhfear ó Éirinn. Níor thug fear na hÉireann aon fhreagra air. D'fhiafraigh fear Shasana dho trí uair i ndiaidh a chéile an bhfacaigh sé aon triúr a dh'imreodh cluiche iománaíochta leothu-san agus níor fhreagair fear na hÉireann é. Sa deireadh dúirt fear na hÉireann go raibh a fhios aige féin triúr a dh'imreodh cluiche leothu-san. "An gcuirfeá geall liom?" arsa fear Shasana. "Cuirfead," arsa fear na hÉireann. "Cad é an geall a chuirfidh[1] tú liom?" arsa fear Shasana. "Cuirfead mo stát leat," arsa fear na hÉireann. Ansan tháinig fear na hÉireann abhaile agus do luigh sé ar a leabaidh go tinn breoite mar ní bhfuair sé aon triúr a raghadh go Sasana ag imirt cluiche iománaíochta. Do bhí a fhios aige ansan go raibh a stát luaite ag fear Shasana. Tháinig fear chuige san oíche agus bhuail sé an doras. D'fhiafraigh sé dho an raibh sé ina chodladh. Dúirt fear na hÉireann ná raibh. "Éirigh id' shuí agus téir go Sasana agus tóg do gheall," arsa fear an dorais leis. "Cé 'thóg an geall dom?" arsa fear na hÉireann. "Mise Tadhg Fírinneach agus Dónall na nGeimhleach agus Tón Fleasc," arsa fear an dorais," "agus téir go Sasana agus tóg do gheall."

38. SCÉILÍN AR DHÓNALL NA ɴGEIMHLEACH

Bhí buachaill ann fadó a bhí ag treabhadh ar imeall Loch Léin agus má bhí do scuir sé a chapall ag teacht abhaile chun dinnéir. Nuair a tháinig go himeall Loch Léin do tharraing sé na capaill go dtí imeall an locha chun deoch den uisce a thabhairt dóibh. Do súdh isteach 'on loch, é féin is a chapaill is do bhí an feirmeoir á lorg ar fuaid na háite ar feadh seachtaine is níorbh fhéidir iad d'fháil.

Do thug Dónall leis amach é i gceann na seachtaine. "Sea anois," a dúirt Dónall, "is liomsa f'reach sa loch so go deo." "Fiú amháin," a dúirt sé, "dá mbéarfaí ar aon cheann dos na cnaipí, a bhí im' chasóig – dá mbéarfá ar aon cheann dos na cnaipí," a dúirt sé, "d'imeodh an draíocht díom." "Fiú amháin," a dúirt sé, "dá mbéarfá ar aon cheann dos na fáiseanna a bhí ag fás ansan ar thaobh an chlaí, d'imeodh an draíocht díom. Ach níor dheinis aon ní acu ar feadh na seachtaine a thugais anso agamsa. Cheapas go ndéanfá rud éigin ach níor dheinis aon ní acu agus is liomsa f'reach insa loch so go deo. Is chuige 'thugas isteach tú go ndéanfá rud éigint."

H. Scéilíní Teagaisc

39. BUILLE LUATH AN LUAIN AGUS BUILLE DEIREANACH AN tSATHAIRN

Bhí gabha ann fadó agus bhí sé an-bhocht. Do chuaigh duine isteach sa cheártain chuige lá. Dúirt sé leis an bhfear gur mhór an ionadh ná raibh aon tsaibhreas aige, agus é ag obair ó cheann ceann na seachtaine, go mbíonn sé ag obair go luath Dé Luain agus ag obair go déanach Dé Sathairn. "A!" arsan fear, "ní cheart duit buille luath an Luain agus buille deireanach an tSathairn a bheith agat." "B'fhéidir go bhfuil an ceart agat," arsan gabha. Lá 'rna mháireach, dob é Dé Luain é, d'éirigh an gabha go moch. Do shiúil sé síos taobh abhann a bhí ar an dtaobh amuigh dá thigh agus cad a bhuailfeadh leis ach crann mór. Do thug sé leis abhaile é agus dúirt sé leis féin go ndéanfadh sé bloc ceártan dhó. Fuair sé tua agus do bhris sé an crann agus fuair sé amach go raibh an crann folamh istigh ann. Bhí an áit folamh lán d'ór agus dúirt an gabha leis féin ná beadh aon lá bocht go deo arís aige.

Tamall ina dhiaidh san do casadh bacach ar an ngabha agus loirg sé lóistín na hoíche air. Fuair sé an lóistín agus míle fáilte. Nuair a bhí an bacach tamall istigh d'fhiafraigh an gabha dho conas a chaith sé a shaol. "Do chaitheas-sa mo shaol go maith tamall," arsan bacach, "ach anois táim go beo bocht. Do bhí an-chuid óir agam i dtosach mo shaoil agus chuireas isteach i gcrann é. Tháinig gaoth mhór agus stoirm oíche amháin agus scuab sí léithi an crann agus fágadh mise go beo bocht ansan." Nuair a chuaigh an gabha a chodladh an oíche san dúirt sé lena mhnaoi gur leis an bhfear bocht an t-ór a bhí sa chrann agus nár cheart é 'choimeád uaidh. Dúirt sé léi císte a dhéanamh dó agus an t-ór a chur isteach ann. Dhein sí an císte agus chuir sí an t-ór isteach ann agus thug sí don bhfear bocht é. Dúirt sí leis gan aon bhlúire don gcíste a thabhairt d'éinne.

D'imigh an fear bocht agus casadh isteach i dtigh ar thaobh an bhóthair é. D'fhiafraigh fear an tí san dona mhnaoi an raibh aon bhollóg aráin déanta aici a thabharfadh sé don ngabha, mar an uair sin, chaitheadh gach éinne a théadh 'on cheártain bollóg aráin a thabhairt don ngabha. Dúirt an bhean leis ná raibh aon bhollóg aráin déanta aici. "Ná dúrt leat aréir," ar seisean, "bollóg aráin a dhéanamh dom." "An ndéanfadh aon bhollóg tú?" arsan bacach. "Do dhéanfadh," arsa fear an tí. Thug an fear bocht a bhollóg féin dó agus thug fear an tí don ngabha í. Nuair a bhris an gabha an bhollóg fuair sé an t-ór istigh inti. "Tá ár gcuid airgid féin casta arís orainn," arsan gabha lena mhnaoi, "agus is linn féin go deo arís anois é."

40. IS GÉIRE DÚCHAS NÁ OILIÚINT

Casadh stróinséir isteach i dtigh feirmeora oíche. Bhí an feirmeoir agus a mhuintir ag ithe prátaí nuair a chuaigh sé isteach. Bhí cat i lár an bhoird agus coinneal á choimeád idir a dhá chois toisigh aige, chun solas a thabhairt dóibh fad is a bhíodar ag ithe. Bheannaigh an feirmeoir don stróinséir agus bheannaigh an stróinséir dó. "Nach deas múinte an cat é sin!" arsan feirmeoir leis. "Tá sé go maith," arsan stróinséir, "ach briseann an dúchas trí shúilibh an chait." "Ní dóigh liom go mbrisfeadh sé trí shúilibh an chait seo," arsan feirmeoir. "An bhfuil 'fhios agatsa?" arsan stróinséir, "ci 'acu is géire dúchas ná oiliúnt?" "Is géire an oiliúnt," arsan feirmeoir. "An gcuirfeá geall air?" arsan stróinséir. "Cuirfidh mé céad punt leat," ar seisean, "gur géire an oiliúint ná an dúchas." "Cuirfeadasa céad punt leat," arsan stróinséir, "gur géire an dúchas ná oiliúint." "Bíodh sé ina mhargadh," arsan feirmeoir.

Oíche lá 'rna mháireach, tháinig an stróinséir agus luch ina phóca aige. Chuadar ag ithe na bprátaí nuair a bhí sé in am. "Féach aniar," arsan feirmeoir, "an cat ag coimeád na coinnle fé mar a hoileadh é." Lig an stróinséar uaidh an luch ansan. Nuair a chonaic an cat an luch, seo sa tsiúl é. Chuir sé uaidh an choinneal agus fágadh na daoine san doircheacht. "Féach anois," arsan stróinséir, "gur géire an dúchas ná an oiliúint. Tá do chéad punt buaite agam." "Tá," arsan feirmeoir, "agus tá sé le fáil agat." Fuair sé a chéad punt ach níor chuaigh an feirmeoir ag áiteamh mar gheall ar sheanfhocail riamh ó shin.

41. MAC A MHIC AG FÓIRITHINT AR A SHEANATHAIR

Bhí seanduine ann fadó agus ní bhfaigheadh sé ceart ná cóir ó bhean a mhic. Sa deireadh thiar thall do fuair sé mála agus chuir sé a bhalcaisí éadaigh isteach ann. Ansan fuair sé a mhaide agus bhuail sé a mhála ar a dhroim agus d'imigh sé air chun bóthair.

Bhí mac a mhic ag féachaint air agus thug sé gach rud faoi deara. Nuair a bhí an seanduine imithe fuair an garsún seacht mbliana mála agus maide agus cheangail sé in airde insna frathacha iad. D'fhiafraigh an t-athair den ngarsún cén fáth go raibh sé ag déanamh an ní san. "Ó," arsa garsún, "táimse dá dhéanamh san chun iad a thabhairt duitse nuair a bheir críonna fé mar atá tugtha agat féin do d'athair anois." "Ó," arsan t-athair, "imigh leat agus tabhair leat abhaile t'athair críonna." Thug an garsún leis abhaile é, agus as san amach, do thugadh aire mhaith don seanduine.

42. AN SEANDUINE A CUIREADH AS A THIGH FÉIN

Bhí fear aosta ann fadó agus ní gheibheadh sé ceart ná cóir ó bhean a mhic. Bhíodh sí i gcónaí anuas sa cheann air agus bhíodh sé ciapaithe cráite aici. Sa deireadh dob éigean dó a thigh féin do dh'fhágaint.

Do chaitheadh sé a chuid prátaí féin a chur i ngort an mhic. Lá áirithe bhí sé ag cur na bprátaí agus bhí a mhac agus a mheitheal ag cur sa taobh eile don ngort. Do chuaigh bean an tí 'on ghort le bia go dtí an meitheal. Do shuíodar síos ag ithe an bhídh agus do shuigh an seanduine síos ag féachaint orthu. Níor ghlaoigh éinne acu air chun an bhídh. Ansan dúirt an seanduine lena mhac:

Do chíorainn tú istoíche is do thaiscinn tú isló;
Do chuirfinn lem' chroí thú mar ba thú mo stór;
Do dhíolfainn an laoigh dhuit an druimfhionn is an crón
Is ní dh'íosfainnse an t-im agus tusa os mo chomhair.

"Tá san ceart," arsan mac agus do thug sé leis abhaile é. Do fuair sé aire mhaith ón mac as san go dtí lá a bháis.

I. Scéal Grinn

43. UACHT PHÁDRAIG MAC GEARAILT

Bhí fear i mBaile Ghainín Beag fadó agus bhí féar sé mba de thalamh aige. Bhí beirt mhac agus beirt iníon aige. Phós sé an mac críonna sa talamh. Phós sé a iníon le siúinéir i bhféar bó dá chuid talún. Phós sé an iníon eile agus ní raibh aon talamh aige. Bhí ainm airgid ag an gclann ar a n-athair agus cheapadar go raibh airgead spártha aige. Bhí bosca in aice na leapan aige agus bhí glas aige air. Thug sé leis cordaí agus chuir sé ar an mbosca iad sa tslí is nárbh fhéidir d'éinne an bosca d'oscailt. Nuair a bhí sé críonna dúirt an chlann leis gur cheart dó uacht a dhéanamh chun go mbeadh a cheart féin ag gach éinne acu. Dúirt sé ná déanfadh sé aon uacht mar go raibh a chuid féin fachta ag gach duine acu. "Níl neart ag éinne an bosca d'oscailt nó go mbeadsa curtha i gCill Chúáin. Nuair a bhead tamall curtha tagadh triúr agaibh agus osclaíg an bosca agus roinníg an t-ór." Nuair a bhí sé curtha, dob fhada leis an bheirt iníon agus leis an mac go rabhadar age baile. Do d'osclaíodar an bosca agus ní raibh ann ach leath-phingine an duine acu.

J. Finscéalta

44. BEAN A BHÍ AG CAINT LE BUACHAILL ÓN SAOL EILE

Bhí cailín in Uíbh Ráthach fadó agus do phós sí tamall[1] maith ón mbaile ina raibh sí. Thit sí féin agus a muintir amach le chéile mar gheall ar airgead a gealladh di agus ná fuair sí é. D'fhan mar sin acu agus ní raibh aon tsiúl ar a chéile acu ar feadh dó nó trí 'bhliantaibh. "Go deimhin," a dúirt sí léi féin, "is mór an náire domhsa agus dom' mhuintir a bheith amuigh le chéile chomh fada." Chuaigh sí ag triall ar bhean dos na comharsain chun go raghadh sí ar Aonach an Phoic ina teannta. Do bhíodar chun imeacht san oíche mar bhí Aonach an Phoic tamall maith ó bhaile uathu.

Do dhein sí suas í féin agus chuaigh sí ag glaoch ar an bpáirtí mná. Bhí an bhean ina codladh roimpi. "Cad atá ar an mbean úd?" arsan fear lena bhean istigh. "Tá," arsan bhean, "go raghainnse ar Aonach an Phoic ina teannta." "Ní raghaidh tú ann," arsan fear, "imíodh sí féinig ann." Ghluais sí abhaile agus bhuail sí a bróga agus a stocaí ina dorn chuici agus d'imigh sí chun Aonach an Phoic. Bhíodh botháin san am san ar thaobh na mbóithre go mbíodh gabhair dá gcrú ann. Chonaic sí solas istigh i mbothán acu. "Is mór mar d'athraigh an áit seo ón uair dheireanach a ghabhas ann," ar sise léi féin. Bhí buachaill ina sheasamh sa doras agus chualaigh sí leanbh ag gol istigh. D'imigh sí isteach *thar* an mbuachaill agus bhuail sí uaithi a bróga. Thóg sí chuici an leanbh agus bhuail sí ar a baclainn é ar feadh tamaill. Chonaic sí duine aosta istigh agus bhuail sí uaithi an leanbh agus d'imigh sí chun bóthair.

Do dhearmad sí a bróga agus bhí paiste maith don mbóthar curtha dhi aici sarar chuimhnigh sí orthu. D'fhill sí thar n-ais agus bhí an buachaill sa doras i gcónaí roimpi. Thóg sí chuici a bróga agus d'fhiafraigh sí dhon mbuachaill cad a bhí á choimeád sa doras chomh fada. "A bhean, ba fholláin duit do charthanacht," ar seisean. "Cad atá id' choimeád ansan?" ar sise arís. "An b'amhlaidh ná haithníonn tú mise?" ar seisean. "Is mise mac do dheirféar. An gcíonn tú an duine aosta san sa chúinne?" "Cím," ar sise. "Nuair a raghairse ar an aonach cífidh tú marcach in airde ar stail dhubh agus titfidh an marcach agus an capall agus marófar an marcach agus tiocfaidh sé in ionad an duine aosta san sa chúinne. An páirtí mná a bhí le bheith led' chois beidh sí á tórramh romhat nuair a raghair abhaile." "A ghrá geal," a dúirt sí, "nach olc an t-éadach a chím ort." "Ní haon ionadh an méid san," a dúirt sé, "mar níor cuireadh mo chuid éadaigh le m'anam. Abair lem' mháthair mo chuid éadaigh a chur le m'anam."

D'imigh sí ar an aonach agus chonaic sí an capall agus an marcach agus maraíodh an marcach. Níor mhór an mhoill a dhein sí ar an aonach nuair a chuaigh sí go dtí tigh a muintire. Ní mór an mhoill a dhein sí ag tigh a muintire ach oiread mar bhí 'fhios aici go raibh a páirtí mná dá tórramh. Cuireadh an bhean agus chuaigh cailín Uíbh Ráthaigh go dtí máthair an bhuachalla agus d'inis sí an scéal di. Cuireadh a chuid éadaigh lena anam agus ní raibh a mháthair ag gol ina dhiaidh as san amach.

45. BEAN A SAORADH ÓS NA DAOINE MAITHE

Bhí buachaill thall i Rinn Chonaill fadó i dteannta a athar agus a mháthar. Bhíodh sé ag imeacht ag bothántaíocht gach oíche go dtí na tithe i gCnoc an Bhróigín. Ní théadh a mháthair a chodladh aon oíche nó go dtagadh sé abhaile. Oíche dos na hoícheanta nuair a bhí sé ag teacht abhaile bhuail triúr fear leis sa bhóthar agus comhra acu. Tá lios i dtalamh Mhic[1] Uí Churráin i gCnoc an Bhróigín agus bhíodar ag déanamh siar ar an lios nuair a bhuail an triúr fear leis. "Is maith a theastódh fear eile uaibh," arsa Seán mar sin é an ainm a bhí air. Do chuaigh sé isteach fén gcomhra agus caitheadh an chomhra ansan chuige. "Cad a dhéanfaidh mé anois?" ar seisean leis féin, "Nó conas a thabharfad liom abhaile í?" Dhein sé ar thor aitinn agus bhain sé géag dhon dtor. Chas sé ar an gcomhra í agus thug sé leis abhaile í. "Tá an ainnise riamh id' dhiaidh," arsan mháthair leis, "nó cad chuige gur thugais leat an chomhra san?" "Bhuail triúr fear liom sa bhóthar," arsa Seán, "agus bhí comhra acu agus do chuas isteach fúithi agus chaitheadar ansan chugham é." "Is dócha gurb iad na daoine maithe a bhí ann agus tá sé ráite go mbíonn siad ag goid daoine ón saol so," arsa Seán. "Ní fada go mbeidh a fhios agamsa," ar seisean ag breith ar a rámhainn agus ag baint an clúdach don gcomhra. Bhí cailín óg istigh sa chomhra roimh Sheán. "Tá sé ráite," ar seisean, "go mbíonn biorán suain thiar ina gcúl agus nuair a baintear as é go dtagann a gcaint agus a n-éisteacht dhóibh arís." Bhain sé an biorán suain as a cúl agus ansan dhúisigh sí. Thóg sé aniar as an gcomhra í agus bhí sí bodhar balbh. Chuir sé ina suí sa chúinne í agus thug sé bia agus deoch di agus chaith sí an bia.

Bhíodh sé ag imeacht ag bothántaíocht gach oíche i gcónaí agus aon oíche amháin ghaibh sé go dtí an lios. "Féach an fear a bhain an bhean dínn an oíche eile," arsa duine istigh sa lios. "Dá bhfaigheadh sí trí deocha as an gcorn so bheadh a caint agus a héisteacht aici chomh maith agus a bhí riamh," arsa duine eile acu. Bhí sé ag éisteacht istigh sa lios agus léim sé isteach sa lios agus lámhaigh sé an choirn.[2] Thug sé an trí deocha as an gcoirn don gcailín óg agus bhí a caint agus a héisteacht aici arís chomh maith agus a bhí riamh. Do chaith sé féin agus an cailín óg an oíche ag caint ansan. "Mara mbeadh mise," ar seisean léi, "do bheifeá istigh sa lios anois acu." Bhí sí gan aon aithne a bheith aici ar aon duine timpeall uirthi. Chuir Seán an choirn thar n-ais arís go dtí an lios. Bhí scata gabhar aige agus dob ait leis an gcailín iad mar ní fhacaigh sí riamh roimis san iad.

Bhíodh sé ag imeacht ag bothántaíocht i gcónaí agus d'fhágadh sé age baile an cailín óg i dteannta a athar agus a mháthar. Aon oíche amháin a bhí sé ag imeacht ag bothántaíocht dúirt a athair leis blúire tobac a thabhairt abhaile chuige mar ná raibh aon tobac aige. D'imigh sé 'on Daingean ag triall ar an dtobac. Bhí na daoine ag cuimhneamh ar dhul a chodladh an uair a shrois Seán an Daingean. Fuair sé an tobac agus ghluais sé chun teacht abhaile. Bhíodh sprid an uair san ag an nDroichead Bán agus dúirt Seán leis féin go dteastódh bata uaidh chuici. Bhí an sprid roimis ag an nDroichead agus d'éirigh sí ina choinnibh agus hancersiúr aici agus í ag tabhairt fé leis. Bhí sé á chosaint féin uirthi lena bhata i gcónaí. Sa deireadh chuir sé a bhata ar an dtaobh thiar dá drom agus d'ardaigh sé leis í. "Scaoil uait mé," a dúirt an sprid. "Ní ligfead," ar seisean, "mara ngeallfair dom ná feicfear ar an mbóthar arís tú anseo ag an nDroichead Bán." "Táim dá gheallúint duitse," ar sise, "ná feicfear ar an nDroichead Bán arís mé." Scaoil sé uaidh í agus tháinig sé abhaile. Chuadar a chodladh ansan mar bhí sé in am acu go maith.

Nuair a dh'éiríodar ar maidin d'fhiafraigh an cailín do Sheán an bpósfadh sé í. Dúirt sé léi ná pósfadh nó go bhfaigheadh sé cead a hathar agus a máthar. D'fhiafraigh sé di cad é an áit gurbh as í. Dúirt sí leis go[3] ó Uíbh Ráthach. Áirithe ina dhiaidh san bhí Aonach an Phoic san Uíbh Ráthach. Chuadar ar an aonach agus bhí uncail don gcailín ar an aonach agus bhí scata beithígh aige. Sheasaimh sí as a choinnibh amach agus bhí sí ag féachaint air. Do dh'fhéach sé uirthi agus tháinig eagla air roimpi. D'aistrigh sé as an áit a bhí sé agus leanaigh sí é agus sheasaimh sí as a choinnibh amach. Tháinig eagla arís air agus d'aistrigh sé don tarna uair. Lean sí é an tríú uair[4] agus thosnaigh sí ar gháirí. "Is olc an misneach atá agat a uncail," ar sise, "agus a rá ná labharfá liom." "Conas a labharfainn leatsa?" ar seisean, "atá curtha le tamall maith." "Níor cuireadh mise in aon chor," ar sise, "agus táim chomh beo leat féin. Tá buachaill anso im' theannta a shaor mé ón slua." "Tabhair leat an buachaill," ar seisean. Thug sí léithi an buachaill agus dúirt an t-uncail leo go gcaithfidís teacht leis féin abhaile.

Chuadar leis abhaile agus tháinig crith cos agus láimh orthu nuair a chonacadar an cailín a cheapadar a bhí curtha le sé mbliana. Chaitheadar dinnéar agus dúirt an iníon leis an uncail dul suas agus glaoch ar a hathair. D'imigh an t-uncail suas go dtí tigh a hathar agus bhí eagla a dhóthain air mar fear mallaithe láidir dob ea a dheartháir. Chuir sé cos leis ar an dtaobh istigh de dhoras agus an chos eile ar an dtaobh amuigh mar bhí eagla air agus dúirt sé lena dheartháir go raibh a iníon thíos age baile aige féin. D'fhéach an t-athair timpeall féachaint an bhfaigheadh sé aon airm le caitheamh leis an bhfear a bhí sa doras. "Is mór an magadh fúmsa é," arsan t-athair, "a rá liom go bhfuil m'iníon thíos agatsa agus í curtha le sé mbliana." Tháinig an t-uncail thar n-ais agus d'fhiafraigh sí do cad a dúirt a hathair léi. Dúirt sé léi go raibh sé ag magadh fé féin nuair a dúirt sé go raibh sí thíos aige féin. "Imigh suas arís," ar sise, "agus abair leis teacht anuas go tapaidh go bhfuil a iníon agus an buachaill a shaor í anso agat." D'imigh sé suas arís agus dúirt sé leis nach ag magadh fé a bhí sé in aon chor agus teacht anuas agus a iníon agus an buachaill a shábháil í a thabhairt leis suas chuige féin." Dúirt an mháthair leis dul ina theannta mar nach ag magadh a bhí sé in aon chor.

D'imigh sé ar chomhairle a mhná agus tháinig ionadh air nuair a chonaic sé a iníon. Thug sé leis abhaile iad. "Go deimhin," arsan iníon, "is minic a d'iarras ar an mbuachaill seo mé 'phósadh, ach ní phósfadh sé mé gan do cheadsa agus cead mo mháthar." "Geobhaidh sé cead uaimse agus óm' mhnaoi tú a phósadh," arsan t-athair, "agus geobhaidh sé mo fheirm talún go léir." "Tá feirm dheas thalún aige seo féin," ar sise, "agus scata de bha beaga deasa. Tá adharca deasa orthu agus meigill fhada orthu." Do pósadh Seán agus an cailín agus mhaireadar go sona sásta as san amach in Uíbh Ráthach.

46. AN JOULTAEIR, AN DROCH-SPRID AGUS AN COADJUTOR (SAGART)

Bhí joultaeir pósta i mBaile an Mhuilinn. Fear ó Thrá Lí ab ea é. Bhíodh sé ag joultaeracht lena chapall go Trí Lí ag tuilleamh pinginí airgid.

Bhí sé ag teacht oíche agus do bhuail ainmhí éigint leis insa bhóthar roimis ná himeodh a chapall do, agus do stad an capall suas air, agus ní chorródh agus i gceann tamaill do ghaibh coadjutor an bóthar, a bhí ag teacht 'on Daingean agus d'fhiafraigh sé dho cad a bhí á choimeád ansan. "Tá," ar seisean, "ainmhí éigint sa bhóthar romham," ar seisean, "ná geobhadh mo chapall thairis amach." "Scaoil romhat mise," arsan sagart. Do scaoil. "He, hia! cad 'tá ansan uait?" arsan sagart, ar seisean, "sprid is ea thú," ar seisean. Do rug sé ar an bhfuip agus do ghread sé í. "Fág an bóthar," ar seisean. D'imigh sí roimis agus do chuaigh sí isteach i dtigh, agus má chuaigh do lean isteach í agus ní fada a bhí sí istigh nuair a bhí sí amuigh. "Cad a thug amach as an dtigh úd thú?" arsan sagart. "Dúradar an choróin pháirteach anocht," ar sise, "n'fhéadfainn f'reacht ann."

Chuaigh sí isteach insa tarna tigh is lean sé uirthi agus bhí sí amuigh as chomh luath agus 'chuaigh sí isteach. "Cad a thug amach as siúd tú?" "Do chrothadar an t-uisce coisreacan anocht," ar sise, "agus n'fhéadfainn f'reacht ann." D'imigh sí agus do chuaigh sí insa tríú tigh agus ghreamaigh sí maide na croiche. "Cad a chomeád istigh thú?" ar seisean. "Do choimeád," ar sise, "mar do bhí fear an tí agus bean an tí ag bruíon," ar sise, "agus tá neart agam a bheith anso." "Ní bheir ann," arsan sagart, ar seisean, "bí amuigh as, agus déanfadsa," ar seisean, "tú 'chur amach sa bhfarraige," ar seisean, "in áit ná déanfaidh tú aon díobháil d'éinne." "Cad é an chúis," ar seisean, "go bhfuileann tú ag imeacht id' sprid mar sin?" ar seisean. "Tá," ar sise, "do mharaíos duine." "Ní hé sin a dhamnaigh thú," ar seisean. "Do mharaíos beirt." "Ní hé sin a dhamnaigh thú," ar seisean. "Do mharaíos leanbh gan baiste," ar sise. "Ó! a dhiabhail," ar seisean, "sin é 'dhamnaigh thú." "Déanfaidh mé tú 'chur amach anois go lár na farraige," ar seisean. "Más ea," ar sise, báfaidh mé a ngeobhaidh d'árthaí an bóthar má chuireann tú ansan mé. "Ní bháfaidh tú," ar seisean, "cuirfidh mé id' shúgán sneachta thíos fén ngrean tú," ar seisean, "agus ní baol d'éinne thú."

"Ba shlán duit," ar seisean leis an joultaeir bocht, "mé 'ghabháilt an bóthar," ar seisean, "bhí sé an-chontúrthach," ar seisean, "go maródh an sprid úd thú," ar seisean, "de dheascaibh . . ."

K. Síscéalta

47. AN DROCH-SPRID

Bhí sprid i mbóthar áirithe fadó agus bhí an-dhíobháil aici á dhéanamh. Bhíodh braitlín ghléigeal uirthi agus bhíodh sí ag caitheamh caortha tine amach as a béal. Is mó duine a gheibheadh an bóthar agus gan a fhios aige í 'bheith ann agus chaitheadh sí caortha tine amach as a béal agus thiteadh an t-anam astu. Ní raibh aon duine ag gabháilt an bóthar sa deireadh mar bhíodh a fhios acu go raibh a leithéid ann. Bhí fear óg misniúil istigh sa bhaile mhór ba ghiorra don sprid. Is in am mhairbh na hoíche a bhíodh an sprid le feiscint agus éinne a gheibheadh an bóthar an uair san ba bhaol dó. Ní[1] dheineadh an sprid aon díobháil nó go dtagadh am mhairbh ann. Bhí an fear óg a bhí istigh sa bhaile mhór ag dul abhaile agus bhí braon ólta aige. Nuair a bhí sé ag dul abhaile dúrthas leis go raibh sé ró-dhéanach agus go mbeadh an sprid roimis. Níorbh aon mhaitheas a bheith ag caint leis agus ghluais sé abhaile. Bhí bata maith láidir aige agus slabhra iarainn aniar ar a mhuineál. Dúirt sé leis féin gur mhór an obair mara mbainfeadh sé féin cothrom éigin don sprid. D'imigh sé roimis agus bhí an sprid roimis agus í ag caitheamh splancacha tine amach as a béal. Do chuadar le chéile agus nuair a tháinig sí gairid go maith dhó do bhuail sé le buille mór láidir í agus do ghortaigh sé go maith í. Do fuair sé amach nárbh aon sprid mharbh í nuair a bhuail sé í leis an mbata. Níor lig an sprid uirthi gur bhraith sí an buille. Thug sé buille mór eile dhi a chuir ag lúbarnaigh í agus níor lig sí uirthi gur bhraith sí é. Bhuail sé an tríú buille uirthi agus do leag sé ar an mbóthar í. "Éirigh díom," ar sise, "táim marbh agat." "Ó! marbh is cóir tú," ar seisean léi. "Is mó duine atá marbh agat anso agus ní éireodsa dhuit." Bhuail sé buille eile uirthi agus chuir sé ag lúbarnaigh níosa fearr í. "Ó éirigh díom," ar sise arís, "agus ní fheicfear anso níosa mó mé." "An ngeallann tú ná feicfear anso níosa mó tú?" ar seisean léi. "Mhuise go deimhin," ar seisean, "mara mbeadh go mbeinnse ciontach id' bhás ní fhágfainn aon phioc don anam ionat. Bailigh leat anois agus ná feictear anso go deo arís tú." Bhailigh sí léi agus n'fhacaigh éinne as san amach í ar an mbóthar.

48. NA LEANAÍ ÓN LIOS

Bhí bean ann fadó agus bhí beirt leanbh aici. Bhí an bheirt leanbh seacht mbliana an tráth seo, ach ní raibh rith nó siúl acu, ach iad ag béicigh agus ag lorg ó mhaidin go hoíche. Chaitheadh an bhean bheith i gcónaí os a gcionn in airde. Bhí meitheal ag baint choirce lá aici, agus chaith sí dul le bia ar an ngort chucu.

Chuaigh sí go dtí bean chomharsan di ar dtúis agus dúirt léi faire a bheith aici ar an ndoras féachaint cad a bheadh na leanaí a dhéanamh. Dhein an bhean chomharsan mar a dúradh léi, ach a leithéid do chaint níor chualaigh sí ó leanaí riamh roimhe sin. "Éirigh id' shuí, a Chathail," arsa duine acu, "agus leag chugham an tseanphíopa atá faoi chois an chúpla." D'éirigh Cathal agus thug leis an phíp agus baineadar smúsach aisti. Nuair a bhí a ndóthain don phíp caite acu, labhair duine acu arís. "Mhuise, a Chathail," ar seisean, "an chuimhin leat mórchath an tSáir fadó?" "Is cuimhin, agus mórchath roimis," arsa Cathal. "N'fheadar cá bhfuil an léirbhitseach imithe," arsa Cathal. "Tá sí imithe le bia braimleoige 'on ghort," arsan fear eile.

Nuair a tháinig bean an tí abhaile d'inis an bhean chomharsan di a ndúirt na leanaí. "Agus ní hiad do leanaí féin atá riamh ann," ar sise. Tháinig eagla agus crith cos agus lámh ar bhean an tí nuair a chualaigh sí an méid san. "Agus cad a ¹dhéanfaidh mé¹ anois leo?" ar sise leis an mbean chomharsan. "Tabhair leat go dtí an mbaile mór amáireach iad," ar sise, "agus abair leo go gceannóidh [tú] bróga dóibh. Má dheineann tú an méid san leo, tiocfaidh áthas orthu agus raghaidh siad leat gan mhoill. Nuair a gheobhair thar abhainn, caith isteach inti iad agus báigh iad."

Lá 'rna mháireach dhein bean an tí mar a dúradh léi. Dúirt sí leo go dtabharfadh sí 'on bhaile mór iad agus is orthu a tháinig an t-áthas. Nuair a tháinig sí go dtí an abhainn, chaith sí síos iad agus bádh an bheirt.

Nuair a tháinig an bhean abhaile, bhí a clann fhéin ag an ndoras roimpi, agus iad ina mbeirt leanaí chomh deas, chomh sláintiúil is a d'fhéadfá dh'fháil.

49. AN PÍOBAIRE SAN LIOS

Bhí píobaire ag teacht abhaile ó chomhthalán rince oíche. Chuala sé ceol breá bog istigh i lios, nuair a bhí sé ag gabháil thairis. Stad sé ar feadh tamaill ag éisteacht leis an gceol. Nuair a bhí an ceol thart, thosnaigh an píobaire ag seinm. Nuair a chualaigh dhream an leasa an ceol amuigh seo leo amach. Thugadar leo isteach an píobaire bocht. Chuireadar isteach i seomra é. Bhí seanduine ansan istigh rompu. Dúradar leis an seanduine a shúile a choimeád ar an bpíobaire go dtiocfaidís féin arís. Nuair a bhíodar imithe, arsan píobaire leis an seanduine: "Cé hí an bhean san ar do chúl?" D'fhéach an seanduine ar a chúl, ach ní túisce a d'fhéach ná bhí an píobaire bailithe leis. Nuair a tháinig sé abhaile, chonaic sé duine cosúil leis féin istigh i leaba, é an-dhreoite. Chuimhnigh sé láithreach gur duine ón lios a bhí ann. Chuaigh sé amach arís agus thug sé isteach seanshluasaid. Chuir sé an tsluasaid isteach san tine. Nuair a bhí sí dearg thóg sé amach í agus chuaigh sall go dtí an leaba. Nuair a chonaic fear na leapa an tsluasaid dhearg ag teacht chuige, siúd amach tríd an bhfuinneog é, deirimse leat ná raibh na dathacha ina chosa. Níor chuaigh an píobaire in aon [gh]iorracht don lios riamh ó shin.

L. Seanchas Faoi Áiteanna sa Cheantar

50. DROICHEAD AN BHACAIGH BHUÍ

Bhí bacach ann fadó agus is é an ainm a bhí air ná an Bacach Buí. Bhíodh sé ag imeacht ó thigh go tigh ag lorg déirce. Bhíodh sé ag stad i dtigh áirithe go minic agus cailleadh ann é. Do chuir muintir an tí é i bpáirc a bhí ar an dtaobh amuigh den tigh.

Nuair a bhí an bacach curtha do thagadh sé go dtí an tigh gach oíche agus d'fhanfadh sé sa tigh ar feadh chúig nóimeataí. Ansan do dh'imíodh sé arís. Sa deireadh dúirt bean an tí lena mac é do leanúint. An chéad oíche eile a tháinig sé do chuaigh an mac ina theannta. Do bhíodar ag imeacht leo nó go dtángadar go dtí abhainn. Chuaigh an Bacach Buí síos insan abhainn agus fuair sé mála óir inti agus thug sé don mac é. Dúirt an bacach leis an t-ór a thabhairt abhaile go dtína mháthair. Do thug an mac an t-ór abhaile go dtína mháthair ach ní thógfadh an mháthair an t-ór mar bhí an fear a thug an t-ór dá mac caillte. Do thug sí an t-ór don sagart. Chuir an sagart droichead ar an abhainn leis an ór agus tugadh "Droichead an Bhacaigh Bhuí" ar an ndroichead toisc gur le hairgead an Bhacaigh Bhuí a tógadh é.

51. DROICHEAD AN BHACAIGH RUA

Bacach rua ab ea é seo is do bhíodh sé ag teacht go dtí an tigh seo is ag fanacht oícheanta ann i gcónaí ar a thraibhléireacht dó. Bhíodh sé ann go dtí gur cailleadh é. Tar éis é 'chailliúint ansan do tháinig sé isteach chucu arís is do bhíodh sé ag déanamh comharthaí dóibh ach ní ligfeadh eagla dhóibh labhairt leis. Tháinig sé an tríú babhta is do bhí na comharthaí céanna á dhéanamh aige. "Sea," arsan máthair lena mac, "tá rud éigint uaidh agus b'fhearra dhuit é 'leanúint is féachaint cad 'tá uaidh nó cad 'tá ar bun aige."

D'imigh an bacach is do lean an buachaill é is do ghaibheadar faoi mar 'gheobhfaidís go dtí abhainn is do ghaibh an bacach trasna trí staighrí a bhí ann is do bhí leac cloiche ansan is do bhí sé ag bualadh an mhaide ar an lic is ag déanamh comharthaí don mbuachaill an leac do thógaint. Do thóg sé an leac agus is amhlaidh a bhí póca sabhrns fúithi. Níor mhaith leo ansan aon úsáid a dhéanamh don airgead toisc an cuma fuarthas é. Bhíodar simplí is deárthach.[1] 'Sé an tslí a caitheadh ar deireadh é ná droichead a chur ar an abhainn san áit san agus sin é an chiall gur tugadh "Droichead an Bhacaigh Rua" ar an droichead.

52. POLL TÍ LIABÁIN

Bhí fear ann fadó agus do thug sagart a mhallacht dó agus má thug d'imigh an fear as an áit agus d'imigh sé ó thuaidh dó fhéin. Níor fhan sé insan áit in aon chor. Bhuail faoi ansan agus do bhí ga'h aon lá den rath air ó dh'fhág sé an áit go dtí ar feadh seacht mblian. Do ghaibh an sagart an bóthar agus capall iallaite faoi. Do ghaibh sé chun tí an fhir seo gur thug sé a mhallacht dó is d'iarr sé óstaíocht na hoíche air. Dúirt sé go bhfaigheadh. Thug sé a dhinnéar dó agus óstaíocht na hoíche. D'aithin an fear an sagart ach níor aithin an sagart é. An oíche san ansan bhíodar suite cois na tine agus bhí caint acu ar feadh tamaill agus iad ag cur síos dá chéile.

"Dealraíonn sé," arsan sagart, "go bhfuileann tú neamhspleách go maith anso." "A! mhuise," ar seisean, "is maith a dh'éirigh liomsa ó thugais do mhallacht dom. Tá ga' haon lá den rath ó shin orm." "Dhera, cad é an fhaid ó thugas mo mhallacht duit?" arsan sagart. "Tá timpeall le seacht mbliana ann." "Á, tá sé ráite ná leanann mallacht thar seacht mbliana, agus nár cheart domhsa agus mo mhallacht a bheith in aon tigh amháin. Gaibh mo chapall dom." Ba sheo amach é in am mhairbh na hoíche agus do bhuail a chapall chuige agus d'imigh sé agus ar maidin ní raibh le fáilt don tigh agus don áit ach seilp bheag gur[1] dh'fhág sé a leabhairín ann, ná raibh súite síos tríd an dtalamh síos agus go bhfuil sé baistithe ó shin air – Poll Tí Liabáin.

53. AN SPRID AR AN nDROICHEAD BÁN

Bhí fear thuas i Léim 'ir Léith fadó, go raibh an-dhúil i dtobac aige. Bhí sé oíche agus ní raibh ruainne le cur ina phíp aige. Ní raibh éinne le fáil aige a raghadh 'on Daingean ag triall ar bhlúire tobac dó. Ach i meán oíche tháinig a mhac abhaile. "An raghfá 'on Daingean ag triall ar bhlúire tobac dom muna bhfuil aon eagla ort roimh an sprid ar an nDroichead Bán?" ar seisean lena mhac. "Níl eagla roimh sprid ná púca agamsa," arsan mac. D'imigh an mac air, agus níor stad cois leis go bhfuair sé tobac.

Níor bhuail sprid ná duine leis ag dul 'on Daingean ach nuair a bhí sé ag teacht thar n-ais léim an sprid roimis amach ar an mbóthar. Fuair an mac maide maith láidir agus thug buille sa phus di, a chuir réiltíní ar a súile. Nuair a chonaic sé ná raibh aon bhrí inti fuair sé seanteadán agus chas timpeall ar an sprid é, agus chaith thiar ar a dhroim í. Bhí gach aon liú ag an sprid í 'ligint uaidh agus ná déanfadh sí aon díobháil go deo arís dó.

"Má gheallann tú dom," ar seisean, "ná cífear go deo arís ar an nDroichead Bán thú, scaoilfead leat." "Ar m'fhocal agus ar mo shláinte ach ná cífe[ar]," arsan sprid. Agus n'fhaca éinne riamh ó shin sprid ar an nDroichead Bán.

M. Seanchas Faoi Dhaoine sa Cheantar

54. ÁRTHACH AN SÍOL RUIS

Tháinig árthach isteach 'on chuan so thiar is do raiceáladh í isteach go Paróiste an Fheirtéaraigh fadó. Bhí sí lán do shíol ruis. D'imigh ga' héinne ón bparóiste so siar is málaí acu go bhfaighidís síol an ruis mar is é is mhó a bhí á chur san am san agus ag déanamh airgid dó. D'imigh mo sheanathair ach go háirithe agus mála aige – oíche bhreac-ghealaí. Chuaigh sé ar a bord agus 'sé duine a bhí ar bord, Paid Thomáis a bhí thiar i bparóiste an Fheirtéaraigh, a bhí mar aidhbhéardach uirthi. Líon an mála do m'athair críonna agus bhuail ar a dhrom é. Cheap sé gurb í an ghainimh a bhí amuigh aige in ionad na farraige agus cá satalódh sé ná anuas ar an uisce agus buaileadh amuigh ar mhullach a chinn é, é féin is a mhála. Fliuchadh iad tréna chéile agus bhí náire air casadh isteach thar n-ais. Thug sé abhaile a mhála ruis agus é fliuch fuar. Do thriomaigh sé an mála ruis agus níor fhás aon síol riamh i bparóiste Múrach chomh maith leis.

55. AN tATHAIR ALPIN

Bliain an droch-shaoil bhí déirc mhine á thabhairt amach dos na boicht. Bhí sagart sa Daingean dárb ainm dó an tAthair Alpin. Bhíodh an sagart á rá gach Domhnach ná raibh aon cheart á fháil ag na Caitlicigh ós na Sasanaigh. Bhí fear dárb ainm Méises ina chléireach ar an min. "Deirimse go gcaithfidh na Caitlicigh an chuid is mó den mhin a dh'fháil," a dúirt an sagart lá. D'éirigh sé amach lá Domhnaigh tar éis an tAifreann a bheith ráite aige agus do shiúil sé ar fuaid na trá. D'éirigh an tiarna talún amach as an séipéal gallda agus ghluais sé i gcoinnibh an tsagairt. Bhí a chóiste agus a thiománaí aige. "Cad é an fáth go mbíonn tú ag cur síos orainne gach Domhnach?" arsan tiarna talún. "Fan ansan go fóill," arsan sagart ag tarrac a leabhair agus a stoil chuige. Nuair a chonaic an tiarna talún an leabhar agus an stoil ag an sagart dúirt sé leis an dtiománaí – "tiomáin leat[1] na capaill, a dhiabhail." "Ba mhaith a dheinis é," arsan sagart, "mar dá bhfanfá a thuilleadh do inseoinnse scéal duit."

Tamall ina dhiaidh san bhí stáisiún ar an dtaobh thoir do Dhaingean ag Maonus Ó Síthigh. Ghaibh fear dárbh ainm Tomson soir thairis an séipéal. "Féach soir é," arsa duine a bhí ar an staisiúin. "Tá sé ann," arsan sagart, "agus is minic a dh'imigh agus ná fillfeadh." "Abair 'Amen'," ar seisean leis an sagart paróiste. "Ní déarfad," arsan sagart paróiste. "Abairse 'Amen' a Mhaonais Ó Síthigh,[2]" ar seisean. "Mhuise 'Amen agus a Thiarna'," arsa Maonas. Do leagadh agus do maraíodh Tomson agus ní raghadh muc ná madra in aice leis. Do caitheadh comhra d'fháil go tapaidh agus é chur 'on teampall.

56. BÓ Á BHAINT DE DHRAIDHBHÉIR

Bhí fear thiar i mBaile Dháith fadó. Tá tamall aimsire ó shin – fear de mhuintir Ghrífín. Duine muinteartha dom fhéin dob ea é, ach go bhfuil an gaol ábhar sínte anois. Tógadh an bhó a bhí aige mar do bhíodh a lán ainmhithe á thógaint an uair san – á mbreith i bpónaí i ngeall leis an gcíos, nó i ngeall le rud éigint. Agus 'sé áit go raibh an póna go rabhthas chun an bhó a bhreith ann ná ar an nGairbhtheanaigh nó ar an gCuileannaigh nó in áit éigint soir san am san. Ach d'imigh Paidí Ó Laoi, draidhbhéir a bhí ar a bhFeothanaigh agus an buachaill a bhí aige agus do thógadar ba Mhac[1] Uí Ghrífín, Bhaile Dháith. D'imigh sé, agus ní raibh aon bhóithre ann san am san ach seanbhóithre is casáin. Ghaibh sé staighrí na Corann anonn agus ansan an seanbhóthar suas go dtí Mám an Lochaigh. Do lean Mac Uí Ghrífín iad agus do sháraigh sé ag an Mám iad agus do sháraigh sé Laoi[2] agus a bhuachaill, agus do thug sé an bhó abhaile ón mbeirt.

Chonac ina dhuine críonna é. "Dhera, a Mhuiris," a deirinnse, "is láidir ná raibh eagla roimh Paidí Ó Laoi agat." "Ní raibh," a dúirt sé. "Dá bhfaighinnse chun teangabhála é," a dúirt sé, "níorbh aon eadh[4] liom é agus an bhó a thabhairt uaidh agus ón mbuachaill." Gaiscíoch fir ab ea Paidí Ó Laoi. D'imigh a chlann mac – triúr acu in arm Shasana is fear eile acu is a chlann go hAmerica. Bádh fear eile acu sa Dúinín. Níl duine dá shliocht in Éirinn.

57. AN BULLAÍ

Tháinig árthach stróinséartha isteach 'on Chuan so thiar fadó ó shin is chuaigh sí ar leaba ancaire. Chuaigh na mairnéalaigh i dtír is do bhí bullaí mór orthusan a bhíodh ag cuáil[1] is ag lorg aon fhir a gheobhadh air.

Chuaigh an bullaí seo isteach i gceártain a bhí ansiúd thiar i mBaile Eaglaise. Bhí an gabha istigh is do rug an Bullaí ar an inneoin don bhloc ar chos a chip agus do bhuail sé in airde ar chois an chúpla í; do leag anuas í, agus bhuail ar an mbloc aríst í. "'Bhfuil aon fhear sa pharóiste a dhéanfadh é sin?" ar seisean. Bhí printíseach ag an ngabha. "Imigh anonn 'on bhFearann," a dúirt sé (leis an bprintíseach), "agus féach an bhfuil a leithéid san d'fhear istigh. Abair leis go bhfuil gnó agam dó agus teacht chugham isteach."

D'imigh sé anonn agus do bhí sé – an Mainíneach, roimis istigh agus ní raibh bróg air ná stoca ach feidhre lóipíní is é suite cois na tine. "Á!" ar seisean, "tá an-bhroid ag an ngabha leat, theastódh uaidh go raghfá 'on cheártain chuige."

Ghluaiseadar le cois a chéilig go dtángadar 'on cheártain. D'fhéach an gabha air. "A fhir mhaith," ar seisean, "tá sheailinge caite ar do dhúthaigh anso," ar seisean, ag an bhfear maith seo, feicfimíd cad a dhéanfair." "Cad atá déanta aige?" arsan Mainíneach. "Tá beirthe ar an inneoin seo ar chos a chip aige agus í curtha in airde go dtí cos an chúpla agus í leagaithe 'on bhloc aríst."

Chaith an Mainíneach do a bheart nó a chasóg nó pé ní a bhí air agus do rug sé ar chos a chip ar an inneoin, do chas sé mór-dtimpeall a chinn í agus do chaith amach ar a dhá láimh í á chur amach tríd an gceártain tríos na frathacha dhon iarracht san. "Imigh ort," ar seisean, "agus tabhair isteach í agus dein é sin." "Ó! beirimse [a] bharr duit," a dúirt an Bullaí a tháinig, "ní dhéanfainnse é sin in aon chor, tá an fear maith agat orm."

58. AN CÚ A CHONAIC AN "LORD"

Bhí fear i mBaile Reo uair darbh ainm Seán Ó Conchubhair. Bhí leasainm air ag muintir na háite agus 'sé an leasainm a bhí air ná an "Lord".

Bhí an "Lord" ag bothántaíocht i mBaile na bPoc oíche áirithe agus fé mar ba ghnáth bhíodar ag imirt chártaí ann. D'éalaigh an oíche ar lucht na gcártaí agus níor mhothaigh an "Lord" aon rud nó gur bhuail an clog a dó dhéag. Do phreab sé ina sheasamh agus d'fhiafraigh sé an raibh éinne sa chuideachtain a bheadh ag dul abhaile ina theannta féin. Ní raibh éinne ann a bheadh ina theannta agus do bhog an "Lord" leis abhaile.

Nuair a bhí sé leath slí idir Bhaile na bPoc agus Baile Reo, mhothaigh sé an fothram mór ina dhiaidh fé mar a bheadh capall ráis ag rith ar a dhícheall. Cad a bheadh ann ach cú mhór fhada agus ceithre cruite fúithi fé mar a bheadh fé chapall. Ghaibh sí thairis amach ar cos in airde agus tine creasa dá bhaint as an mbóthar aici le neart deabhaidh. N'fheacaigh sé an cú as san amach. Nuair a bhí sé imithe thairis tháinig eagla ansan air.

59. MUINTIR GHRÍFÍN

Ó Chúige Chonnacht a tháinig muintir Ghrífín go Paróiste Múrach fadó. Sin nuair a bhí an drochaimsir ann agus an ruagairt orthu is iad ag imeacht ó áit go háit. Do bhuaileadar fúthu i bParóiste Múrach agus nuair a leathanaíodar is go rabhadar thall is abhus ann agus táid siad riamh ó shin ann ó thángadar ó Chúige Chonnacht. Fir mhaithe chrua láidre ab ea iad.

Sean-Phaidí an Chonnaigh (toisc gur ó Chonnachtaibh iad tugadh Connaigh orthu) ab ea m'athair críonna. Deirtear gur chuaigh sé go Barra Chnoc Bréanainn lá Easpag[1] Morartí – Lá Shain Seáin Beag 1868. Bhí Sean-Phaidí 84 bliaina san am san is do mhair sé i bhfad ina dhiaidh san go raibh sé go hard os cionn céad. Tugtaí Mantach an Chonnaigh leis air toisc gan aon fhiacail a bheith aige. Deir daoine ná raibh fiacla riamh aige. Chognódh sé císte arán buí ón ngrideall chomh maith le haon fhear go raibh cíor aige. Bhí drandal go cruaidh aige.

60. MÚRACH EILE AG TEACHT Ó CHORCAIGH

Ní raibh an Múrach eile, ní raibh sé istigh in aon chor, an fear ab fhearr acu. Bhí sé ag teacht ó Chorcaigh agus é ina aonar ag siúl. Do bhuail dháréag fear leis insa bhóthar. "Caithfir seasamh liom" a dúirt fear acu, nuair a chonaic sé an dealramh[1] is an imeacht fé. "Ní sheasóidh mé," arsan Múrach. Sin é an lá céanna is é sin ag teacht ó Chorcaigh a bhí an deachú á baint amach.

Dúirt fear maith a bhí sa bhaicle[2] go gcaithfeadh an Múrach triail a sheasamh leis féin ar an mbóthar. Dúirt sé (an Múrach), ná trialfadh, ná raibh aon bhaint aige leis. "Caithfidh tú seasamh liom" a dúirt sé leis. "Ní sheasóidh mé," arsan Múrach. "Ó! ní ligfead thairis san tú, caithfir seasamh liom." Sheasaimh an Múrach agus ní fada gur chuir sé luí na mbuillí ar an bhfear mór a bhí ag caitheamh seailins air. Dúirt an fear eile nár bheag leis do. Do ghluais sé ansan ag teacht abhaile dhó féin, agus dúrthas gur cheart é 'leanúint agus sásamh a bhaint do ar cad a bhí déanta aige. "Á!", a dúirt fear maith a bhí ann, "is olc an dlí í sin a cheapann sibh a dhéanamh – an fear a bhí ag imeacht an bóthar agus ná raibh ag cur aon ³chur isteach³ oraibh dá ligfeadh sibh leis. Ach anois ní bhfaighidh sibh baint leis. Nach é a dhóthain nó diúité an méid san a thabhairt dó. Níl aon chúis ar an bhfear maith agaibh."

61. NA MÚRAIGH AGUS LUCHT NA DEACHÚ

Bhí ceathrar dos na Múraigh as na Grafaí, fir mhóra láidre ab ea iad. Fíodóir ab ea duine acu – an fear ba mhó acu, is é ag obair do fhéin. Bhí fear eile imithe go Corcaigh lena chúram agus ní ráinig sé istigh in aon chor nuair a tháinig lucht na deachú. Ní raibh ann ach triúr dos na Múraigh, bhí an deachú á bailiú – fear agus capall aige, úim agus srathar, ag bailiú chearc. Chuaigh fear na deachú isteach go dtí an fíodóir, sin é an Múrach Mór. "Tabhair dom cearc." "Níl aon chearc agam," arsan fíodóir. "Tá," arsan fear na deachú, "cearc agat, agus tabhair dom í." "Níl," ar seisean. "Bhác, bhác!" arsan chearc. "Há há, 'bhfuil cearc anois agat?" ar seisean, ag imeacht síos, ag breith ar an gcirc, á bhualadh isteach ina chliabh úmach amuigh ar an sráid. Ba sheo amach an fíodóir agus scaoil sé na maidí ó úim na gcearc agus scaoil sé a raibh do chearca insna húmacha, ar fuaid bhóthar na nGrafaí. "Téir agus bailimh iad anois," ar seisean, "bíodh an méid san agat."

Ba dhóbair go ndéanfaí an donas ar an bhfíodóir mar gheall ar an obair san, ach níor cuireadh aon ¹chur isteach¹ as san amach air.

62. Ó DONNCHÚ MÓR G*h*LEANN BEITHE

Bhí Ó Donnchú Mór G*h*leann Beithe ina landlord tamall agus do chuir sé amach treontaí as a phropartaí; ní fhágfadh sé in aon bhlúire don phropartaí é; b'éigean dó imeacht agus dul ar a chuaird dó féin amach as a t*h*reontaíocht agus a fheirm thalún. Sea, bhí lá pátrúin ann agus 'sé aicsearsais a bhí acu ag caitheamh oird ag barra réidh shléibhe agus bhí baiclí¹ móra daoine ag féachaint orthu agus do bhí fear áirithe ann go raibh mórán breise aige ar aon fhear dá raibh ann ag caitheamh an oird. Bhí sé seo ina stróinséar eatarthu. Aithníodh é go maith. Fiafraíodh dó an raibh aon fhear ina dhúthaigh do chaithfeadh offer oird leis an bhfear san. "Tá," ar sean, "fear im' dhúthaigh a chaithfeadh offer oird leis an bhfear san leis, b'fhéidir os a chionn."

Ba dhóbair go bhfaigheadh sé clamhstráil² dá dheascaibh ach mar sin féin do ligeadh dó. Do spyáil sé Ó Donnchú lastuas agus feidhre chapaill ghlasa ag gabháil an b*h*óthair. Do dh'imigh sé féna bhráid agus do sháraigh sé insa bhóthar é is do chaith sé é féin ar a ghlúine féna bhráid. "Stad na capaill," arsa Ó Donnchú leis an ngíománach. "Cad 'tá ort, a fhir mhaith?" "A leithéid seo do shlur atá fachta ag mo dhúthaigh ón gcomthalán mór úd thuas." "Cad atáid siad ag déanamh?" arsa Ó Donnchú. "Ord athá acu á chaitheamh," ar sean, "agus tá fear áirithe ann go bhfuil an barra bua go fairsing aige ar an gcuid eile agus fiafraíodh díom an bhfaca aon fhear im' dhúthaigh a chaithfeadh offer oird leis an bhfear san. Dúirt go bhfaca," ar sean, "agus offer os a chionn." "Dhera! cá bhfuairis aithne ormsa?" arsa Ó Donnchú. "Ó!" ar sean, "is mithid dom aithne a bheith agam ort. Bhíos im' threontaí talún tamall agat is ag díol cíosa leat, ach do cuireadh amach mé as mo phropartaí agus b'éigean dom teitheadh agus teacht anso agus [ní] haon iontas go mbeadh aithne agamsa ort."

D'iompaigh sé siar, tháinig sé anuas don chóiste, rug sé ar an ord, is dúirt sé leis an gcleas beaiceáil.³ Beaiceáladh tamall. "Beaiceálaíg a thuilleadh," ar sean. Bheaiceáladar. "Á! beaiceálaíg a thuilleadh," ar sean. "Á!" ar siadsan, "ní foláir nó gur ag magadh fúinn a thánn tú." Chaith sé an t-ord, agus má chaith, do chuir sé lastuas don gcrowd go léir é is do ghluais sé fén réidh shléibhe agus chuaigh sé air arís agus do bhuail sé an treontaí isteach ina chóiste agus do chomáin sé amach an t-aidhbhéardach a chaith as a shlí agus a phropartaí é, agus do thug sé a shubstaint agus a phropartaí don treontaí bocht arís mar cuireadh amach é. "Sin rud," ar seisean, "ná raibh a fhios agam a bhí déanta ar aon treontaí liom," ar seisean.

63. AN PÚCA 'CHONAIC SÉAMAS Ó GRÍFÍN

Bhí beirt ag iascach dheargán thiar ag an gCarraig Dhubh fadó. Nuair a bhí ladhar dheargán marbh acu do stad an deargán orthu agus chaitheadar gluaiseacht abhaile. Do thángadar isteach sa Dúinín agus chaitheadar na deargáin isteach ar an dtalamh uathu. Do dheineadar dhá leath don iasc. Bhí corda ag gach duine acu go raibh trí coraibh air agus cipín adhmaid amuigh na bharra chun é 'sháthadh trí shúilibh na ndeargán. "Téanam suas," arsa duine acu leis an duine eile. "Níl aon eagla ormsa," arsan dara duine dárbh ainm Séamas Ó Grífín le Seáinín Ó Gormáin.

Ghluais Séamas anuas go dtí Béal Bán agus a strapa deargán thiar ar a dhrom aige. Chonaic sé amhailt go raibh aoirde na spéire ann. Bhí sé déanach go maith san oíche agus tháinig eagla ar Shéamas. Chas sé thar n-ais agus é ag rith ag glaoch ar Sheáinín Ó Gormáin. Bhí a bhróga á chaitheamh ag Seáinín do féin chun dul a chodladh. D'oscail sé an doras do Shéamas agus lig sé isteach é. "Cad a dh'fhill thar n-ais tú?" arsa Seáinín le Séamas. "Amhailt mór ard a chonac ag barra ¹Bhéal Bán¹ agus bhain sí léim chroiceann² asam," arsa Séamas. Chuir Seáinín air a bhróga arís agus dúirt sé le Séamas: "Téanam agus beidh a fhios againn cad atá ag barra Bhéal Bán." Ghluaiseadar orthu agus cad a bheadh i mBéal Bán rompu ná miúil le Pádraig de Moore agus a ceann san spéir aici. "Féach anois, a Shéamais, cad é an púca a chonaicís ná miúil mhór bhuí le Pádraig de Moore ón bhFeothanaigh."

64. AN RÍSEACH DUBH AGUS SEÁN HUSAE

Do bhí fear mór le rá fadó sa Daingean gurb é an ainm a bhí air – An Ríseach Dubh. Chaitheadh gach aon treontaí móin a chur chuige 'on Daingean nuair a thagadh an t-am agus an mhóin tirim. An lá áirithe seo bhí a lán daoine bailithe aige ag cur móna chuige. Agus do bhí fear eile sa Daingean go dtugaidís an Husaech air – Seán Husae. Duine uasal ab ea é ach lagdhuine uasal. Ní raibh an Ríseach Dubh is Seán Husae geal dá chéile. Do theastaigh ón Husaech leis móin a chur chuige.

Do bhí fear sa Bhaile Breac go raibh dhá chapall aige. Do chuir sé capall chuig an Husaeigh agus capall chuig an Ríseach Dubh. Do bhíodar bailithe insan yard – na capaill tar éis na móna dh'fholmhú. Do bhí spiaire éigint ann ach go háirithe, agus [1]ní mhaith[1] é an spiaire; agus dúirt sé gur chuir an fear so an Bhaile Bhric, gur chuir sé a chapall go dtí an Husaech. Chuaigh sé (an Ríseach Dubh) go dtí fear an Bhaile Bhric. "Ca'il do chapall?" ar seisean. "Sin í ansan í, a dhuine uasail," arsa fear an Bhaile Bhric. Chuaigh sé thar n-ais aríst go dtí an spiaire. "Ná habair[2] bréag liom . Ná fuil a chapall san sa yard agam?" "Tá dhá chapall aige," a dúirt an spiaire. Chuaigh sé chuige aríst. "Ná fuil dhá chapall agat." "Tá." "Nach ionadh nach anso 'thugais iad." "Á! a dhuine uasal n'fhaca éinne á thabhairt anso ach capall. Tá dhá chapall agam agus thugas ceann acu anso agus thugas ceann eile acu [3]dho rá[3] mar dob' fhiú liom ar an bhfear úd – capall a chur chuige."

"Tabhair anso do chapall chugham." D'imigh sé go yard an Husaeigh. Dúirt sé go dteastaigh uaidh a chapall a bhreith leis go yard an Rísigh. "Ní ligfeadsa mo chapall leat," arsan Husaech. Níor lig. Tháinig sé thar n-ais 'on yard.

"Ní ligfeadh sé an capall liom," arsa fear an Bhaile Bhric. D'imigh sé féin (an Ríseach) agus chuaigh sé go yard an Husaeigh go dtabharfadh sé an capall gan bhuíochas uaidh. Ní ligfeadh an Husaech an capall leis. Chaitheadar seailins chomhraic ar a chéile i gcomhair an lae san d'áirithe. Má chaitheadar, do bhuail an Ríseach Dubh buidéal thíos ar an nDroichead Beag agus ubh ina bhéal. Dhruid sé siar ansan uaidh ar feadh seacht slata ón mbuideál agus do chaith sé ruchar air agus do bhain sé an t-ubh as a bhéal.

"Insíg don Husaech é sin," ar seisean. Do insíodh. "Ní chúlfaidh mé," arsan Husaech. Chaitheadar an seailins ar a chéile. Tháinig an lá. Bhí seicindí acu ag díriú a lámha ar a chéile. Eth! más ea, do thit lámh an Husaeigh as an áit a socraíodh í agus do choinnibh an Ríseach Dubh a lámh go steideáltha suas agus do chuaigh an piléar ar an gceathrú aincil.[4] Is dócha gurb ainm eile é ar an Ríseach Dubh agus do maraíodh an Husaeach agus do cuireadh fear an Bhaile Bhric amach as a phropartaí, an fear bocht mar gheall ar an spiaire.

65. SEANAINTÍN PHAID MHAURICE

Bhí seanaintín agamsa fadó i mBaile na hAbha. Ní mhaireann sí anois. Chuaigh sí go Trá Lí lena cúram agus má chuaigh bhí an lá cuíosach fada. Do chuaigh sí ag siúl ann is do tháinig abhaile. Ba mhór an siúl é, agus tar éis teacht abhaile dhi, d'imigh, corrán agus cliabh aici, agus theastaigh uaithi go raghadh sí suas thar Chnoc Bhaile na hAbha – áit go dtugaidís Buaile an Mhanaigh air – in aice Foithir na Manach. D'imigh sí faoin Aodha[1] ó thuaidh is síos go Buaile an Mhanaigh agus do bhain sí cliabh mór féir lena corrán i mBuaile an Mhanaigh tar éis an turas san do thabhairt, agus do thug sí abhaile é go trí cinn do bha a bhí aici i mBaile na hAbha agus bhí sí mar sin ag obair ga' haon lá ó tháinig sé inti go dtí an lá gur cailleadh í is í go hard os cionn ceithre fichid. D'imigh ga' héinne dá clainn go hAmerica.

66. TEITHEADH Á CHUR AG TRIÚR AR SÉ FEARA DÉAG

Tháinig sé feara déag, a rainne[1] acu agus a gcapaill ag baint prátaí deachú i ngort mhór atá ar an dtaobh so dos na Grafaí – go bhfuil trí cinn do chlaíocha anois air. Bhí sé in aon ghort amháin an uair san. Chuadar 'on ghort ag baint na bprátaí. Ach d'éirigh triúr dos na Múraigh amach nuair a chonacadar iad agus trí cinn do mhaidí acu, agus ba sheo chucu iad agus chuireadar na sé feara déag agus a rainne agus a gcapaill amach as an ngort.

D'imíodar agus chuadar 'on Daingean agus do ghearánadar gur deineadh an obair seo orthu. Mar siad na máistrí go raibh an teideal ar fad acu an uair san.

Sea, tugadh 'on Daingean an triúr Múrach. Cuireadh an dlí orthu. An uair a chonaic an máistir iad: "An raibh a thuilleadh agaibh ann?" a dúirt an máistir talún. "Ní raibh," ar seisean. D'fhéach sé ar na sé feara déag. "Mhuise, is náireach an gnó[2] dhíbhse," ar sé, "ag teacht ag gearán triúr fear liomsa, agus sé feara déag agaibh ann, á rá," ar seisean, "gur chuir triúr fear amach as an ghort sibh. Imíg abhaile," ar seisean leis an dtriúr Múrach "agus comhairíg ga' haon rian tairne crú a gheobhaidh sibh sa ghort. Tabharfaidh mé punt díbh ina choinnibh."

67. NA TÚIR Á NDÉANAMH – SEÁN AN DÁ MHÁTHAIR

Bhí an Tower so thuas á dhéanamh fadó – Tower Bhaile Dháith agus saoir ag obair air agus a lán daoine a' tindeáil ar na saoir, agus nuair a bhí an Tower san tógtha do theastaigh Tower an Bhaile Uachtaraigh a thógaint san am san. Bhí mo sheanathair ag obair ann agus a lán dos na seandaoine ná maireann anois. Agus nuair a bhí an Tower thiar á thógaint d'imíodar le cois na saor siar go dtuillfidís pinginí airgid. Níor mhaith leis an mhuintir thiar iad a dhul ag triall orthu – ag cantáil orthu, agus do dhíríodar ar mhuintir na háite seo agus má dhíríodar do thug beirt acu crochadaíl dá chéilig insan tslí ná rabhadar buíoch. Do dhein fear ón bparóiste so ar fhear ó pharóiste an Fheirtéaraigh agus do thug guala dhó is do chuir sé i mullach a chinn isteach i gcoinne an Tower é dhon iarracht san. "Stadaíg, stadaíg," a dúirt Seán an dá Mháthair. "A dhaoine, ná fuil a fhios agaibh cé hiad athá ann – muintir na Cúlach Thuaidh, nach iad? Muintir Shúilleabháin go léir atá i bparóiste an Fheirtéaraigh, nach leo iad san? Stadaíg, a bhuachaillí. Is mó muintir na Cúlach i bParóiste an Fheirtéaraigh ná sibhse. Stadaíg agus ligíg dóibh féin."

Bhí cloch mhór ann. Dúirt an saor le muintir Pharóiste an Fheirtéaraigh an chloch mhór a chur in airde ar an stáitse chuige. Ghaibh beirt *g*haiscíoch, chuireadar ar an bharra é ach do leagadh iad fhéin is an barra i ngabhal a chéilig. Ba dhóbair go marófaí iad.

"'Bhfuil aon bheirt eile fhear anso?" arsan saor, "do chuirfeadh an *c*hloch ar an stáitse chugham?" "Táim," arsa fear ós na Grafaí, gaiscíoch fir – Múrach ab ea é. "'Bhfuil aon fhear eile ann?" "Tá mise," a dúirt Mac Uí Ghrífín ó Bhaile na bPoc. Duine muinteartha dom fhéin dob ea é, deartháir dom' sheanathair. "Fanaíg ansan a bhuachaillí," a dúirt an saor, "go raghaidh mé chughaibh síos." Ghluais an saor anuas is an chloch ar an mbarra. Do bhuail sé a dhá láimh thuas faoi chom fhir deireadh an bharra agus do choimeád greim air gur leagadar an chloch in airde ar an stáitse. "Mhuise, mo ghrá croí sibh," a dúirt sé – "Muintir na Cúlach. Is sibh na gaiscígh is fearr dá bhfaca fós."

N. Seanchas Faoin Diabhal

68. FEAR NA CEILPE A DHÉANAMH AGUS AN FEAR FADA DUBH

Bhíodh ceilp dá dhéanamh anso fadó sa tseanaimsir, sara dtánag ar an saol. Bhí fear fadó agus do bhí ceilp aige á dhéanamh ar bharra an Chuas Aibhnigh (nó Aidhnigh). Bhí an oíche aige agus a raibh bailithe, an tine adaithe aige, agus do ghluais chuige anuas an fear fada dubh, agus dúirt leis: "An mise atá uait? Más mé, bainfidh mé an ceann leis an gcorrán díot. Imigh agus fág mo radharc." D'imigh agus do chuaigh suas thar n-ais agus níor dh'fhill. Do thug fear na ceilpe an oíche ag dó na ceilpe gan éinne [ag] gabháilt chuige as san amach.

69. FEAR NA FEAMAINNE A BHAILIÚ AGUS AN FEAR MÓR FADA DUBH

Bhí fear bocht ann gur theastaigh feamnach uaidh. Agus do bhí an cladach lán d'fheamnaigh, thall sa Dúinín. Ghluais sé agus raca aige agus níor ráinig éinne insa Dúinín ach é féin agus áit an-dhiamhair is ea an Dúinín nuair ná beadh cuileachta ann. D'imigh sé anonn go dtí an poll dorcha, an Dúinín. Ghlaoigh siad Cúl Dorcha air agus do bhí fear mór fada dubh sínte i mbéal an phoill roimis.

"Tánn tú ansan," ar seisean, "is cad a dhéanfad?" Ach tá sé ráite, éinne 'bheadh san uisce nár bhaol dó an té bheadh chun díobháil a dhéanamh dó. Do tháinig sé síos insan uisce, do bhailimh a dhóthain feamainne le cosaibh an fhir mhóir fhada a bhí thíos, agus nuair a tháinig am mhairbh na hoíche d'éirigh an fear fada dubh agus do chroith sé é féin, is do chaith sé dho anuas an fheamnach agus d'imigh sé scórnach an Dúinín amach agus ní fhaca sé as san amach é.

O. Seanchas Sí

70. CAILÍN AN URNA LÍN

Fadó bhíodh turna lín ag mhnáibh ag sníomh lín. Bhíodh turna coise acu is bhíodh cnó is cuigéal air chun an tsnáth.

Bhí bean i mBaile Ghainín fadó is bhíodh sí ag sníomh lín mar sin ga' haon lá. Bhí sí lá istigh nuair a ghaibh an slataire cailín isteach chuici agus urna lín aici is dúirt sí gur chuir a máistreás chuici í leis an urna lín sin chun é 'shníomh di agus go dtabharfadh sí a pá di go maith ach gan aon chuid do shú a croí (a sile) do chur san urna lín, arsan cailín léi. D'imigh an cailín is do tháinig sí arís lá 'rna mháireach is d'fhiafraigh sí dhon mbean an raibh an urna lín sníte aici is dúirt an bhean eile go raibh. D'fhiafraigh sí ansan di cad a bhainfeadh sí as. "An áirithe san," arsan bhean snímh. Thug an cailín di an méid a dúirt sí, agus ar sí: "Tá mo mháistreás an-bhuíoch díot as an méid san a dhéanamh di."

Ní raibh aon aithne ag an mbean snímh ar an gcailín. N'fhacaigh sí riamh í go dtí an lá 'tháinig sí leis an urna lín. "Agus cé hí do mháistreás?" arsan bhean snímh. "Tá sí insan chillín san thall," arsan cailín. Tá cillín i mBaile Ghainín; is ansan a bhí an máistreás. "Agus," arsan cailín, "dúirt sí liom a rá leat dá dteastódh a cabhair uait nó dá dtiocfadh aon chás trasna ort dul ag triall uirthi." "All right," arsan bhean snímh.

Tamall beag ina dhiaidh san bhí caid á bualadh tráthnóna breá thall ar Inse Bhaile Ghainín is do bhí dhá chorránach garsún ag bean an snímh is do chuadar ag bualadh na caide ar nós ga' héinne. Ar an dtaobh thall d'abhainn a bhí an chaid á bualadh. Bhí fear na mná snímh istigh sa tigh an tráthnóna san is do chuaigh sé 'on doras ag féachaint sall ar lucht na caide a bhualadh. Bhuail sé a ucht ar an leathdhoras is do bhí ag féachaint anonn thar abhainn orthu. "Ó," ar seisean, lena bhean a bhí thuas sa chúinne, "ní fhaca oiread daoine riamh is 'tá thall anois ar an Inse ag gabháilt don chaid."

Tháinig a bhean 'on doras is d'fhéach sí sall is ba mhór an scanradh a raibh ar an Inse ag bualadh na caide. Nuair a chuaigh an tráthnóna chun doircheacht do stadadar is tháinig an dá gharsún abhaile ach má tháinig bhí duine acu is n'fhéadfadh sé aon phráta dh'ithe ná aon ní eile. Do bhuail taom is tinneas é is ní raibh aon mhaith ann ach é ag cnaí[1] is ag caitheamh. "Dhera," arsan fear lena bhean – máthair an bhuachalla, "ná raghfá ag triall ar bhean na cillíní ón uair a thug sí scéala dhuit dul ag triall uirthi dá mbéarfadh aon chás ort." "Tá sé chomh maith agam," arsan bhean. Níorbh fhada uaithi an t-aistear – trasna an ghoirt.

Chuaigh sí isteach 'on chillínigh is do tháinig bean na cillíní chuici is do chuir sí fáilte roimpi is dúirt sí gur snígh sí an urna lín go maith ach gur lig sí sú a croí air. D'fhiafraigh bean na cillíní dhi cad a thug í. "A leithéid seo," arsan bhean eile, ag insint di conas mar bhí a beirt mhac ag bualadh caide an tráthnóna eile thall ar an Inse i dteannta buachaillí an bhaile is gur ghearán duine acu tar éis teacht abhaile is ná raibh aon mhaith ó shin ann ná aon fheabhas ag dul air ach ag dul chun deiridh.

Bhí dhá scraiste sínte thuas insan chúinne is d'iontaigh bean na cillíní suas orthu is do labhair sí: "Ní hamhlaidh a dheinis aon ní leis," ar sí leis an scraiste eile. "Ní mór é mhuis!" ar seisean, "níor dheineas ach mo theanga a chur amach chuige." "Ná dein níos mó leis anois," ar sise. D'iontaigh sí ar an mbean eile. "Téir abhaile anois," ar sise léi, "is beidh sé all right romhat." Tháinig sí abhaile is do bhí sé go maith roimpi, níor fhan seoid air.

71. AN CAILÍN A SCIOBADH

Mo mháthair a chloisinn á rá. Ba chuimhin léi féin é. Cailín beag timpeall dhá bhliain déag a tugadh ó Shliabh Luachra go Baile na bhFionnabhrach tráthnóna samhraidh.

Deireadh sí gurb amhlaidh a bhí an Scotch (Gearaltach) ag seoladh na mba tráthnóna. Bhíodh sé ina oíche dhubh san am úd nuair a bhíodh na ba dá seoladh. Bhí sé ag teacht abhaile t'réis iad do chur 'on ghort is tá tobar ann ar an dtaobh thiar don mbaile. B'fhéidir gur ag dul ag bothántaíocht a bhí sé. Pé acu san é, bhí sé ag gabháil thairis an dtobar is do chualaigh sé an gol is an gearán truamhéileach is tháinig sórt eagla air is do bhí ceist air dul ag triall air mar ná raibh aon an-theist ar an dtobar.

Tobar na bPúcaí a thugaimís air. Níor chuaigh sé ag triall ar an ngearán ná ar an ngol is do chuaigh sé isteach go tigh Shean-Sheáin. 'Sé an chuimhne is sia im' cheann é sin d'fheiscint is é ina sheanduine an-chríonna san am a chonac é. Do inis an Scotch an scéal do Shean-Sheán. Gearaltach eile ab ea Sean-Sheán. Fear an-mhisniúl, an-neamheaglach ab ea é is do ghluais sé féin is an Scotch anuas is thángadar go dtí an dtobar is chualadar an gol is an gearán. Do dhruid Sean-Sheán isteach is chonaic sé an cailín is do labhair sé. "An beo nó marbh atánn tú?" ar seisean. Níor tugadh aon toradh air. Do labhair sé aríst. "An beo nó marbh atánn tú?" ar seisean aríst. Is dócha gur chaith sé craidhstín[1] mar b'fhuirist leis, beannacht Dé lena anam. "Beo," a dúirt an cailín. Ní raibh ach boilliú[2] cainte aici. Do labhradar ansan léi is dúirt sí ná feadar sí ó thalamh an domhain cá raibh sí. D'fhiafraíodar ansan di cérbh as í is dúirt sí gur ón Sliabh. Boilliú cainte a bhí i gcónaí aici.

Cuireadh teachtaire go dtí Sliabh Chill Chúile – go dtí an gCoimín mar bhí áitreabh san am san ann is daoine ag cur fúthu ann ach ní ón áit san chuige ab ea í. Ansan fuarthas amach uaithi gur ó Shliabh Luachra ab ea í. (Ní ón Sliabh taobh thoir d'Abha na Scáil ach ó Shliabh Luachra a' Rátha, chualasa.) Cuireadh scéala chun a muintire i gceann cúpla lá agus tháinig a dreatháir, ag triall uirthi le capall iallaite. Ag dul suas ar an gcnoc a bhí sí i ndeaghaidh caorach is tháinig ceo uirthi tráthnóna samhraidh. Tógadh léithi is fágadh in aice an tobair í.

An slua a bhuail léi; ba chuimhin léi a bheith ar chúlóg 'dtaobh thiar d'fhear ar chapall.

72. LIOS CHATHAIR COILEÁIN

Bhí dochtúir mná i mBaile 'Lochaigh fadó. Tháinig fear san oíche chuici le capall iallaite agus dúirt sé léi a bheith amuigh. Bhuail sí uirthi a cuid éadaigh agus chuaigh sí in airde ar an gcapall lastiar don mharcach. Bhí sí ag druidim leis an marcach féachaint an bhfaigheadh sí aon ghreim air ach n'fhéadfadh sí é agus b'ait léi é sin. Bhíodar ag imeacht leo i gcónaí agus í ag iarraidh greim a d'fháil air, ach n'fhéadfadh sí é. Chas sé suas an Droichead Bán go dtí áit dárbh ainm Cathair Coileáin. Bhí lios tamall ón áit agus isteach sa lios a thug sé í. B'ait léi cá raibh sé á breith. Chuaigh sé féin isteach roimpi agus lean sí isteach é. Bhí mórán daoine istigh sa lios roimpi ar a raibh sagart agus mná rialta. Nuair a bhí bean an linbh go maith dúirt duine dos na mná rialta le bean Bhaile 'Lochaigh gan aon ghreim bídh d'ithe. Dob fhearr leo go mbaistfí an leanbh ach ná raibh aon mháthair baistí acu. Dúirt bean Bhaile 'Lochaigh go seasódh sí féin leis an leanbh. Bhaisteadar an leanbh agus dúradar le bean Bhaile 'Lochaigh bia d'ithe. Dúirt sí leo ná hitheann sí féin aon ghreim nó go dtéann sí abhaile arís. Bhí lachain breátha istigh agus dúirt sí gur bhreá na lachain iadsan. "An dtabharfá leat abhaile ceann acu?" ar siad léi. "Do thabharfainn," ar sise. Do chuireadar isteach i mbosca ceann dos na lachain chuici mar dhíolfhiach as an méid a bhí déanta aici. Ghaibh an marcach a chapall arís agus thug sé leis abhaile í agus thug sí léi an lacha. Bhuail sí an lacha isteach fé bhosca agus chuaigh sí a chodladh. Nuair a d'éirigh sí ar maidin d'fhéach sí isteach fén mbosca féachaint an raibh an lacha ann ach ní raibh ann ach tor fraígh. Fuair sí aithne ar an marcach a thug isteach 'on lios í tamall ina dhiaidh san. Chonaic sí ag dul isteach é féin agus buachaill i dtigh lá amháin. Níor mhaith léi dul chun cainte leis agus níor chuaigh sí isteach ina dhiaidh in aon chor. Thángadar amach as an dtigh san agus chuadar isteach i dtigh eile. Lean sí isteach sa tigh san iad agus d'fhiafraigh sí dho conas a bhí a mac baistí. "Nach maith a thugais fé ndeara sinn?" ar seisean. "Do chonac sibh ag dul isteach i dtigh agus ag teacht amach arís agus ag teacht isteach anso. Do leanas isteach anso ansan sibh," ar sise. "Ná feic arís sinn nó déanfad caoch tú," ar seisean. Sin é an freagra a thug sé uirthi.

P. Scéalta Ilghnéitheacha

73. BEAN POITÍN DO DHÍOL I GAN FHIOS

Bhí bean ann fadó a bhí ag díol poitín i gan fhios. Bhí garda síochána ag faire uirthi i gconaí ach do chuaigh sé do breith uirthi aon uair. Do haistríodh an garda síochána ó Éirinn sall go Sasana. Fuair sé pas chun teacht go hÉirinn arís i gceann tamaill. Nuair a tháinig sé thar n-ais do bhí bean an phoitín ag déanamh an-thinneas dhó. D'athraigh sé a chuid éadaigh agus ghluais sé féna déin féachaint an bhféadfadh sé aon ghreim d'fháil uirthi. Tháinig sé chuici isteach agus lig sé air gur ar chnoc a bhí sé ar feadh an lae i ndiaidh chaorach. D'fhiafraigh sé di an raibh aon bhraon poitín istigh aici mar go raibh sé traochta. Dúirt sí go raibh. Fuair sé gloine lionn dubh uaithi agus dhíol sé as an ngloine. Nuair a bhí sé tar éis díol as an ngloine dúirt sé gur fada a bhí sé féin ag faire uirthi agus go raibh beirthe sa deireadh aige uirthi. Bhuail sé crúiscín an phoitín ina láimh agus dúirt sé léi bheith amuigh mar go gcaithfidís dul 'on bhearraic. D'imíodar leo go dtí an mbearraic. Nuair a chuadar tamall don mbóthar bhuail gasra fear leo ag obair ar an mbóthar. Dúirt sí leis an ngarda síochána an crúiscín a thabhairt di féin chun ná cífeadh na fearaibh é. Bhuail sí isteach féna clóca é agus d'imíodar thar na fearaibh. Nuair a bhíodar imithe thar na fearaibh do rug sí ar dhá thaobh brollaigh air agus chaith sí í féin ar an mbóthar agus do liúigh sí agus do bhéic sí agus do scread sí. Nuair a chualaigh fearaibh an bhóthair an screadaigh do chaitheadar uathu a n-airm agus do ghluaisíodar chun na mná. Bhí an greim céanna aici air nó go dtáinig fearaibh an bhóthair suas leo. Nuair a thángadar d'fhiafríodar do cad a bhí sé a dhéanamh leis an mbean bhocht. Dúradar go dteastaigh príosún go maith uaidh agus go ndearbhóidís féin air. "An maithfidh sibh dá chéile sara ragham 'on chúirt?" arsa na fearaibh. "Maithfeadsa dhó má thugann sé cúig phunt dom," arsan bhean. "Tá mo dhóthain do chúis agam air agus mara dtabharfaidh sé na chúig phunt dom tá mo dhóthain finnéithe (?) agamsa chun dearbhú air." Do chaith sé na chúig phunt a thabhairt di agus níor fhéach sé siar uirthi as san amach. Do thug sí léi abhaile a crúiscín arís agus níor tháinig an garda síochána as san amach chuici.

74. BEIRT MHAC DO DHAOINE BOCHTA IS A gCLANN MHAC IS INÍON: ÁRTHACH IS A CEARGÓ

Bhí beirt fhear oibre – daoine bochta fé mar a bhídís ag Lord Bhintaraí thall ansan i mBaile an Ghóilín fadó. Bhí beirt mhac acu ag dul ar scoil. Timpeall chomhaos a bheadh an dá gharsún ach bliain a bheith ag duine acu ar an nduine eile. Lá dos na laethanta do labhair athair ceann dos na buachaillí is dúirt sé leis: "Anois," ar seisean, "táimse a' d'iarraidh sibh a bheathú go dtí so agus táimse ag fáil críonna agus is ceart duitse dul ag obair." "Uaill! 'athair," ar seisean, arsan garsún, "teastaíonn uait mise a chur insan obair chéanna go rabhais fhéin ag caitheamh do shaoil ann, ach ní raghadsa ann duit. Tógfaidh mé a mhalairt do chúram orm féin seachas a bheith ag obair insan áit go bhfuileas[1] tusa. Tabhair dom réal amháin mar chostas[2] bóthair. Sin a bhfuil le hiarraidh agam ort agus ní raghaidh mé ag obair thar do cheann." "Níl aon réal agam le tabhairt duit," arsan t-athair. "Is dealbh an réal agat é," arsan mac, "agus a rá ná féadfá réal a thabhairt dom féin." "Pé áit a bhfaighead í geobhairse í," arsan t-athair, "nuair ná fuil á dh'iarraidh agat orm ach réal."

Nuair a chonaic an garsún eile – a phártaí, go raibh a réal fachta aige seo d'imigh sé is do loirg sé réal ar a athair féin go n-imeodh sé lena chois. Do fuair an dá gharsún réal an duine acu ón dá athair. D'imíodar leothu is do loirg an garsún críonna an réal ar an ngarsún óg agus do fuair. D'imíodar leothu isteach 'on bhaile mór agus do bhuail fear boscaodaí ina gcoinne. "Cad 'tá uait ar an mboscaod san?" arsan fear críonna. "Dhá thuistiún."

Cheannaigh sé an boscaod ar dhá thuistiún. Chuaigh sé isteach 'on bhaile mór is do cheannaigh sé luach tuistiúin do bhioráin is do shnáthaidí; bhuail ina bhoscaod iad, d'imigh sé siar chun Baile an Mhuilinn, dhíol sé luach a thuistiúin is do dhein sé tuistiún preifid. Bhuail sé isteach 'on bhaile mór is cheannaigh sé luach a dhá thuistiúin, d'imigh sé soir thar Daingean, dhíol sé luach an dá thuistiúin is do dhein sé dhá thuistiún preifid nó níosa mó, is do bhuail ina bhoscaod iad aríst thar n-ais agus fé mar bheadh sé ag déanamh preifid bhíodh sé ag ceannach a dúbailt. Lean do ar an dtreo san riamh is choíche nó go raibh bliain suas acu agus gan béile bídh ná aon ní le déanamh acu mar gheibhidís béile bídh thall agus abhus ach iad ag bailiú pinginí le chéile nó gur tháinig an Nollaig orthu agus do ghluaiseadar go gcaithfidís an Nollaig age baile. Tháinig an garsún isteach go dtína mháthair, agus d'fhiafraigh sé dhi an bhfágfadh sí síos é. "Dhera! a dhaltha," ar sise, "níl aon trua agam duit, téir suas 'on tigh mór ansan thuas is tóg do lóistín ansan." Sea, d'fhan sé istigh gan buíochas di. "Dhera! cogar," ar seisean, "an n-aithníonn tú mé?" "Ní dh'aithním a dhaltha," ar sise. "Is mór an obair é sin," ar seisean, "ná dh'aithneofá do mhac. Mise do mhac," ar seisean. "Mhuise! Dé beatha-sa." "Cogar," ar seisean, "an bhfuil aon ní agaibh i gcomhair na saoire?" "Níl, a daltha," ar sise, "cad a bheadh againn?" "Dein suas mála dhom," ar seisean, "go raghad 'on bhaile mór is tabharfaidh mé cleataráil bheag éigint i gcomhair na saoire." Dhein sí mála suas is thóg leis a mháthair. D'imigh sé isteach 'on bhaile mór is cheannaigh sé gach aon ní a dh'oir dó, chuir sé ina mhála é. "Seo anois, a mháthair, buail thiar ar do dhrom é." Bhuail sí thiar a mhála uirthi, agus má bhuail, ní fada don tslí a bhí sí nuair a bhí sí á chur ag an mála. "'Bhfuileann tú á thraochadh, a mháthair?" "Táim," ar sise. "Mheasas ná traochfadh an bia go deo sinn." Bhuail sé féin an mála air is do bhí an Nollaig go sásta acu i dteannta a chéile. "Imeoimíd anois," ar seisean, "is tiocfaimid i gceann bliana arís." Thángadar i gceann na hathbhliana agus cheannaíodar asal agus cairt agus bhíodar ag hácaeireacht leothu ar feadh na bliana agus ag déanamh pinginí airgid. Thángadar i gceann na hathbhliana is dheineadar an Nollaig. "Sea, b'fhéidir ná feicfeadh sibh sinn go deo arís," arsan mac, "ach cuimhneoimíd oraibh." D'imíodar leothu agus cheannaíodar capall agus cóiste agus bhíodar ag hácaeireacht riamh is choíche nó gur tháinig am an phósadh acu. "Sea anois," arsan mac críonna leis an mac óg, "táimíd i bhfochair a chéile ó d'fhágamair ár n-aithreacha go dtí so. Táimse chun pósadh an tseachtain

seo chughainn,'' arsan mac críonna,'' agus beidh tusa ag pósadh an tseach-
tain im' dhiaidh agus ní fearrr áit a roinnfimid ár gcuid airgid ná anso.''

Tharraing sé chuige an mhealbhóg amach as an gcóiste, bhain amach aisti
a chuid airgid agus do bhí sé á chomhaireamh ó gach taobh gach aon phingin
riamh is choíche nó go raibh míle punt curtha ar gach taobh aige. "Ní' cheart
domhsa in aon chor,'' arsan fear óg, "oiread airgid a bheith agamsa leatsa
mar is tusa 'dhein an t-airgead agus ní mise agus do bheinnse ag obair ³fén
muraidh³ is fén rann mara mbeadh tusa agus tá rud maith agam is gan oiread
leat a bheith agam.'' "Ní bheidh aon phingin chruiceach eadrainn,'' arsan
fear críonna "anois ach deineadh gach éinne againn dó fhéin as so suas.''

Dheineadar margadh le chéilig íochtar Mumhan ag duine acu agus
uachtar Mumhan ag an nduine eile acu insa tslí ná beidís féin ag lot a chéilig.
Phósadar is dheineadar an margadh san le chéile, duine go híochtar Mumhan
is duine acu go huachtar Mumhan agus i gcionn bliana do rugadh mac
d'fhear uachtar na hÉireann. Tháinig an fear thíos agus do tháinig a bhean
(?) ar an mbaiste agus bhíodar an-mhór le chéilig. I gceann áirithe ina
dhiaidh san do ráinig iníon ag an bhfear thíos agus do chuaigh an fear thuas
ar an mbaiste ní nach ionadh. Do dheineadar margadh le chéile – fear
íochtar na hÉireann is fear uachtar na hÉireann agus do tharraingíodar
coinníll pósta idir an garsún agus an gearrchaile nuair a dh'éireoidís suas iad
do bheith ag a chéilig. Do bhuail an fear thíos na coinníll isteach ina
chomhra agus do dh'fhanadar ansan aige. Ghluais fear uachtar na hÉireann
is do tháinig sé abhaile, é fhéin is a bhean agus ní fada ina dhiaidh san do
cailleadh é agus má cailleadh, do cailleadh an bhean ina dhiaidh i gceann
áirithe, agus do luigh an mac chun lófaireacht agus chun drochchuileachtan
is chun drochchaitheamh a thabhairt dá shaibhreas is dá chuid airgid i slí is
nár fhan leath-phingine aige. Chaith sé a raibh aige agus do bhí sé ansan fuar
dealbh agus d'imigh sé agus cá gcasfaí é ná thíos in íochtar na hÉireann insan
áit go raibh an piarda mór. Chuaigh (?) an duine uasal go dtí an búistéir agus
d'ordaigh sé ceathrú mhairt a thabhairt chuige. D'imigh mo bhuachaill is do
thug sé an cheathrú mhairt go tigh an duine uasail. Bhuail sé ar a ghualainn
an cheathrú mhairt is d'imigh sé isteach. Bhí iníon an duine uasail istigh sa
siopa is chonaic sí ag gabháilt isteach an buachaill. "Ná gaibh amach i gan
fhios dom,'' ar sise. "Ní gheobhaidh mé,'' ar seisean. Nuair a ghaibh sé
amach do labhradar le chéile. "Seo anois duit,'' ar sise, "fiacha chulaith
éadaigh duit a bhéarfaidh go dtí an tAifreann thú.'' Do thug sí dhó fiacha
chulaith bhreá éadaigh Dé Domhnaigh is bhí sé ina strapaire breá. Má bhí,
i gceann seachtaine ina dhiaidh san aríst do cuireadh an buachaill leis an
gceathrú mhairt. "Ná gaibh amach i gan fhios dom,'' ar sise, arsan cailín a
bhí sa tsiopa. "Ní gheobhad.''

Labhradar le chéilig. "Sea anois, a bhuachaill, tabharfaidh mé árthach
féna ceargó dhuit, imeacht agus í 'dhíol agus a [mhalairt] do cheargó a
cheannach.'' "Táim sásta leis,'' ar seisean.

Fuair sé suas a árthach agus a ceargó, bhí trí nó ceathair d'árthaibh insa
chuan lena hathair insan am san, bhí sé ina fhear chomh láidir san. Bhí cap-
taen is mairnéalaigh aige agus nuair a chuaigh sé go dtí an Tíoracht⁴ chonaic
sé giorria beag ag dul isteach 'on árthach. Ní dhein sé aon nath don ngiorria.
Chomáin leis agus ag cur na farraige siar dó, bhuail oileáinín leis thiar sa

bhfarraige. "Caith suas an t-árthach," ar seisean "caithfidh mé dul i dtír anso." "Ná téir i dtír san áit san," a dúirt an captaen, "ach dein do chúram is ná bac an áit san." "Ó! caithfidh mé dul i dtír anso." Chuaigh sé i dtír. Do bhuail bean mheánaosta is bean óg leis t'réis dul i dtír. "Cad air a bhfaighidh mé an bhean óg go maidin?" "Ar t'árthach is a bhfuil inti." "An-mhargadh," ar seisean. Chuaigh sé leothu is cuireadh chun codlata iad agus fuair sé deoch ón seanmhnaoi agus d'ól agus do dhein meig chodalta dhó is níor bhraith sé aon ní go maidin agus nuair a d'éirigh sé ar maidin bhuail sí bas lena thóin. "Bí amuigh," ar sí sin. Ba sheo amach é is gan leath dos na balcaisí air is d'imigh sé go mullach an chnoic is do ghaibh árthach aniar is do dhein sé comharthaí di is tógadh suas é ar bord is tugadh abhaile aríst thar n-ais é is do bhain sé amach an búistéir agus má bhain, do tháinig an duine uasal is d'ordaigh sé ceathrú mhairt go dtína thigh. "Bí amuigh a bhuachaill, is tabhair leat ceathrú mhairt go dtína thigh." D'imigh mo bhuachaill is do thug sé an cheathrú mhairt go dtí an tigh. Bhí an cailín óg sa siopa agus is dianmhaith do dh'aithin. "Ná gaibh amach i gan fhios dom," ar sise. "Ní gheobhad," ar seisean. Nuair a ghaibh sé amach: "Dhera! cad é an mí-ádh a thug anso thar n-ais thú?" ar sise, "nó cad a d'éirigh duit?" "Do raiceáladh m'árthach," ar seisean. "Ó! an mar sin a d'imigh ort?" "Sea anois," ar sise, "tabharfaidh mé árthach eile dhuit agus a ceargó agus téir is ceannaigh a malairt." "Táim sásta leis," arsan buachaill. D'imigh sé chun farraige is a chaptaen is a chriú aige is nuair a bhuail an t-oileán so leis do chuaigh isteach san áit chéanna is do chuaigh sé suas go dtí an tigh mór. "Cad air a bhfaighead an bhean óg go lá?" [a] dúirt sé leis an seanbhean. "Ar t'árthach is a ceargó." "Tá ina mhargadh," ar seisean.

Fuair sé bia is deoch is cuireadh chun codlata é le cois an chailín óg agus má cuireadh fuair sé deoch mhearbhaill agus thit a chodladh air is d'fhan ina mheig go dtí gur oscail sí an doras ar maidin agus bhuail sí bas lena thóin agus dúirt sí leis a bheith amuigh. D'imigh sé agus do chuaigh sé ar mhullach an chnoic agus do ghaibh árthach aniar agus thóg sí é is do thug sí isteach go dtí an cuan aríst é. Chuaigh sé go dtí an búistéir agus tháinig an duine uasal i gceann seachtaine ina dhiaidh sin. D'ordaigh ceathrú mhairt a chur chuige. D'ordaigh an búistéir don bhuachaill 'bheith amuigh agus an cheathrú mhairt a thabhairt chuige. D'éirigh an buachaill agus culaith an árthaigh air agus d'ardaigh sé leis an cheathrú mhairt ar a ghualainn agus an neomat Éireann a ghaibh sé isteach do chonaic an cailín é. "Tá go maith," ar sise, "ná gaibh amach i gan fhios dom," ar sise. Sea, do chrom ar eachtraí di ar cad a dh'éirigh dó. "N'fheadar," ar sise, "cad é an scéal agat é, ach ó chuireas aon lámh ionat, tabharfaidh mé seans eile duit, agus is mór an obair anois," ar sise, "trí cinn d'árthaí féna gceargó a bheith tugtha agamsa dhuit," ar sise, "dá mbeadh a fhios ag m'athair é," ar sise. "Is mór an briseadh air é. Agus anois," ar sise, "seo fáinne dhuit," ar sise, "agus beir leat é," ar sise, "agus mara mbeir anso chughamsa," ar sise, "i gceann lá is bliain ní bheadsa romhat," ar sise, "ní bhead." Thug sí dhó an fáinne. Bhuail sé chuige ina phóca é. D'imigh agus níor stad gur chuaigh 'on áit chéanna agus do stad is do thug ordú don gcaptaen in t-árthach a chaitheamh suas go raghadh sé i dtír. Bhuail duine aosta isteach 'on dtráigh leis. "Dhera! a fhir mhaith," arsan duine aosta leis, "tá dhá thuras tugtha

anso cheana agat agus níl aon lámh déanta agat,'' arsan duine aosta. "Níl,''
ar seisean.

"Uaill! anois,'' arsan duine aosta, ar seisean "an chuimhin leat an chéad
lá a chuamair ar bhoidg?'' ar seisean. "Is cuimhin,'' ar seisean, arsan
buachaill. "Do chuaigh giorria beag isteach i d'árthach.'' "Do chonac é,''
arsan buachaill, "is níor dheineas aon nath dhó.'' "Níor dheinis. Mise an
fear céanna,'' arsan duine aosta. "Anois,'' ar seisean, "tá dhá árthach leat
aici seo,'' ar seisean, "agus nuair a bheidh margadh déanta agus sibh ag dul
a chodladh tabharfaidh sí deoch mhearbhaill anocht duit agus scaoil síos id'
bhrollach an deoch mhearbhaill agus feicimíd cad a bheidh déanta agat.''

Is mar sin a bhí, chuaigh sé suas is dhein sé margadh leis an mnaoi thuas
ar árthach is a raibh inti ar an mnaoi óg go lá. Bhí ina mhargadh, fuair sé
bia is deoch. Cuireadh 'un codlata iad is fuair sé an deoch agus scaoil sé síos
ina bhrollach í, agus nuair a d'éirigh an bhean aosta ar maidin bhí barróg
ag an mbeirt ar a chéilig insa leabaidh. "Sea,'' ar sise, "ní fearr 'on domhan
é. Tá saibhreas againn go deo,'' ar sise, "ár ndóthain agus ní fearr 'on
domhan é,'' ar sise, "ná an scéal seo. Déanfaidh an áit seo an gnó dúinn is
beidh ár ndóthain go deo againn.'' "Á!'' ar seisean, "ní haon nath an áit seo
seachas an áit a dh'fhágas. Is breátha go mór an áit a dh'fhágas ná an áit
ina bhfuilimíd ann.'' "Pé ní is maith leat,'' ar sise "beidh sé déanta.'' Bailíodh
isteach 'on árthach na trí cinn d'árthaí a raibh do cheargó agus do shaibhreas
déanta acu roimhe seo istigh ann, cé gur mór é. Bhailimh sé isteach 'on
árthach é is do dhein sé urlár clárach ón gcé go dtí an t-árthach agus do
bhíodar ag bailiú isteach iontu. "Sea anois,'' ar seisean, nuair a bhí ga' haon
ní bailithe suas acu, "féadfaidh sibhse araon teacht isteach insan árthach
anois ar deireadh thiar,'' ar seisean. Mar sin a bhí.

Dh'fhanadar araon ina seasamh ar an gcé go dtí go raibh ga' haon ní
déanta acu is na crainn tógtha in airde chun seoladh. Thug sé warnáil dóibh
'bheith istigh anois; do sheol an t-árthach agus d'imigh na cláracha is thit an
bheirt bhan síos is cailleadh insan abhainn thíos. Do sheol leis is do dhíol
a cheargó cé gur mór é trí cinn d'árthaí agus do cheannaigh a mhalairt do
cheargó agus do thug bliain amuigh ag glanadh a ghnóthaí. Do ghluais sé
agus do bhí an bhliain suas ach aon lá amháin. Do ghaibh sé ansan aniar
agus thug sé ordú é 'chur i dtír thiar i mBaile Móir. Dúirt an captaen leis
go raibh sé chomh maith aige dul go dtí an cé. "Ní raghad,'' ar seisean.
Chuaigh sé isteach i dtír. "Téir go dtí an cé agus bí ag díol do chuid earraí
leis ga' héinne a cheannóidh.''

Chuaigh sé ansan suas agus do bhuail joultaeir Bhaile an Mhuilinn leis
agus d'iarr ar an joultaeir é 'chur thar abhainn. "Dhera! gan tú 'ligint dom,''
arsan joultaeir, "chun bheith ag leagadh mo chairt éisc duit.'' "Geobhair
leathshabhrn,'' ar seisean. "Om baiste is maith an rud é,'' arsan joultaeir, "is
deacair leathshabhrn a dhéanamh.''

Leag sé a thaoscán is do thug sé thar abhainn é. Ba sheo ó thuaidh é. Bhí
a fhios aige fhéin cá ngeobhadh sé riamh is choíche nó gur bhain sé amach
an tigh mór go raibh sé ann, agus bhí pósadh le bheith ann an oíche san. San
oíche do phóstaí na daoine san am san. Shuigh sé istigh ar chnocán móna
insa chistin, agus mórán daoine bochta agus mórán do dhaoine saibhre insa
tigh mór sin ansan, oíche an phósta. Do ghaibh cócaire an bóthar agus í

a' tindeáil ar na daoine bochta is ar na trampanna a bhí insa chistin agus do
ghaibh sí chuige seo a bhí ina shuí ar an gcnocán móna, é lán d'fheasóig agus
do shalachar agus do *sh*eanbhalcaisí a bhí tollta stracaithe agus do chean-
naigh sé d*h*á chathaoir óir agus d*h*á chulaith aimiréil farraige ar theacht dó.
Bhíodar ar bord an árthaigh aige. "Sea anois," ar sé. Thug an cócaire
cnáimhín éigint chuige, is do bhuail lámh ina phóca is do thug leathshabhrn
di. Om briathar má bhuail gur mhór an ní leathshabhrn nach fada aríst gur
tháinig sí ag triall ar mo bhuachaill agus síntiús ab fhearr ná san aici, agus
do shín leathshabhrn eile chuici. Ba mhór é, agus ní fada aríst gur tháinig
sí agus an tríú síntiús aici, ab fhearr ná aon chuid acu. Chuir lámh ina phóca,
thug leathshabhrn eile di. "A chailín maith," ar seisean, "ní foláir nó go
bhfuil údarás an tí agat anocht." "Tá," ar sise, "údarás an tí agam." "Imigh
anois," ar seisean, "agus díolfadsa go maith thú agus tabhair leat," ar sei-
sean, "an choirn óir atá ag an [g]cailín óg is an baitsiléar." D'imigh sí agus
bhuail sí lámh 'on choirn óir agus thug sí chuige í agus bhuail an choirn ar
a cheann agus d'ól deoch as an gcoirn. Scaoil sé an fáinne síos insa choirn.
"Imigh leat anois a chailín," a dúirt sé, "is cuir an choirn seo ar an mbord
aríst, agus abair leis an gcailín óg go ndúirt an tramp a bhí insa chistin léithi
a shláinte dh'ól." D'imigh an cailín is bhuail sí an choirn ar an mbord.
"Dúirt an tramp leat," a dúirt sí, "atá insa chistin, a shláinte dh'ól nuair a
dúirt sé liomsa an choirn a thabhairt chuige." Bhuail an cailín óg an choirn
ar a ceann is chonaic sí an fáinne thíos insa choirn. Chuir síos a lámh is thóg
é is d'aithin go maith. "Tánn tú ansan," ar sise. "Ca'il an fear úd?" ar sise,
"go ndúirt sé liomsa a shláinte dh'ól," leis an seirbhíseach. "Tá sé anso
thíos," ar sise. "Abair leis teacht anso chughamsa," ar sise. Do ghluais an
cailín, tháinig sí ag triall air. "Dúirt mo mháistreás leat," ar sise, "dul go dtí
an tseomra chuici." D'imigh sé le cois an chailín agus chuaigh sé go dtí an
tseomra. "Sea anois," ar sise, "is tusa m'fhear pósta," ar sise. "is tusa
'phósfaidh mé," ar sise "agus ní hé an fear so, imíodh sé leis agus téadh sé
abhaile is ná tagadh sé níosa mó." Tháinig straidhn ar an athair agus néal
agus olc air, a leithéid san do mhothallóg feasógach agus do chiaróg tollta
stracaithe agus an piarda mór curtha abhaile aici. Chuaigh sí 'on chomhra
is d'imigh sí agus thug sí léithi a raibh do bhillí insan chomhra. Shín sí chun
an tsagairt iad. "Léigh iad san dom," ar sise leis an sagart. "Féach cad 'tá
iontu." Do léigh an sagart iad agus chonaic sé gurb iad na coinníll chearta
iad a bhí scríte idir í sin agus an buachaill san, lá go mbeidís oiriúnach chun
pósadh. D'fhéach sé ar an athair. "Ná fuil cionníll anso," a dúirt sé "idir
t'iníon agus an fear so" a dúirt sé, "lá a bheidís oiriúnach chun pósta, iad
a bheith ag a chéile, sin é an *ch*iall," a dúirt sé, "go raibh sí ag cur suas don
scéal san agus ní haon chabhair duitse a bheith a' d'iarraidh iad a chur bun
os cionn."

Pósadh gan bhuíochas dó iad agus d'imigh mo bhuachaill agus a bhean,
d'ardaigh leis í, chuadar ar bord árthaigh, do bhí cathaoir óir ansan fúithi
agus cathaoir óir aige féin, an cé lán do dhaoine ag ceannach uaidh agus do
ghaibh an piarda mór i gceann seachtaine ag ceannach go dtí an árthach. Bhí
culaith an aimiréil farraige ar ga' héinne acu, ar an [bh]fear is uirthi féin. Bhí
sé ag siúl (an piarda) agus is gearrr gur chuaigh sé isteach go dtí an duine
uasal ag ceannach pé ní a dh'oir dó. "Ní bhfaighirse aon ní anso," arsa fear

an árthaigh. "Cad ina thaobh ná faighimse é?" ar seisean, "chomh maith le duine nuair atáim ábalta ar dhíol as." "Ní bhfaighir," ar seisean, "mar ná fuileann tú i gcumas díol as," ar seisean.

75. AN BRUICEALLACH

Bhí fear in Éirinn fadó agus má bhí, bhí sé ina fhear chruaidh láidir, agus má bhí, bhí sé ina robálaí agus do bhí sentence tugaithe air dá mbéarfaí air, agus reward fógartha air don té 'thabharfadh suas é. D'imigh sé nuair a bhí an reward fógartha air agus do thóg sé seantán cnoic agus do bhí claí mór ansan aige lasmuigh i slí is ná raibh neart ag éinne dul thairis sin isteach ach fear a bheadh marbh aige, agus ní raibh aon dul ag éinne ansan a bheith ag dul i gcóngar an chnoic ag an mBruiceallach ar eagla go maródh sé é – é ar a theitheadh.

Do chuaigh duine uasal ó Éirinn go Sasana agus má chuaigh bhí rásanna móra thall i Sasana; bhí capall áirithe ann do thóg an rás an-neamhspleách, é 'bhreis ar aon chapall dá raibh ann, agus bhí duine uasal na hÉireann ag féachaint orthu agus duine uasal ó Shasana – muintir Shasana. "A' bhfacaís aon chapall in Éirinn," a dúirt duine uasal Shasana, "a rithfeadh leis an gcapall san?" Níor thug fear na hÉireann aon tor air. "An bhfacaís aon chapall in Éirinn a rithfeadh leis an gcapall san?" Níor thug fear na hÉireann aon tor air. D'iarr sé an tríú huair air é. Do tháinig drochmhianach agus olc ar fhear na hÉireann. "Do chonac fear in Éirinn a rithfeadh led' chapall ráis," arsa fear na hÉireann, ar seisean. Ba mhór an tslur é. "An gcuirfeá aon gheall síos," arsa fear Shasana, "go rithfeadh fear ó Éirinn lem' chapall ráis?" "Do chuirfinn mo stát síos leat," arsa fear na hÉireann.

Do buaileadh an dá stát i gcoinne 'chéile. Do ghluais duine uasal na hÉireann is do tháinig sé abhaile go hÉirinn is do luigh sé breoite tinn ar a leabaidh, a stát thíos aige is gan aon tsúil go bhfuasclódh sé é. "Cad 'tá ort," arsan buachaill a bhí ag fear na hÉireann, "fé ndear duit a bheith breoite?"

"Is mór an rud orm," arsa fear na hÉireann, "agus ní haon mhaith dhom a bheith á dh'insint duitse ná d'éinne eile." "Á! mara neosfair do scéal," arsan buachaill, ar sean, "ní féidir tú 'leigheas. Caithfir do scéala a insint." "A leithéid seo," ar seisean, "a thit amach orm i Sasana," ar seisean, "do chuireas mo stát síos le duine uasal Sasanach go raibh fear in Éirinn a rithfeadh lena chapall ráis." "Á! croth suas tú féin," arsan buachaill, "agus ná bíodh aon cheist ort. Tabharfadsa litir scríte féd' láimh nach baol don bhfear san agus tabharfaimíd suas do chuid scríbhneoireachta dó ach an litir a thabhairt dom nach baol dó." Do fuair sé an litir agus do chuaigh sé is do thug sé leis í is maide maith fada aige. Chuaigh sé [go] dtí an chlaí. Bhí teora ann is do bhuail sé an litir i mullach na slaite agus do shín in airde í agus do fuair an Bruiceallach í is do léigh is dúirt sé – "raghad led' chois, tá mo phardún scríte anso agam."

Ghluais sé is tháinig sé go dtí an duine uasal. "Sea anois," ar seisean, "beidh cúrsa breá fada ráis againn," ar seisean, "le chéilig," ar seisean, "agus anois," ar seisean, "brathfadsa go maith an capall insa chúrsa ráis dúinn," ar seisean, "agus má bhraithim," ar seisean, "fanfaidh mé siar ag deireadh an chapaill nuair a bheidh an capall braite agam agus crothfaidh mé haincisiúr dearg mór-dtimpeall mo chinn trí huaire," ar seisean. "Dúbail an geall ansan," ar seisean, "chomh maith is d'fhéadfair é. Beidh an rás agamsa," ar seisean, "ar an gcapall ráis." Sea, is mar sin a bhí. Buaileadh síos cúrsa ráis dóibh, agus cúrsa mór fada trom. Ba sheo le chéile iad cois ar chois. Tugadh spuir don capall is bhí an Bruiceallach ag coimeád suas leis. Bhí an marcach ag baint as. "Bain as an gcapall," arsan Bruiceallach, ar seisean. Bhí an marcach ag baint as. Bhíodar ag leanúint ar a chéilig. "Bain as an gcapall," arsan Bruiceallach. "Tá a bhfuil sa chapall bainte aisti," arsan marcach, ar seisean, "is níl a thuilleadh inti." "Ná fuil," arsan Bruiceallach. "Níl," ar seisean. Do dh'fhan sé ansan siar agus má dh'fhan do bhí an capall roimis amach. "Tá sé béiteáltha," arsa muintir Shasana. "Tá sé ag fanacht siar." Do chroith sé a haincisiúr dearg trí huaire mór-dtimpeall a chinn. "Cuirfidh mé na mílthe geall leat," arsa fear na hÉireann, "go dtógfaidh sé an rás ar do chapall."

Buaileadh síos na gealltha agus na mílte le chéilig agus nuair a bhí na gealltha thíos agus iad ag déanamh isteach ar na bpolla thug an Bruiceallach aon gheábh amháin agus d'imigh sé thairis an gcapall ráis amach agus do thóg sé an geall agus thóg sé na mílte punt ina theannta san.

Bhí sé ag rith babhta agus bhí an tóir ina dhiaidh an t-am go léir chun breith air – capaill is mar bhíodar agus do rith sé trí chontae agus do léim sé Abha na Mainge cóngarach do Chaisleán na Mainge is do bhí cailín ag níochán dtaobh thall d'abhainn agus do thóg sí a ceann nuair a léim an fear. "Mhuise! mo ghrá do léim, a dhuine," ar sise. "Ní dhéanfá aon iontas don léim, a bhean," ar seisean, "dá bhfeicfeá an rith a thugas fúithi."

Bhí trí chontae rite an uair úd aige. Nuair a cailleadh ansan é do hosclaíodh air agus do bhí oiread sciathán colúir dos ga' haon sciathán ar a chroí. Sin é an chúis go raibh an rith agus an léim aige.

76. AN BULLAÍ AGUS AN GABHA

Bullaí ab ea é seo is ní raibh aon fhear chun bualadh leis a dhéanfadh aicsean leis. Chuala sé go raibh gabha ina leithéid seo d'áit is ná raibh aon teora leis chun aicsin. Dúirt sé leis féin go mbainfeadh sé triail as.

Bhuail sé chuige a chapall is iallait is do chuaigh sé ag marcaíocht air is do bhí sé ag imeacht riamh is choíche go dtáinig sé go dtí an cheártain. Tharraing sé a chapall go béal dorais na ceártan is dúirt sé leis an ngabha spré[1] thine do thabhairt amach chuige go ndeargódh sé a phíp. D'imigh an gabha isteach is do bhuail sé spré[1] dhearg anuas ar ghob na hinneonach is do rug sé ansan ar chúl na hinneonach i láimh leis do shín sé in airde í d'fhear an chapaill is an spré dhearg in airde uirthi. Ba mhaith an mhaise san d'fhear an chapaill, d'ísligh sé síos is do rug ar an inneoin is do dhearg a phíp is do shín anuas arís í. Do tháinig sé anuas ansan dá chapall is dúirt sé leis an ngabha gur theastaigh set iarainn óna chapall. D'fháisc an gabha chucu is ba ghearr an mhoill air iad do dhéanamh. Nuair a bhíodar déanta ansan ar a thoil aige agus iad fuar, bhí sé chun iad do thiomáint. "T'rum iadsan," arsan bullaí, ar seisean "go bhféachfaidh mé orthu."

Do shín an gabha chuige iad is do bhuail an bullaí na ceithre cinn do chruite le chéile is do rug ansan ar gach taobh orthu lena dhá láimh is do chas sé iad is do bhris is do chaith ar an dtalamh iad.

"Iarann lofa atá agat á thabhairt dom," ar seisean leis an ngabha, "ach díolfaidh mé thú astu t'réis an tsaoil," ar seisean. Do chuir sé a láimh ina phóca is do tharraing sé aníos píosaí réil is leathréalacha fé mar 'bhí is do shín sé chun an ghabha iad. Do thóg an gabha na píosaí is do chuir sé le chéile iad is do rug ansan lena mhéireanna orthu do bhris sé ina smuit bheaga iad is do chaith uaidh iad ar fud na ceártan. "Más iarann lofa a thugas duit," ar seisean leis na mbullaí, "is airgead lofa a thugais dom," ar seisean.

D'imigh an bullaí is do chas sé abhaile is dúirt sé ná fuil aon fhear ná go mbuailfeadh a mhatch leis.

77. CUCÓL, LANÚIN PHÓSTA IS CAPTAEN ÁRTHAIGH

Do bhí buachaill is cailín pósta agus do bhí siopa maith láidir acu istigh insa bhaile mór, agus do chuaigh an buachaill go dtí árthach a bhí ar an gcé ag ceannach rudaí a dh'oir dó. Má chuaigh do thiteadar, do thit sé féin is an captaen amach le chéile insa tslí gur thugadar drochchaint dá chéilig agus do bhaist captaen an árthaigh "cucól" ar an mbuachaill. "Conas a bhféadfá an ainm sin a bhaisteadh ormsa?" ar seisean, arsan buachaill, "nó cad é an chiall gur dheinis é?" "Mara mbeadh gur fhéadas nuair a thugas ort é," ar seisean, "ní thabharfainn ort é mara mbeadh go bhféadfainn é 'dhéanamh amach." "Cuirfidh mé síos mo shiopa i gcoinne t'árthaigh," arsan buachaill, "ná féadfair é 'bhaisteadh orm. Tabharfaidh mé trí lá duit féachaint 'bhféadfá é 'dhéanamh. Eh! an comhartha cille agus an fáinne óir atá ag mo mhnaoi-se a thabhairt leat," ar seisean, "sara bhféadfá 'cucól' a bhaisteadh orm."

D'imigh an captaen is do dh'fhan an buachaill ar bord an árthaigh agus do tháinig sé go dtí an siopa. Thug sé leis strop breá agus thug sé don chailín an strop. "Nach breá an strop í sin," ar seisean, leis an gcailín. "Is breá," arsan cailín. "Gheobhair an strop san," ar seisean, "ar bheagán aimsire déileáil a bheith againn le chéilig."

Dhea! d'éirigh ar an gcailín agus dúirt sí leis an taobh amuigh a bheith aige is gan teacht ina goire. D'imigh sé. B'éigean dó. Agus má dh'imigh tháinig sé amáireach aríst agus seoid níosa bhreátha ná san aige. Shín sé chuici é. "Nach breá an tseoid í sin," ar seisean. "Is breá," ar sí sin. "Gheobhair í sin," ar seisean, "ar bheagáinín caitheamh aimsire a bheith againn le chéile." D'éirigh uirthi agus dúirt sí leis an tigh a dh'fhágaint go tapaidh. Is mar sin a bhí agus gan é rómhór istigh leis fhéinig, agus tháinig an tríú lá agus cros níosa bhreátha ná san aige, agus má tháinig, do shín chuici í. "Ar bheagáinín caitheamh aimsire," ar seisean, "do gheobhaidh tú an tseoid san."

Á! is measa ná san a bhí sí chuige agus an tríú lá dúirt sí leis gan teacht ina goire go deo aríst an fhaid a mhairfeadh sé. D'imigh sé agus chrom sé ar lógóireacht is ar ghol. Do bhí banaltra aici, thóg suas í is í ina leanbh. Chuala an bhanaltra é is é ag gol. "Cad 'tá ort?" arsan bhanaltra. "A leithéid seo," ar seisean, "atá titithe amach orm agus ní cás do siúd geall a chur liom," ar seisean, "is aige atá an bhean is dingeabháltha, diongbhála oiriúnach. Tá m'árthach imithe uaim," ar seisean, "do dheascaibh mo chuid cainte féinig," ar seisean, "agus ní cás dó siúd geall a chur liom agus bhuaigh sé uaim m'árthach." "Do phósfainnse thú," arsan bhanaltra "agus dá bpósfása mé do dhéanfainn maitheas duit." "Do phósfainnse dá ndéanfá go tapaidh é," ar seisean. Uaill! ansan do dheineadar margadh le chéilig ar iad féin a phósadh le chéile ach an scéal a insint dó. Thug sí léithi an fáinne óir a bhí ag an gcailín. Ní raibh a bhac uirthi agus an comhartha cille do bhí uirthi. 'Sé an áit go raibh sé ar a ceathrú deas an-ghairid dá bléin.

D'imigh sé nuair a fuair sé an fáinne óir agus do bhí ga' haon léim aige ag déanamh ar an árthach agus an fáinne óir ar a bhais aige. "Féach anois," ar seisean, "fáinne óir do mhná agus dhá chomhartha," ar seisean, "'sé áit go bhfuil an comhartha cille ar a ceathrú deas an-ghairid dá bléin."

D'imigh an buachaill do bhord an árthaigh agus níor fhan meabhair ná ciall aige. D'imigh sé as an réasún. Dhírigh sé ar an dtigh agus do bhí seirbhíseach amuigh roimis. "Imigh isteach," ar seisean "agus tabhair chugham amach croí agus ae an mháistreás." D'imigh an buachaill isteach agus do liúigh sé ar a mháistréas istigh go raibh a fear imithe as a mheabhair agus a croí agus ae a bhreith amach chuige. "Ó! Dia linn," arsan bhean, "tá an scéal go hait," ar sise "agus b'fhuirist aithint dom fhéin sin[1] ar an tslí a bhí captaen an árthaigh ag teacht anso le trí lá." Do ghaibh an cat suas do dhruim na háite agus do lámhaigh sí an cat d'aon iarracht amháin agus do bhí sórt scian[2] aici agus do scaoil air go tapaidh leis an scian agus do thóg amach a chroí agus 'ae. "Imigh," ar sise, "is tabhair iad so chuige," ar sise.

D'imigh sé agus d'ardaigh sé amach croí agus ae an chait ar a bhais agus do shín chuige iad agus do bhuail siar ina bhéal iad. D'imigh sa tsiúl agus d'imigh sé féin insa bhfiantas is fés na coillte. D'imigh an cailín; ní raibh neart aici air mar tháinig an captaen uirthi. B'éigean di bailiú léi. D'imigh sí agus bhuail sí uirthi culaith buachalla. D'imigh sí sa tsiúl agus do chuaigh an fear insa bhfiántas fés na cnoic agus do bhí ag rith leothu mar sin ar feadh áirithe mhór aimsire agus nuair a bhí an áirithe caite ag an bhfear chuaigh sé chun lonnú i gcom chnoic is bhuail sé fé ann agus bhíodh daoine ag imeacht gach aon lá timpeall air agus chídís é agus tháinig sé chun cainte leo agus chun tíorachais. Insa deireadh nuair a bhí railroad, bóthar, á dhéanamh agus do ghaibh an fear, do ghaibh sé insan áit go raibh na buachaillí ag obair agus do tháinig sí seo mar stíobhard ar an mbóthar agus bhí na daoine féna lámh is í ina stíobhard. Bhí sí foghlamtha, agus má bhí do bhíodh an buachaill ag imeacht chun cnoic gach aon lá agus do bhíodh sí ag fiafrú díobh mar gheall ar an bhfear fiáin a bhí ar an gcnoc agus iad ag insint di go raibh sé ansan. Cuireadh scéal chuige lá ar an gcnoc agus bia gach aon lá, agus dúirt sí leothu: "ná cuiríg aon chur isteach air ná silence agus ná téíg ag triall air ach fágaíg an bia tamall uaidh agus nuair a raghaidh sibh amáireach ann," ar sí, "beidh 'fhios agaibh an bhfuil an bia imithe." D'fhágadar an bia fé mar a dúirt sí agus om baiste má dh'fágadar do bhí an bia ite lá 'rna mháireach.

Bhíodh an bia á chur ar an dtortóig ga' haon lá is tagadh sé is d'itheadh sé an bia. Sa deireadh thagadh sé féna mbráid mar bhíodh dúil sa bhia aige agus gá aige leis is théadh sé chun cainte leis na fearaibh is do bhí a mheabhair ag teacht dó i ndiaidh a chéile. Dúirt sí, an stíobhard, é 'mhealladh leothu chun teacht ina dteannta is do tháinig insa deireadh. Fuair sé obair ansan ar an mbóthar ach ní bhíodh aon obair air ach seasamh ina measc. Bhíodh an stíobhard gach lá ag caint leis is ag fiafrú dhó cad a d'éirigh dó. Do inis sé a chúrsa di is dúirt sé gurb é an rud is mó a bhí ag cur trioblóide air ná [a bhean] a bheith curtha chun báis mar gheall air. Sea, nuair a bhí an bóthar déanta thug an stíobhard léithi é is níor lig sí faic uirthi – éadach fir i gcónaí uirthi. Do thóg sí tigh ansan in aice an bhaile mhóir fé mar 'thógfadh sí ansan ag Baile an Mhuilinn is an baile mór in aice dhó fé mar 'bheadh an Daingean. Níorbh aon tigh mór é. Sea, do théadh sí ag ceannach earraí insan siopa mar a raibh an captaen árthaigh pósta ag an mbanaltra – steor mór acusan is iad an-láidir. I gceann tamaill bhí sí féin is an captaen is a bhean an-mhór le chéile toisc na déileála. Ní raibh aon chuntas dá mhair ag an bhfear bocht a chuaigh as a mheabhair gurb í a bhean féin a bhí insa tigh ina theannta cé go ndeireadh sé uaireanta go raibh ³an-dhealramh³ aici ina méireanta⁴ le méireanta a mhná féin. Bhí an stíobhard mná so chomh mór san ag an gcaptaen is ag a mhnaoi gur thug sí cuireadh dinnéir dóibh. Thug sí léithi atúrnae agus chuir sí é féin is a fear féin i seomra is dúirt sí leis an atúrnae gach focal a déarfaí do scríobh síos is dúirt sí lena fear cluas maith a bheith air agus éisteacht le gach focal dá ndéarfaí. Sea, tháinig an captaen is a bhean is bhí dinnéar maith acu is do tharraing sí amach an buidéal is do theann sí an deoch go maith i slí is go raibh an captaen bog go maith. "Mhuise!" ar sí leo, "conas a neartaíobhair chomh maith san insan siopa? Níl a leithéid do steor sa bhaile mór." "Sea, mhuis!" arsan captaen, bíodh buíochas sin ar an mbean so." Do thosnaigh sé ag insint di. "Bhí árthach agam cois an ché," ar seisean, "is tháinig an fear gur leis an siopa sin is bhí sé ag ceannach earraí uaim. Thiteamair amach le chéile is ligeamair ag scamhlaeireacht is do bhaisteas 'cucól' air. 'N'fhéadfá an ainm san a thabhairt orm,' arsa fear an tsiopa, 'is cuirfead mo thigh is mo steor is mo shiopa i gcoinnibh t'árthach is tabharfaidh mé trí lá dhuit chun é 'phromháil. Tabhair chugham an fáinne óir atá ag mo mhnaoi-se agus cuntas ca'il comhartha cille uirthi'."

Bhí an t-atúrnae ag éisteacht agus ag scríobh thíos insa tseomra, gach focal dá ndúirt sé. "Bhí teipithe glan orm agus an tríú lá bhíos ag imeacht is mé ag gol go raibh m'árthach caillte agam nuair a ghlaoigh sí seo orm. 'Cad 'tá ort?' ar sí. 'Tá,' arsa mise, 'go bhfuil m'árthach caillte agam mar gheall ar gheall a chuireas le fear a' tí seo. Tá sé insan árthach is a bhfuil inti anois is beadsa beo bocht.' D'insíos di an cúrsa. 'Dá bpósfá mé,' ar sí, 'do dhéanfainn an cheist san a réiteach duit.' 'Do phósfainn,' arsa mise. Do thug sí chugham an fáinne óir is do inis sí dhom cá raibh an comhartha cille – ar an gceathrúin deas an-ghairid dá bléin. D'imíos is ga' haon liú agam is do bhí sé siúd ag feitheamh liom san árthach. Bí an fáinne óir ar mo bhais agam is d'insíos dó cá raibh an comhartha cille. Dhera! do lig sé béic as is d'imigh sé mar 'bheadh fear as a mheabhair is níor chuala aon thuairisc ó shin air fhéin ná ar a bhean. N'fheadar an maireann siad. Tá roinnt blianta ó shin ann anois." "An aithneofá anois an bhean?" ar sí ag glaoch ar an atúrnae aníos as an seomra san am gcéanna. "Is mise an bhean agus is é seo m'fhear," ar sí lena fear féinig. "'Bhfuil gach focal do sin scríte agat?" ar sí leis an atúr- nae. "Tá," ar seisean. Cuireadh an dlí ar mo bheirt is tiománadh amach as an dtigh iad is ropadh isteach 'on phríosún iad. Do mhair sí féin is a fear go lán-tsásta as san amach.

78. FEAR AG SIÚL AR BHARR AN UISCE

Bhí báid saidhní ag imeacht cois na gcloch ag iascach gabhar uair. Bhíodar lá breá gréine ag faire ar ghabhair agus bhíodar an-thuirseach ó bheith ag iascach. Bhíodar in aice leis an gCarraig Dhubh atá in iarthar Chorca Dhuibhne. Chuaigh beirt des na hiascairí isteach ar an gCarraig Dhubh agus cheanglaíodar an bád le téada don gCarraig. Chuaigh criú an bháid a chodladh ansan thíos fé na tochtaí. Bhí an bheirt a bhí ar an gCarraig ag caint le chéile ar feadh na haimsire. I gceann tamaill d'éirigh fear den gcriú a bhí ina chodladh amach as an mbád agus chuaigh sé ag siúl ar bharr na farraige. "Féach an fear ag siúl ar bharr an uisce agus é ina chodladh," arsa duine des na fearaibh a bhí in airde ar an gCarraig. "Éist do bhéal agus ná labhair focal," arsan duine eile. "D'iompaigh an fear thar n-ais arís agus shuigh sé idir dhá thochta an bháid[1] agus chuaigh sé a chodladh arís.

79. AN FEAR GUR CAITHEADH NA MIONGÁIN[1] BHEAGA ABHANN AR A CHOIS

Bhí fear ós na Grafaí ag teacht ón Daingean (oíche) tráthnóna is do chuaigh sé isteach faoin Droichead Bán lena chúram agus nuair a bhí a ghnó déanta aige ar éiriú amach dó, do bhraith sé a chos tinn, agus [2] de dh'ar[2] éigean a shiúlaigh sé abhaile is do bhí sé go tinn diachrach. Agus i gcaitheamh na haimsire ina dhiaidh sin, 'sé a tháinig amach ar an gcois aige sliogán beag a bhí faoin Droichead Bán. Agus sin é an uair a tháinig feabhas air nuair a tháinig an sliogán beag san amach as a chois.

80. MAC AN DAILL AG CEANNACH FEIRME

Bhí feirm mhór talún le bheith ar ceant uair. Bhí mac feirmeora chun an fheirm a thógaint. Dall dob ea a athair agus chualaigh sé an chaint. Dúirt sé leis an mac go raghadh sé ag féachaint ar an bhfeirm. Dúirt an mac leis ná raghadh mar go raibh sé dall. "Ná bac san," arsan dall, "scaoil led' chois mé." Do scaoil an mac leis agus greim ar láimh aige air. Bhíodar ag siúl ar fuaid na feirme agus ní raibh aon bhróig air. Chuir an dall a láimh síos ar a chois agus dúirt sé go raibh sé gearrtha ag an sceach. "Conas go mbeifeá gearrtha ag an sceach agus gan aon sceach sa bhfeirm?" arsan mac. "An b'amhlaidh ná fuil aon sceach sa bhfeirm?" arsan dall. "Níl," arsan mac. "Ó! mara bhfuil," arsan dall, "fág id' dhiaidh í."

Nuair a bhí an t-athair caillte bhí feirm eile ar ceant. Talamh lán do chré dubh agus lán do fheochadáin dob ea an fheirm so. Do thóg mac an daill an fheirm agus nuair a bhíodh na prátaí agus an coirce curtha aige bhíodh brat feochadán ag fás ina measc. Bhíodh tinneas droma air gach lá ó bheith ag piocadh na bhfeochadán as an gcoirce. Bhíodh sé cortha cráite ag na feochadáin ins gach páirc aige agus 'sé an rud a dhein sé ar deireadh ná maide dh'fháil agus gach feochadán a bhí sa bhfeirm a smiotadh leis gach bliain.

81. AN SAGART T'RÉIS OLA 'CHUR SUAS, AN SAGART ÓG, AGUS AN SEANBHUACHAILL

Bhí sagart insan áit agus do bhí fear óg ina shagart ina chónaí, leis, insan áit.

Bhíodar muinteartha agus d'imíodar le cois a chéilig insan oíche ag cur Ola suas agus nuair a bhí an Ola curtha ag an sagart ar an té 'bhí breoite bhí an seanbhuachaill istigh agus do chuir sé an ruaig ar an seanbhuachaill amach as an dtigh, ach má chuir, nuair a chuadar 'on chóiste ag teacht abhaile, d'éirigh an seanbhuachaill roimis. Do dhein sé madra dhó fhéin bhí ga' haon jump aige mór-dtimpeall ar an gcóiste ach go mór-mhór ar thaobh an tsagairt do chuir an Ola suas agus ga' haon sleais dá fhuip aige air nuair 'thagadh sé ar a thaobh don chóiste. Lean sé iad. Lean sé iad tamall maith don bhóthar agus do dh'fhág iad is do dh'imigh leis. "Ar tháinig aon eagla ort?" arsan sagart paróiste leis an bhfear eile. "Do tháinig faitíos maith orm," ar seisean. "Á! do raghadh siúd níosa dhéine orainne," ar seisean, "mara mbeadh tusa 'bheith lem' chois-se."

Bhí a fhios aige," ar seisean, "dá gcuirfinnse chuige," ar seisean, "go rabhais ábalta ar fhreagairt," ar seisean, "agus go gcaithfeadh sé rud éigint a dhéanamh do dheascaibh é 'chur as an dtigh," ar seisean, "amach ón duine breoite," ar seisean, "nuair a chuireas-sa an Ola air."

III Nótaí Téacsúla agus Eile

A. SCÉALTA FIANNAÍOCHTA

1

RBÉ 3, 310-314. Seán Ó Dubhda a bhailigh ar an edifón, Lúnasa 1932. Cf. Nagy, J., 1985, 195-196.
1 = chewing, cf. caidsear = arán crua/buí.

2

Cf. AT 531, Ferdinand the True and Ferdinand the False. RBÉ 1714, 319-326. Seán Ó Dubhda a bhailigh ar an edifón, 9/4/'32. Cf. Nagy, J., op. cit., 154-160.
1. *sic* LS   2. ghoirm LS   3. Focal iasachta(?). Mínithe ag an scríobhaí   4. near-ball LS   5. *sic* LS, cf. sólamas(?).

B. SCÉALTA DRAÍOCHTA

3

AT 300, The Dragon-Slayer (?). RBÉ 218, 282-287. Máirtín Ó Súilleabháin a scríobh, 4/8/'36. Cf. *Béal.* VIII, 100; Bruford, A., 1969, 72-79; Christiansen, R. Th., 1959, 69-70; HIF, 1970, 600 (Uimh. 1,4), 602 (Uimh. 12), 610; LSC, 1977, 22, 23; LSE, 1981, 28-56, 346-347; SAL, 1980, 184-185; Thompson, S., 1946, 289.
1-1. = ní bhfágfá(?).

4

AT 506 I, The Grateful Dead Man. RBÉ 218, 206-224. Máirtín Ó Súilleabháin a scríobh, 16/6/'36.
1. *sic* LS   2. = Dá mb'áil   3. mhóir LS *sic passim*   4. t-óir LS.

5

AT 550, Search for the Golden Bird. RBÉ 201, 153-163. Máirtín Ó Súilleabháin a bhailigh, 14/12/'35.
1. dúirt LS   2. hathair LS   3-3. *sic* LS   4. *sic* LS   5. *sic* LS.

6

Cf. AT 313, The Girl as Helper in the Hero's Flight (?). RBÉ 446, 75-84. Seán Ó Dubhda a bhailigh ar an edifón, Samhain 1935.
1. *sic* LS   2. *sic* LS   3. púint LS   4. = Béarla "gum"   5. reabhadh *ceartaithe go* rogha.

7

RBÉ 201, 219-224. Máirtín Ó Súilleabháin a bhailigh, 4/1/'36. Cf. HIF, 628 (Uimh. 35).
1. *sic passim* LS   2. aige LS   3-3. *sic* LS   4. *sic* LS = heochracha.

8

Cf. AT 308**, Watching the Supposed Corpse. RBÉ 3, 299-303. Seán Ó Dubhda a bhailigh ar an edifón, Lúnasa 1932. Cf. *Béal.* XXXIII, 168-169; Thompson S., op. cit., 105, 289.
1. Séimhiú aigneolach neamhstairiúil.

9

AT 313, The Girl as Helper in the Hero's Flight, cf. AT 400, The Man on a Quest for his Lost Wife, cf. AT 1183, Filling the Yard with Manure. RBÉ 201, 164-178. Máirtín Ó Súilleabháin a bhailigh, 21/12/'35. Cf. Christiansen, R. Th., op. cit., 82-100, 226; CSS, 1985, 30-42; Gose, E.B., 1985, 86-88; Thompson S., op. cit., 289.
1. bhuadh LS   2. muinéal LS.

10

AT 325, The Magician and His Pupil, cf. AT 314, The Youth Transformed to a Horse. RBÉ 655, 244-255. Caitlín Ní Shúilleabháin a bhailigh, c. 1933. Cf. Christiansen, R. Th., op. cit., 166-167; CSS, 55-61; Gose, E.B., op. cit., 24-38; SM, 1932, 60-61; Thompson, S., op. cit., 69, 289. Cf. Aguisín I, 10.
1. Táis LS 2. go LS.

11

RBÉ 127, 305-328. Máirtín Ó Súilleabháin a bhailigh, 14/9/'35. Insint an-mheasctha í seo.
1. *sic* LS   2. diúic *ceartaithe go* rí   3. Éinní LS   4. = (?), *passim* ag PÓG
5. h-athair LS *sic passim* ag MÓS   6. oireadh LS   7. *sic* LS   8. rí LS   9. tug LS   10. bheith LS 11. coillte LS   12. Cad na n-aobh LS   13. buatha LS
14. bolagh LS   15. gluais LS   16. *sic* LS.

12

AT 302, The Ogre's (Devil's) Heart in the Egg. RBÉ 201, 145-152. Máirtín Ó Súilleabháin a bhailigh idir 16/11/'35 agus 23/11/'35. Cf. Thompson, S., op. cit., 289.
1. = ceann go baic(?)   2. *sic* LS = dh'eireoir(?)   3. *sic passim,* = Ridire   4. Spanlaí *ceartaithe go* Lasrach   5. capall LS.

13

AT 650, Strong John, cf. AT 300, The Dragon Slayer. RBÉ 218, 288-298. Máirtín Ó Súilleabháin a scríobh, 5/8/'36. 1. sí LS 2. breá LS 3. haomchuirghead(?) LS.

14

AT 567, The Magic Bird-heart. RBÉ 655, 261-278. Caitlín Ní Shúilleabháin a bhailigh, c. 1933. Cf. Christiansen, R. Th., op. cit., 37, 49; HIF, 568; Thompson, S., op. cit., 28, 74-75, 290.
1. lanúna LS   2. líntí LS   3. dhuine LS   4. n-éan LS   5. thugfadh LS   6. mhóir LS.

15

AT 313, The Girl as Helper in the Hero's Flight. RBÉ 16, 29-31. Garsún scoile ón Daingean a bhailigh ar son an Bhráthar P.J. Ó Riain, 1933. Cf. Christiansen, R. Th., op. cit., 82; Gose, E.B., op. cit., 169; Thompson, S., op. cit., 88, 90, 289. Cf. 9.

1. garsúin LS   2. bhreá LS   3. dúrt LS   4. bátheadh LS *b* in áit *m* sa chanúint (= máighe) 5. *sic* LS   6-6. *sic* LS.

16

AT 300, The Dragon-Slayer, cf. AT 590 A, The Treacherous Wife. RBÉ 218, 267-281. Máirtín Ó Súilleabháin a scríobh, 1/8/'36. Cf. Christiansen, R. Th., op. cit., 27-28, 44, 52.

17

AT 570, The Rabbit-Herd. RBÉ 16, 144-149. Garsún scoile ón Daingean a bhailigh ar son an Bhráthar P.J. Ó Riain, 1933. Cf. OLD, 206-215, 407-409; Gose, E.B., op. cit., 86; HIF, 617 (Uimh. 28), 618 (Uimh. 30), 619 (Uimh. 37), 620 (Uimh. 38). 1. *sic* LS.   2. chéanna LS.

C. SCÉALTA CRÁIFEACHA

18

AT 765, The Mother who Wants to Kill her Children, cf. AT 756 C, The Great Sinner. RBÉ 218, 245-258. Máirtín Ó Súilleabháin a scríobh, 11/7/'36. Cf. Christiansen, R. Th., op. cit., 44 (A). Cf. Aguisín 1, 18. 1. crosbhóthar LS.

19

RBÉ 1714, 336-338, Seán Ó Dubhda a bhailigh, Márta 1932. Cf. LSE, 221-222. 1. mháthair LS.

20

AT 933, Gregory on the Stone. RBÉ 3, 304-309. Seán Ó Dubhda a bhailigh ar an edifón, Lúnasa 1932. Foilsithe in *Béal.* XVIII, 77-79. Cf. LSE, 222-235; SC, 1952, 122-124, 317-318. 1 = do.

21

RBÉ 1714, 333-334. Seán Ó Dubhda a bhailigh ar an edifón, Márta 1932.

22

RBÉ 201, 197-198. Máirtín Ó Súilleabháin a bhailigh, 28/12/'35. Cf. HIF., 247, 249-250. Cf. Aguisín I, 22.

23

RBÉ 201, 214-215. Máirtín Ó Súilleabháin a bhailigh, 1/1/'36; foilsithe in Ó Súilleabháin, S., 1977, 33-34. 1 = fiáin   2. dúirt LS   3. sí LS.

24

RBÉ 201, 201-203. Máirtín Ó Súilleabháin a bhailigh, 29/12/'35.

25

AT 756 C, The Great Sinner. RBÉ 3, 278-286. Seán Ó Dubhda a bhailigh ar an edifón, Lúnasa 1932. Foilsithe in *Béal.* XVIII, 74-77. Cf. SC, 65-78, 310-311.
1. *sic* = courting   2. *Leg.* mórthimpeall(?)   3. ord *ceartaithe* go Ó   4. ghnó LS *sic passim.*

26

RBÉ 4, 109-110. Seán Ó Dubhda a bhailigh, 27/12/'30.

27

RBÉ 201, 207-218. Máirtín Ó Súilleabháin a bhailigh, 3/1/'36.

28

AT 767, Food for the Crucifix, cf. AT 1833, Application of the Sermon. RBÉ 218, 259-262. Máirtín Ó Súilleabháin a scríobh, 13/7/'36. Cf. *Béal.* I, 400; Christiansen, R. Th., op. cit., 150-151; HIF, 629 (Uimh. 1); LSC, 150-151, 422; Ó Súilleabháin, S., op. cit., 103-104; Tubach, F.C., 1969, 111, 170.
1-1. na buachalla LS   2-2. na garsún LS.

29

RBÉ 218, 263-266. Máirtín Ó Súilleabháin a scríobh, 13/7/'36.

30

AT 756 B, The Devil's Contract, cf. AT 554, The Grateful Animals. RBÉ 218, 225-235. Máirtín Ó Súilleabháin a scríobh, 1/7/'36. Cf. OLD, 395-396; *Béal.* XXV, 66-70; SC, 65-78, 310-311.
1-1. *sic* = do chuaigh.

D. SCÉALTA RÓMÁNSAÍOCHTA

31

RBÉ 655, 256-258. Caitlín Ní Shúilleabháin a bhailigh, c. 1933. Cf. LSE, 174-184; HIF, 474; OLD, 177-179, 403; SM, 78-80.
1-1. an chaint LS.

32

RBÉ 602, 261-269. Caitlín Ní Shúilleabháin a bhailigh, c. 1933.
1. cér LS.

33

AT 910 B, The Servant's Good Counsels. RBÉ 602, 193-201. Caitlín Ní Shúilleabháin a bhailigh, c. 1935. Cf. OLD, 86-95, 388; SM, 232-234; Thompson, S., 163-164.
1-1. sic LS   2. níor LS   3. bheadh LS.

E. SCÉALTA FAOI CHLEASAITHE

34

AT 1525, The˙Master Thief. RBÉ 201, 232-237. Máirtín Ó Súilleabháin a bhailigh, 4/1/'36. Cf. *Béal.* XXVIII 21-33; CSS, 82-87; LSC, 192-193, 425-426; LSE, 160-174; Thompson S., op. cit., 174-175, 292.
1. daoinne LS.   Cf. Aguisín I, 34.

35

AT 1525 E, The Thieves and their Pupil, cf. AT 325, The Magician and His Pupil. RBÉ 602, 216-228. Caitlín Ní Shúilleabháin a bhailigh, c. 1935. Cf. LSC, 274-277, 433; Thompson, S., op. cit., 292.
1. an LS   2. garsún *ceartaithe go* seanbhean   3. crochfadh LS   4. tamall LS.

F. SCÉAL GAISCE

36

RBÉ 3, 287-295. Seán Ó Dubhda a bhailigh ar an edifón, Lúnasa 1932. Cf. HIF, "Irish Hero-Tales": 600 (Uimh. 1), 603 (Uimh. 15), 604 (Uimh. 18), 609.
1. leathais LS   2. Maonus *ceartaithe go* Lúthrach Laoigh   3. cf. ÓD   4-4. Lacha Chinn Eala *ceartaithe go* an t-árthach   5. = raked   6. cf. ÓD   7. = male(?)
8. thugadar *ceartaithe go* thug.

G. SCÉALTA FAOI DHÓNALL NA nGEIMHLEACH

37

RBÉ 201, 227-228. Máirtín Ó Súilleabháin a bhailigh, 4/1/'36. Dónall na nGeimhleach: cf. LSC, 270; SM, 64-69. Cf. Aguisín I, 37.
1. chuirfead LS.

38

RBÉ 446, 74. Seán Ó Dubhda a bhailigh ar an edifón, Samhain 1935.

H. SCÉILÍNÍ TEAGAISC

39

RBÉ 201, 209-211. Máirtín Ó Súilleabháin a bhailigh, 31/12/'35. Cf. HIF, 654 (Uimh. 6).

40

AT 217, The Cat and the Candle. RBÉ 602, 255-258. Caitlín Ní Shúilleabháin a bhailigh, c. 1933. Cf. *Béal.* XXV, 46-48; HIF, 559; OLD, 28-32, 372; Tubach, F.C., op. cit., 72.

41

RBÉ 218, 243-244. Máirtín Ó Súilleabháin a scríobh, 5/7/'36. Cf. Tubach, F.C., op. cit., 161.

42
RBÉ 218, 241-242. Máirtín Ó Súilleabháin a scríobh, 5/7/'36.

I. SCÉAL GRINN

43
RBÉ 201, 212-213. Máirtín Ó Súilleabháin a bhailigh, 31/12/'35.

J. FINSCÉALTA

44
RBÉ 201, 206-208. Máirtín Ó Súilleabháin a bhailigh, 29/12/'35. Aonach an Phoic:
Féile bliantiúil i gCill Orglan; féach Croker, T.C. and Clifford, S., 1972, 11-14. Cf.
HIF, 247.
1. tamaill LS.

45
RBÉ 201, 189-196. Máirtín Ó Súilleabháin a bhailigh, 27/12/'35. Aonach an Phoic:
cf. 44 thuas.
1. Mac LS   2. *sic passim* LS   3. *sic* LS = gurb (canúnachas)   4. uaidh LS.

46
Cf. AT 756 C, The Great Sinner. RBÉ 3, 273-275. Seán Ó Dubhda a bhailigh ar an
edifón, Lúnasa 1932. Foilsithe in *Béal.* XVIII, 72-73. Cf. 25 thuas.

K. SÍSCÉALTA

47
RBÉ 201, 229-231. Máirtín Ó Súilleabháin a bhailigh, 4/1/'36.
1. Níor LS.

48
RBÉ 602, 250-252. Caitlín Ní Shúilleabháin a bhailigh, c. 1933. Cf. *Béal.* I, 324-325;
Croker T.C., 1971, 77-78.
1-1. dhéanamé LS.

49
RBÉ 602, 214-215. Caitlín Ní Shúilleabháin a bhailigh, c. 1933.

L. SEANCHAS FAOI ÁITEANNA SA CHEANTAR

50
RBÉ 201, 225-226. Máirtín Ó Súilleabháin a bhailigh, 4/1/'36.

51
RBÉ 201, 226-227. Máirtín Ó Súilleabháin a bhailigh, 4/1/'36.
1. = dealraitheach.

52

RBÉ 446, 56-57. Seán Ó Dubhda a bhailigh ar an edifón, Samhain 1935. Cf. SC, op. cit., 192, 327.
1. go *ceartaithe go* gur.

53

RBÉ 602, 276-278. Caitlín Ní Shúilleabháin a bhailigh, c. 1933.

M. SEANCHAS FAOI DHAOINE SA CHEANTAR

54

RBÉ 446, 73. Seán Ó Dubhda a bhailigh ar an edifón, Samhain 1935.

55

RBÉ 201, 199-200. Máirtín Ó Súilleabháin a bhailigh, 28/12/'35.
An tAthair Alpin: Sagart cúnta sa Daingean le linn an Ghorta Mhóir. Deirtear gur las na Gaill tine chnámh sa Daingean an lá a cailleadh é (Ó Mainín, M., 1973, 56).
Maonus Ó Síthigh: Duine áitiúil?
Tomson (*sic*): Athmháistir do Lord Ventry ab ea D.P. Thompson. Duine teaspúil neamh-thruamhéileach a bhí ann, agus is mó teaghlach a chuir sé as a seilbh "le fuacht agus le fán" (Ibid., 30).
1. leath LS   2. *sic* LS.

56

RBÉ 446, 67-68. Seán Ó Dubhda a bhailigh ar an edifón, Samhain 1935.
1. *sic* LS   2. *sic* LS   3. = nath.

57

RBÉ 3, 296-298. Seán Ó Dubhda a bhailigh ar an edifón, Lúnasa 1932.
1. cuáil = ?

58

RBÉ 218, 236-237. Máirtín Ó Súilleabháin a scríobh, 4/7/'36.

59

RBÉ 446, 68-69. Seán Ó Dubhda a bhailigh ar an edifón, Samhain 1935.
Lá Shain Seáin Beag nó sean-Lá Shain Seáin a thiteann ar Lá Pheadair is Phóil dar le daoine. Is gnách do mhuintir Chorca Dhuibhne dul go barr Chnoc Bhréanainn an lá sin ó chuaigh an t-easpag in airde ann.
    Sean-Pháidí an Chonnaigh: cf. 'Réamhrá'.
1. *sic* LS.

60

RBÉ 446, 64-65. Seán Ó Dubhda a bhailigh ar an edifón, Samhain 1935.
1. déabhramh LS   2. faiclí(?) LS   3-3. chrusteach LS.

61

RBÉ 446, 61-62. Seán Ó Dubhda a bhailigh ar an edifón, Samhain 1935.
1-1. chruisteach LS.

62

RBÉ 1714, 328-333. Seán Ó Dubhda a bhailigh, Márta 1932.

1. faicilí LS.   2. = clabhtáil < clabhta "clout".   3. beaiceáil LS = 'back' -áil.

63

RBÉ 201, 204-205. Máirtín Ó Súilleabháin a bhailigh, 29/12/'35.

1-1. *sic passim* LS   2. *sic* LS.

64

RBÉ 446, 58-60. Seán Ó Dubhda a bhailigh, Samhain 1935. An Ríseach Dubh: Ón mBreatain Bheag a tháinig muintir Rís go Corca Dhuibhne. Bhí caisleán i mBaile an Ghóilín acu, san áit inar thóg Lord Ventry a thigh níos déanaí. (Ó Conchúir, 1973, 91). Ní fios go díreach cérbh é an Ríseach Dubh, ach duine den tsliocht seo 'bheith i gceist.

Seán Husae: Ceann de phríomh-shleachta Normanacha Chorca Dhuibhne ab ea muintir Husae. Deirtear gur thángadar go Ciarraí ag deireadh na 16ú haoise (Ibid. 88), ach bhí John Hussey mar Viocáire i gCill Maolcéadair thart ar 1475 (Ibid. 121).

1-1. *sic* LS   2. dúirt LS *trí dhearmad* (?)   3-3. *sic* LS, brí?   4. = ankle(?)

65

RBÉ 446, 72. Seán Ó Dubhda a bhailigh ar an edifón, Samhain 1935.

1. *sic* LS.

66

RBÉ 446, 62-63. Seán Ó Dubhda a bhailigh, Samhain 1935.

1. = rámhainne   2. ghnó LS.

67

RBÉ 446, 65-67. Seán Ó Dubhda a bhailigh ar an edifón, Samhain 1935.

N. SEANCHAS FAOIN DIABHAL

68

RBÉ 446, 54. Seán Ó Dubhda a bhailigh ar an edifón, Samhain 1935.

69

RBÉ 446, 55. Seán Ó Dubhda a bhailigh, Samhain 1935.

O. SEANCHAS SÍ

70

RBÉ 4, 102-105. Seán Ó Dubhda a bhailigh ar an edifón, 7/12/'30.

1. cuaoi (?) LS.

71

RBÉ 4, 111-112. Seán Ó Dubhda a bhailigh ar an edifón, 27/12/'30.

Cf. STC, 376.

1. = Christ-ín ("Christ", ar sé)   2. = moilliú?

72
RBÉ 201, 179-181. Máirtín Ó Súilleabháin a bhailigh, 23/11/'35.

P. SCÉALTA ILGHNÉITHEACHA

73
RBÉ 201, 186-188. Máirtín Ó Súilleabháin a bhailigh, 23/12/'35.

74
RBÉ 2, 400-423. Seán Ó Dubhda a bhailigh ar an edifón Lúnasa, 1933.
1. *sic* LS   2. chostais LS   3-3. = fén mbarradh   4. *sic* LS = Tiaracht.

75
RBÉ 3, 315-320. Seán Ó Dubhda a bhailigh ar an edifón Lúnasa, 1933.

76
RBÉ 4, 107-108. Seán Ó Dubhda a bhailigh ar an edifón, 12/12/'30. Cf. HIF, 65,
196-197. Cf. Aguisín I, 76.
1. spé LS (canúint).

77
RBÉ 2, 425-434. Seán Ó Dubhda a bhailigh ar an edifón, Lúnasa 1933.
1. go LS   2. scéan LS (é = ia sa chanúint)   3-3. an-dheáramh LS   4. mhéireanta
LS.

78
RBÉ 201, 184-185. Máirtín Ó Súilleabháin a bhailigh, 23/12/'35. Cf. LSE, 304.
1. bhád LS.

79
RBÉ 1714, 335. Seán Ó Dubhda a bhailigh, Márta 1932.
1. Miogáin LS   2-2. do gar LS.

80
RBÉ 201, 182-183. Máirtín Ó Súilleabháin a bhailigh, 23/11/'35.

81
RBÉ 3, 276-277. Seán Ó Dubhda a bhailigh ar an edifón, Márta 1932.

Malairt Insintí

10. DÓNALL AN tSÁIS AGUS A MHAC

Bhí fear go dtugaidís Dónall an tSáis sa tSás thuaidh fadó. Bhí aon mhac amháin aige, is bhí sé féin is a mhac thíos ar bharra na haille lá agus do bhuail an bád chucu isteach, dáréag fear istigh inti.

"An ligfeá liom do mhac, a Dhónaill, ar feadh bliana?" arsan captaen. "Ní ligfead," arsa Dónall. "Tabharfaidh mé fiche punt duit," ar seisean, "air go ceann bliana. Lig liom é." "Ligfead," ar seisean, "ach é 'bheith ina choinníoll é 'thabhairt anso chugham thar n-ais i gceann bliana." "Ó! tabharfaidh mé," ar seisean.

Há! tháinig sé i gceann na bliana agus an mac aige. "Lig liom arís bliain eile é," ar seisean, "is tabharfaidh mé fiche punt eile air." "Ligfidh mé," ar seisean, "ach ar choinníoll é 'thabhairt chugham thar n-ais."

Lig sé leis é ar feadh bliana is do thug abhaile arís é i gceann na bliana. "Lig liom an bhliain seo leis é is tabharfaidh mé fiche punt eile dhuit." "Ligfidh mé," ar seisean. Níor chuimhnigh sé ar é 'chur sa mhargadh é 'chur thar n-ais. Nuair a tháinig an bhliain ní raibh an mac ag teacht. "Tá san déanta agam," arsa Dónall an tSáis. "Cad a dhéanfad anois?" ar seisean.

Fuair sé báidín agus do dh'imigh leis ar thuairisc a mhic agus do chonaic sé ar chúlshráid gur casadh isteach é, é seo agus dháréag[1] eile ag imirt liathróide nó báire nó rud éigint, gach re buille acu ar mhac Dhónaill an tSáis, iad á smachtú.

"Á! an tusa Dónall an tSáis?" a dúirt an captaen a bhí orthu ceann. "Táim," arsa Dónall, "anso ag triall ar mo mhac." "Mhuise! nára Dé bheatha id' shláinte," ar seisean, "gluaiseacht anso." "Mhuise! ní hé sin fáilte 'chuireas-sa romhatsa," arsa Dónall, "nuair a chuabhair ag triall orm, gur thugas cuileachta agus óstaíocht na hoíche dhuit, is ní hé sin fáilte 'chuireas-sa romhat. Ha! ní foláir nó [go] bhfaighidh mé óstaíocht na hoíche," arsa Dónall. "Geobhaidh tú," ar seisean, "óstaíocht na hoíche uaimse anois ó tháingís. Geobhaidh tú do mhac amáireach má dh'aithníonn tú é."

Fuair Dónall óstaíocht is chaitheadar an oíche ag seanachaíocht is ag fiannaíocht cois na tine – Dónall ag insint scéal. Fuair sé aillí éigint ar labhairt lena mhac. Bhí an mac sa chuileachta is do chuir sé coinnlín i mbualtach(?) capaill is bhí an coinnlín ag insint scéil gur thiteadar go léir ina gcodladh ach amháin Dónall agus a mhac. "Sea anois," arsan mac, "cuirimís dínn an fhad atáid siad go léir ina gcodladh, is b'fhéidir go mbeadh Éire bainte amach againn sara mbraithfidís imithe sinn."

D'imíodar is d'fhágadar an chuid eile go léir ina gcodladh is an coinnlín ag insint scéil ach ar deireadh thiar 'sé 'dúirt an coinnlín – "Sin é deireadh mo scéil is tá Dónall an tSáis is a mhac imithe."

Dhera! do dh'éiríodar go léir is seo ag cuardach iad is chuireadar an bád amach is siúd chun farraige iad, ach bhain Dónall talamh na hÉireann amach sarar fhéadadar teacht suas leis. Tháinig sé féin is a mhac abhaile is bhí na céadta fáilte ag a mháthair roimis. I gceann tamaill ina dhiaidh san dúirt an mac lena athair – le Dónall go ndéanfadh sé capall do fhéinig is é 'bhreith ar an aonach, trí chéad punt a lorg air is nuair 'bheadh sé díolta an bhéalbhach a bhaint as a bhéal is go mbeadh sé fhéin age baile chomh luath leis – lena athair. Chomh maith do dhein is do chuir sé iallait air is do thug sé ar an aonach é is seo chuige ceannaitheoirí. "Cad atá uait ar an gcapall?" arsa duine acu. "Trí chéad punt," arsa Dónall. "Tá san ró-mhór," ar siadsan. "Mar ná fuil," arsa Dónall.

D'imíodar is do thángadar arís is ba é críoch an scéil é gur cheannaíodar ar na trí chéad é. Comhraíodh na trí chéad chuige is sara dtug sé ar cheann dóibh é do bhain an bhéalbhach as a bhéal agus má dhein d'éalaigh an capall uathu is bhí sé age baile roimh Dhónall.

Bhí san go maith is ní raibh go holc agus lá dos na laethanta dúirt an mac arís – "Déanfaidh mé capall díom fhéin," ar sean, "agus ardaigh leat ar an aonach mé is ná díol mé gan cheithre chéad punt ach ná cuir an bhéalbhach im' bhéal nuair a bheir im' thabhairt don cheannaitheoir," ar sean.

Do dhein fé mar dúirt sé, capall dó fhéin, is d'ardaigh Dónall ar an aonach é is iallait air. Tháinig dháréag ag ceannach an chapaill, ach ní scaoilfeadh Dónall uaidh é gan ceithre chéad punt. Fuair sé na cheithre chéad ar deireadh is comhraíodh chuige iad ach ba mhaith an mhaise do Dhónall, do bhain sé an bhéalbhach as béal an chapaill sarar thug sé dóibh é, is d'imigh air, is na cheithre chéad ina phóca is níorbh fhada dhon bhóthair dó gur tháinig a mhac suas leis is thángadar abhaile is póca airgid acu. Tamall ina dhiaidh san do taibhsíodh arís don mhac go ndéanfadh sé capall arís do fhéin is go ndíolfadh a athair ar an aonach é. "Déanfaidh mé capall arís díom fhéin," ar seisean, lena athair, "is beir leat ar an aonach mé is ná díol mé gan cúig chéad punt is ná dearmad an bhéalbhach a bhaint dom' bhéal." "All right," arsan t-athair.

Dhein sé capall dó fhéin is buaileadh iallait air is ceanrach is béalbhach ina bhéal is d'ardaigh an t-athair leis ar an aonach é. Níorbh fhada dhó ar an aonach gur bhuail dáréag chuige. "Cad atá uait ar an gcapall san?" arsan ceann bhí orthu. "Cúig chéad punt," arsa Dónall. "Tá san ró-mhór," arsan dáréag. "Níl ná ró-mhór," arsa Dónall.

D'imíodar tamaillín uaidh is thángadar arís is ba é deireadh an scéil é gur thugadar na cúig chéad air. Comhraíodh isteach ina bhais chuige é ach pé dearmad[2] a dh'imigh air níor chuimhnigh sé ar an mbéalbhaigh a bhaint as a bhéal is é a thabhairt dóibh.

Fuaireadar an capall agus cuireadh marcach in airde air, fuair sé fuip agus spuir agus tiomáint agus greadadh maran lá fós é, ní bhfuair sé a leithéid do théamh is fuair sé. Ghluaiseadar orthu go dtí an tigh mór tráthnóna agus má thángadar do chaith sé anuas don gcapall é féin is dúirt sé leis an mbuachaill an capall do chur i stábla, agus fuaireadar féin óstaíocht na hoíche sa tigh mór. Eiha! d'ardaigh an buachaill leis an capall agus do rug sé go dtí an seithleán[3] é chuig uisce do thabhairt dó agus do bhí ga' haon spring ag an gcapall ar a cheann; a cheann aige ag bualadh ar an uisce agus é ag tógaint a cheann sa spéir agus tiomáint air a' d'iarraidh an ceanrach a chaitheamh do is ná hólfadh sé aon bhraon uisce.

"By gainís!" arsan buachaill, ar seisean, "a chapaillín," ar seisean, "is dócha go bhfuil tart ort agus ná féadfá an t-uisce dh'ól ag an mbéalbhaigh." Bhain sé an bhéalbhach as a bhéal agus má bhain ní túisce an bhéalbhach as bhéal an chapaill aige nár imigh an capall is dhein sé eascú do fhéin is d'imigh sé sa tsilteán i measc na gcloch is n'fhacaigh an buachaill aon radharc as san amach air. Seo leis an buachaill abhaile is do inis sé dá mháthair cad a tharlaigh dó fhéin is don chapall. Ba sheo leis an máthair is an dáréag buachaill is do dheineadar dhá cheann déag do mhadraí uisce dhíobh féin, agus ba sheo ag réabadh chloch iad agus ag tiomáint riamh is choíche nó go rabhadar ag teacht suas leis an eascú sa ghleann, agus d'éirigh an t-eascú insa spéir agus dhein sí colúr di féin agus do dheineadar dhá cheann déag d'fhiolair díobh féin. Ba sheo i ndiaidh an cholúir iad agus má ba sheo, bhíodar ag teacht suas leis an gcolúr agus do léim sé isteach[4] trí fhuinneoig a bhí oscailte in airde insa tigh mór agus do bhí cailín óg istigh ina suí ar chathaoir agus má bhí dhein sé fáinne dho féin agus seo isteach ar mhéir an chailín óig é. "Ná tabhair an fáinne uait," ar seisean, "coinnibh greim maith air agus beifear á bhaint díot agus beifear á lorg ort agus má théann an scéal dian ort a' d'iarraidh an fáinne a bhaint díot, ó raghfar," ar seisean, "iompaigh amach an tine agus caith i dtaobh istigh 'on dtine an fáinne insa luaith."

Sea, thángthas chuici agus dúrthas léi an fáinne a thabhairt uaithi. Dúirt sí ná tabharfadh sí an fáinne in aon chor uaithi. "Caithfir é 'thabhairt uait," ar siadsan. "Ní thabharfaidh mé," ar sí sin. Tháinig an t-athair. "Dhera a bhean mhaith," arsan t-athair, "ná tabharfá an fáinne dóibh, cad é an greim athá agat air?" "Ní thabharfaidh mé," ar sí sin. "Ó! caithfir é 'thabhairt uait," arsan t-athair, "dóibh." D'iompaigh sí amach an tine agus chaith sí taobh istigh 'on luaith 'on tine é.

Do dheineadar ansan dhá cheann déag do bholgáin luaithe dhíobh féin agus ba sheo leo ag séideadh na tine sa spéir iad, agus tháinig uafás ar fhear an tí nuair a chonaic sé cad a bhí déanta acu. Nuair a bhí an tine réapaithe acu, agus an luaith go léir curtha insa spéir acu, bhí an fáinne nochtaithe insa tine, agus d'éirigh an fáinne ar an dtine, agus do bhí carnán chruithneachta i gcúinne an tí agus do dhein sé gráinne chruithneachta dho féin agus do phreab sé isteach insa charnán mhór chruithneachta. Do dheineadar dhá cheann déag do bholgáin ghéanna dhíobh féin agus ba sheo ag ithe na cruithneachta iad, agus ga' haon ghráinne a dh'ithidís á scaoileadh thríothu siar riamh is choíche, nó go rabhadar marbh traochta tnáite ó bheith ag ithe na cruithneachta agus é ag imeacht tríothu[5] mar dh'ithidís é. Thit a gcodladh insa deireadh orthu. Bhíodar traochta. Agus má thit, nuair a bhraith mo bhuachaill ina gcodladh iad d'éirigh sé amach ar an gcarnán chruithneachta is do dhein sé madra an chnoic de féin agus do bhain sé an dá cheann déag do chinn díobh agus do bhí sé go lánláidir agus go lántsásta as san amach.

AT 325, The Magician and His Pupil, cf. AT 314, The Youth Transformed to a Horse. RBÉ 3, 263-295. Seán Ó Dubhda a bhailigh ar an edifón, Lúnasa 1932.
1. aoine-déag *ceartaithe go* dáreag   2. dearmhad LS   3. = sílteán   4. istigh LS   5. trítha *ceartaithe go* tríothu.

18. AN MÓRSHEISEAR MAC

Bhí feirmeoir ann fadó agus mórsheisear mac aige agus gan aon chúram orthu ach ag obair is a' gnó sa gharraí ga' haon lá. Ní raibh aon spórtáil ná cuileachta ná aon ní acu, ach t'réis an lae imeacht abhaile is dul a chodladh, éirithe go moch ar maidin, dul chun oibre; b'shin é a gcúram gach lá.

Bhí lá pátrúin ann agus d'imigh stróinséir fir (buachaill dosna comharsain) ag féachaint ar an bpátrún. Má dh'imigh do chonaic sé mórsheisear is báire comórtais a bhí acu agus do bhí sé ag féachaint orthu agus do bhí mórsheisear acu ná raibh aon tseans ag an mórsheisear eile chucu chun an báire, gur chuireadar trí báire isteach orthu. "Fiafraíodh díom fhéin," a dúirt sé, "an raibh aon mhórsheisear im' dhúthaigh a d'imreodh báire leothusan?"

Dúirt sé go raibh mórsheisear mac ag aon fhear amháin d'imreodh báire leothu. "An gcuirfeá geall síos?" ar siad. "Do chuirfinn geall síos."

Do bhuaileadar geall síos le chéilig agus má bhuaileadar, bhí eagla air – ná tiocfaidís leis, ach pé acu san é, do chuir sé geall síos agus clúdaíodh é. Tháinig chucu ar an ngort agus bhí an lá ceapaithe acu chun imeacht agus d'iarr sé orthu an raghaidís lena chois ag imirt báire comórtais, go raibh an geall curtha aige orthu. "Ní raghaimíd," a dúirt an chlann mhac eile. "Raghaimíd," a dúirt an mac críonna, "éirímís go moch ar maidin, beidh gnó an lae déanta againn chun béal eadartha[1] agus féadfaimíd imeacht lena chois ansan."

D'éiríodar go moch ar maidin agus ba sheo chun oibre iad agus bhí gnó an lae déanta um béal eadartha acu. D'imíodar agus bhíodar ar an uain dhéanach nuair 'ráiníodar páirc an bháire. Dúirt na' héinne ná tiocfaidís – go raibh eagla orthu. Sea, buaileadh an liathróid i lár báire, caitheadh in airde í agus do scéipeáil an mórsheisear ó chéilig agus do ráinig an mac críonna sa bháire agus nuair a bhí an liathróid ag teacht air do thóg sé a chamán agus do bhuail gríosóg uirthi agus do chuir tamall maith ó bhaile í go ráinig an tarna mac roimpi agus do bhuail sé an tarna gríosóg uirthi agus má bhuail do chuir sé go dtí an tríú mac í a bhí thall i gcúinne na páirce agus do ráinig leis sin gur bhuail sé an tríú gríosóg uirthi agus do chuir báire isteach. D'iompaíodar ar an tarna báire agus dob é an scéal céanna acu é, do bhuail an fear déanach a ghríosóg uirthi agus do chuir go dtí an tarna mac í, agus do bhuail an tarna mac a bhuille uirthi a chuir go dtí an fear críonna í, is do bhuail an fear críonna an gríosóg uirthi is do chuir báire isteach. B'shin dhá bháire acu – ag an dtriúr gan aon bhuille a thabhairt d'éinne.

Do bhuail an mac críonna gríosóg mór láidir uirthi agus do chuir tamall maith ó bhaile í agus do scéipeáil an tarna mac agus do ráinig sí do thiteam leis agus do bhuail í lena chamán, is níor thug sé aon tseans d'éinne dá raibh timpeall uirthi, do chuir sé go dtí an tríú mac í, bhuail sé gríosóg theann láidir uirthi agus do chuir an tríú báire isteach. Deireadh leis na báirí.

"Téanaíg abhaile," arsan mac críonna. "Ní raghaidh sibh," a dúirt fear an bháire – fear an ghill, "caithfimíd dul 'on phublic house ó ráiníobhair lem' chois agus braon dí bheith againn." Ní dheineadar. Chuadar 'on phublic house agus ní mhothaíodar uair a chloig don oíche ag imeacht san phublic house nuair a bhlaiseadar an braon dí. Ghluaiseadar abhaile is bhí an-oíche acu. "Sea anois," arsan mac críonna, "níl aon ghnó chuig an tigh againn mar táimíd i ndainséar nuair a dh'imíomar uaidh siúd ná fágfar ag an dtigh sinn, buailfimís fúinn anso sa scioból." Bhuaileadar. "Ní haon iontaoibh dúinn," arsan mac críonna, "'bheith anso." "Imigh," ar seisean, le duine do na deartháireacha, "téir go dtí an tigh agus féach cad 'tá ar siúl ag an mbeirt istigh." Ghluais sé air agus tháinig sé sa doras agus bhí an doras iata. "Deirimse," arsan t-athair, "gur insa scioból atáid siad, agus más ea tabharfadsa tine don scioból," a dúirt sé. Ghluais an deartháir nuair a chuala sé an chaint agus do tháinig sé go dtí an mac críonna. "Dúirt sé go loiscfeadh sé an scioból," ar sé, "gurb ann athánn sibh." "Níl aon ghnó ann againn," arsan mac críonna, "má dúirt sé é, déanfaidh sé é," ar sé.

D'imíodar leothu. D'fhágadar an tigh agus ar maidin do dh'éiríodar is d'imíodar le cois a chéilig is do thángadar go crosaire na gceithre rian. "Imíodh duine againn soir agus duine againn siar, duine againn sall agus duine againn anall, go ceann bliana, agus pé duine againn a mhairfidh i gceann bliana bíodh sé ar an gcrosaire seo i gceann bliana arís." D'imigh ga' héinne acu ar a bhóthar dó fhéin. Casadh

duine uasal ar an mac críonna. Bheannaíodar dá chéile. "Cá raghair, a bhuachaill?"
arsan duine uasal. "Raghaidh mé ag lorg máistir." "Is maith mar 'tharlaigh agus
mise ag lorg buachalla." "Cad a dhéanfair dom?" arsan duine uasal. "Dhéanfainn
ga' haon ní a chuirfir ina chúram orm," a dúirt mac an fheirmeora. "Tá triúr
buachaillí romhat agam," ar seisean, "agus tá a ndóthain cúraim orthu an méid
ghnótha atá ceapaithe agam dóibh a dhéanamh, a dhéanamh." "Bhel!" arsan
buachaill, ar seisean, "tá gnó an lae ceapaithe agat do ga' héinne – an áirithe san."
"Tá," arsan feirmeoir – an duine uasal. "Má dhéanfadsa gnó beirte," ar seisean, "an
bhfaighinn tuarastal beirte uait?" "Ó geobhair go siúrálta," arsan duine uasal. "Dá
ndéanfainn gnó triúr," ar seisean, "an ngeobhainn tuarastal triúr uait?"
"Geobhair," ar seisean.

Ha! Thug sé leis é, thug sé óstaíocht na hóiche dhó; d'éiríodar ar maidin is do
chuadar go dtí páirc na hoibre. Taispeánadh gnó an lae dos ga' héinne agus i mbéal
eadartha bhí gnó an lae déanta ag mac an fheirmeora – do ceapadh dó. Chonaic
an duine uasal ina stad é t'réis gnó an lae a dhéanamh. "Á," ar sé, arsan duine uasal,
"a bhuachaill," ar seisean, "is fíor do chaint, [2]d'réir dealraimh[2] atá sé id' chumas
a thuilleadh a dhéanamh." "Tá,"[3] ar seisean. Amáireach do ceapadh gnó beirte dhó,
agus fé lár an lae do bhí gnó na beirte déanta aige is é díomhaoin. "Sea, a
bhuachaill" ar seisean, "is fíor do chaint. Dearbhaím go bhfuil ar do chumas a
thuilleadh 'dhéanamh." "Tá,"[3] ar seisean, "dhéanfainn gnó fir eile." Bhí gnó an
triúr déanta ag an buachaill an dá lá.

"Sea, níl aon ghnó agam don triúr buachaillí anois ach coimeádfaidh mé tú agus
ní haon nath leat gnó na beirte a dhéanamh i dteannta do ghnó féin." D'imíodar.
Bhí cúirt ann ná raibh aon duine inti; b'éigean don duine uasal cúirt a dhéanamh
bun os cionn leis an gcúirt mar bhí rud éigint dá bhraithstint inti. "Is mó duine
dultha inti," arsan duine uasal, "ach níor mhair éinne le haon scéal a thabhairt
dom," ar seisean, "ar chad a bhí á bhraithstint." "Raghadsa inti anocht," arsan
buachaill, ar seisean. "Ó! ní raghair," ar seisean, "mar ní ligfinnse inti thú – aon
bhuachaill chomh maith leat." "Raghaidh mé inti mhuis," ar seisean. Ah! ní 'aon
mhaith a bheith leis. Fuair sé tine agus solas agus leabhair chuig[4] bheith ag léamh,
do bhuail chuige cathaoir in imeall na tine agus do bhí sé ag léitheoireacht nó gur
bhraith sé an trostal[5] in airde ar an lochta. "Tá rud éigint anso," ar seisean, "ba
chóir nach baol domhsa é."

Sea, d'fhan mar sin nó go dtáinig an lá. D'oscail mo bhuachaill an doras ar maidin
agus do rug an duine uasal ar lámh air agus do thóg leis é. "Tánn tú id' bheathaidh,"
ar seisean. "Táim," arsan buachaill, ar seisean, "cad a chuirfeadh chuig báis mé?"
"Sea," arsan duine uasal, "ar bhraithis aon ní?" "Do bhraitheas trostal éigineach
ach más ea níor dheineas aon nath dhó," ar seisean. "Raghaidh mé istoíche
amáireach leis ann." Tháinig sé is d'fhan sé sa chistin agus dob é an scéal céanna
é – do bhraith sé an trostal ar an lochta agus má bhraith, ní dhein aon nath dhó,
agus d'oscail mo bhuachaill an doras ar maidin go moch agus dúirt an duine uasal
go raibh sé ina bheathaidh. "Táim,", ar seisean, "cad a chuirfeadh chuig báis mé?"
"Raghaidh mé an tríú hóiche leis inti," ar seisean.

Chuaigh sé an tríú hóiche is tháinig sé inti agus tháinig an trostal níosa troime ná
san – tháinig sé inti. Do tháinig an duine anuas an staighre is do sheasaimh sa
chistin. D'fhéach sé air. "A fhir mhaith," ar seisean "ná druidfeá[6] chun na tine go
ndéanfaimís cuileachta dá chéilig." "Dé bheatha id' shláinte," arsan duine eile thíos.
"Is fíor san," ar seisean. "Tá sé áirithe riamh ná réitíonn an marbh is an beo, ach

ní baol duit," ar seisean, "chaithfinnse 'bheith á bhraithstint is á fheiscint anso go deo," ar seisean, "nó go dtiocfadh duine éigint a labharfadh, chugham." "Anois," ar seisean, "abair lem' mhac," ar seisean, "go bhfuil soitheach óir anso faoin lic seo thíos," ar seisean, "teacht agus é 'thógaint agus é a roinnt agus gach duine," ar seisean, "dár chuireas amach as a phropartaí," ar seisean, "le héagóir, é 'thabhairt dóibh," ar seisean "fé mar 'bhaineas díobh é," ar seisean, "agus ligint dóibh maireachtaint ann agus iad do neartú chomh láidir agus a bhíodar an lá a chaitheas amach as iad agus ní bhraithfear agus ní feicfear mise anso go deo arís."

Do tháinig mac an duine uasail ar maidin, d'oscail sé an doras. "Maireann tú," ar seisean. "Mairim," arsan buachaill. "Mhuise tánn tú suaite," ar seisean, "t'réis na hoíche. Ní rabhais chomh suaite aon oíche fós." "Táim," arsan buachaill, "ach níl faic orm. T'athair," ar seisean, "do bhíos anso ag caint aréir leis. Dúirt sé liom," ar seisean, "gach duine dár chuir sé féin amach as a bpropartaí a rá leatsa," ar seisean, "iad do chur isteach arís thar n-ais agus substaint a thabhairt dóibh chomh maith [is] a bhain sé díobh é an lá a chuir sé amach iad. Tá soitheach óir anso, bíodh sé agaibhse agus roinn an soitheach óir ar na daoine a chuir sé as a bpropartaí agus smut a thabhairt domhsa agus smut agat fhéin do agus ná feicfear agus ná braithfear é go deo arís insan chúirt seo, ná fuil a bhac ort anois lonnú agus dul chun cónaí inti."

Ghluais an mac agus tháinig sé agus do chuir sé isteach na daoine bochta a cuireadh amach roimhe sin agus do neartaigh sé iad chomh láidir agus do bhíodar an lá 'cuireadh amach iad, agus do bhí iníon aige agus do thug sé don bhuachaill an iníon le pósadh agus a phropartaí an fhaid a mhairfeadh sé arís. Do ghluais an buachaill agus do tháinig sé ar chrosaire na gceithre rian, é féin agus a bhean agus cóiste agus feidhre do chapaill ghlasa. "Ní thiocfaidh sé," ar siadsan. Bhíodar bailithe – an seisear eile. "Agus ní mhaireann sé, dá mairfeadh bheadh sé anso." Tháinig sé agus iad ar an gcrosaire roimis go drochchrutúil stracaithe nochtaithe. "Ní mhaireann sé," ar siadsan, "agus dá mairfeadh do bheadh sé anso." Bheannaigh sé dhóibh agus bheannaíodar dó. "Cad 'tá ansan uaibh?" ar seisean. "Ár ndeartháir críonna, do gheall dúinn go mbeadh sé ar an gcrosaire seo romhainn i gceann bliana. Níl sé ag teacht agus ní mhaireann sé." "Ná haithneodh sibh bhur ndeartháir críonna?" ar seisean. "D'aithneoimís dá bhfeicimís é," ar siadsan. "Mise bhur ndeartháir críonna," ar seisean, "agus níl bhur mbliain curtha ar fónamh ná ar feidhm agaibh agus tá a rian oraibh, is olc na balcaisí atá oraibh t'réis bhur mbliana. Nílimse mar sin, tá cóiste agus capaill agam agus bean óg pósta agam agus propartaí talún; bíg istigh insa chóiste," agus d'iompaigh sé thar n-ais arís. Thug sé propartaí dos ga' héinne dos na deartháracha is bhíodar go lánláidir as san suas.

Do ghluais an t-athair agus mála agus maide aige. Do chonaic sé seo é ag teacht agus do thug sé direction dó chun dul ina leithéid do chúirt i gcomhair an tráthnóna. Má tháinig, do bhí an dinnéar ullamh nuair a tháinig sé abhaile agus do ghlaoigh sé ar an athair agus dúirt sé leis teacht ina theannta go dtí an bord. "Ní thiocfaidh mé," arsan t-athair. "Níl aon dealramh liomsa dul i dteannta duine uasail ag caitheamh dinnéir, déanfaidh aon áit mé chun ábhar a chaitheamh." "Ó caithfir teacht anso," arsan mac. Chaith sé an dinnéar ina theannta. Cheistigh sé an t-athair ar conas a chaith sé a shaol. "Do chaitheas go maith tamall é," arsan t-athair, "ach táim go holc agus go dian-olc anois." "Cad a dh'éirigh duit?" arsan mac. "Do bhí mórsheisear mac agam chomh maith agus do bhí ag aon fhear bocht chuig oibre agus chun gnótha agus ar nach aon chuma agus níor mhór dom don mhí-ádh a bheith orm, d'imíodar aon lá amháin ón dtigh uaim agus níor mhór dom don mhí-ádh a bheith orm an scioból do loscadh mar do chuimhníos gob ann a bhíodar chun codlata agus tá an scioból loiscithe agus mo chlann imithe agus cailleadh mo bhean le dólás agus táim fhéin fuar dealbh bocht.'' ''Sin é do thigh agus do bhéile agus do bhord faid a mhairfir, is mise do mhac críonna agus sin iad do sheisear eile mac atá i bpropartís eile anso agamsa agus dá bhfanfaimís id' fhochair ní bheadh an scéal mar seo againn. Is fearr dhúinn 'bheith mar 'tháimíd go mór ná fanacht id' theanntasa. Ní bheadh cead imeacht ná bhálcaeireacht le spóirt againn ach ag dú-obair anois ó dh'éiríomar suas go dtí so agus bheimís go deo amhlaidh mara mbeadh gur imíomar uait.''

AT 765, The Mother who Wants to Kill her Children, cf. AT 756 C, The Great Sinner RBÉ 1714, 301-308. Seán Ó Dubhda a bhailigh, 26/7/'32.
1. eadarshuth LS *passim*   2-2. d'éir deáraimh LS   3. táim LS   4. = chun *sic passim*
5. tuarastal LS *sic passim* ag SÓD   6. duidfeá LS.

22. FEAR NA mBA 'DHÓ

Bhí fear ann fadó agus cuireadh ina leith [1]gur dhóigh[1] sé scioból agus a raibh de bha ann, cé nár dhein sé riamh é. Pé áit dá raghadh sé ní bhíodh de phort ag éinne, ach "féach 'fear na mba 'dhódh'." Dúirt sé leis féin go raibh sé chomh maith aige an áit d'fhágaint ar fad. D'imigh sé air, agus thug sé trí mbliana amuigh. Ghluais sé air abhaile i ndeireadh na dtrí mblian le súil is go mbeadh an scéal fuar an taca san. Nuair a tháinig sé go dtí a cheantar féin, bhuail comhthalán rince leis. Nuair a chonacadarsan é, dúradar in aonacht, "féach 'fear na mba 'dhódh'." "Tá go maith agamsa," ar seisean leis féin, "dá fhaid a mhairfead beidh an t-asachán céanna á chasadh liom." Chuaigh sé abhaile agus shuigh sé ar a leaba, agus fuair bás. Bhailigh a lán daoine chun an tórraimh.

I gcionn tamaill don oíche d'éirigh sé aniar ar an mbord, agus ar seisean, "fuaras cead teacht thar n-ais chun a chur in iúl díobh nach mise a dhóigh na ba ná an scioból, agus chun ná beadh sé le casadh le héinne dom' mhuintir im' dhiaidh. Ach tá an fear a dhóigh iad anso ar mo thórramh, agus tá a athair ar an saol eile, agus ní féidir leis dul isteach ins na flaithis go dtí go gcúiteoidh sé a chionta leis an té gur leis na ba agus go gcuirfidh sé Aifreann lena anam agus le m'anamsa."

"Mhuise," arsa seanbhean a bhí sa tigh, "an bhfacaís mo mháthair ar do shiúlta dhuit?" "Chonac," ar seisean, "agus tá sí fé mar a bhí sí ar an saol so ag crú ba na gcomharsan." Shín sé siar ansan agus fuair bás i gceart. Ach bhí sé ráite go bhfaighfí a thuilleadh cuntais uaidh mar gheall ar an saol eile muna mbeadh an tseanbhean.

RBÉ 602, 270-273. Caitlín Ní Shúilleabháin a bhailigh, c. 1933.
1-1. go dhódh LS.

34. CÉAD PUNT AN TIARNA TALÚN

Do mhair tiarna talún i gConamara fadó. Bhí céad punt sa bhanc aige, agus n'fheadar sé ó thalamh an domhain conas d'fhéadfadh sé é d'fháil mar bhí bithiúnach mór ag faire an bhóthair a bhí ag dul go dtí an mbanc. Chuardaigh sé a lán agus ní bhfaigheadh sé éinne a thabharfadh an t-airgead chuige. Nuair ná raibh éinne le fáil aige dúirt garsún óg a bhí ag obair aige go raghadh sé féin ag triall air.

"Conas d'fhéadfadh do leithéid do shlibire dul ag triall air agus é ag teip ar a lán daoine is fearr ná thú." "Muna dtabharfadsa liom é," arsan garsún, "bíodh mo cheann agat." "Arie, cad é an mhaitheas domhsa do cheannsa ar mo chéad punt?" arsan tiarna talún. "Ní dhéanfaidh caint an gnó," arsan garsún, "ach tabhair dom do sheanchapaillín bán go n-imeod orm."

Fuair sé an capaillín bán, agus d'imigh air. Ní fada gur casadh an bithiúnach air, agus é déanta suas i bhfoirm fear siúil.[1] "Cá raghair anois, mo dhuine mhaith?" ar seisean leis an ngarsún. "Raghad ag triall ar chéad punt dom' mháistir," arsan garsún. "Is maith an buachaill thú," ar seisean, "ach brostaigh ort, mar is minic a bhíonn bithiúnach anso, agus má dheineann tú deabhadh, b'fhéidir go mbéarfá na cosa uaidh."

D'imigh an garsún agus is gearr go bhfuair sé a chéad punt. Fuair sé cúig punt i bpinginí rua agus bhuail sé isteach i sparán iad. Nuair a tháinig sé go dtí an mbithiúnach. "Seo," arsan bithiúnach, "tabhair domhsa an t-airgead." "Cad ab áil liom é 'thabhairt duitse?" arsan garsún, "nach é airgead mo mháistir é." "Is cuma liomsa ach leis," arsan bithiúnach, "ach caithfir é 'thabhairt dom." "Ní thabharfad," arsan garsún, "Mar bhainfeadh mo mháistir an ceann díom." "Bainfeadsa an ceann díot ar an spota so," arsan bithiúnach, "mara dtabharfair dom le síocháin é." "Seo más ea," arsan garsún ag caitheamh a sparán isteach thar claí mór a bhí ann. Bhí capall breá ag an mbithiúnach agus chomh luath agus a bhí sé imithe isteach thar claí, léim an garsún anuas dá sheanchapaillín féin agus chuaigh sé in airde ar chapall an bhithiúnaigh. Nuair a tháinig an bithiúnach amach, chonaic sé a chapall breá ag imeacht uaidh, agus a raibh d'airgead aige, mar is i bpócaí na hiallaite a choimeádfadh sé an t-airgead. Liúigh sé ar an ngarsún a chapall a thabhairt thar n-ais dhó agus go dtabharfadh sé dhó a chéad punt. Ach níor lig an garsún air gur chualaigh sé é. Tháinig sé abhaile go dtí an tiarna talún. "An dtugais mo chuid airgid chugham?" arsan tiarna. "Thugas," arsan garsún, "go dtí aon chúig punt amháin." "Och, ní fiú biorán is an méid san," arsan tiarna, agus é go lán buíoch dá bhuachaill.

Ar thiteam na hoíche áfach, tháinig an bithiúnach ag éileamh a chapaill. "Geobhair do chapall," arsan garsún, "ach ná cíodh mo mháistir thú. Tá sé istigh i stábla agam, agus é chomh maith agus a bhí sé ar maidin. Tá mála mór airgid insan tseomra ansan thíos agus má théann tú síos ann tá sé le fáil agat." "Tá go maith," arsan bithiúnach. D'imigh sé air síos ach chomh luath agus a bhí sé thíos chuir an garsún glas air agus d'fhág sé ansan é. D'imigh sé ansan agus thug sé leis na gardaí. Tháinig na gardaí agus gabhadh an bithiúnach. Fuair an garsún céad punt ós na gardaí as é 'thabhairt ar láimh dóibh. Bhí capall an bhithiúnaigh agus a raibh d'airgead insan iallait aige, agus ní raibh aon lá dealbh aige as san amach.

Cf. AT 1525, The Master Thief. RBÉ 602, 239-245. Caitlín Ní Shúilleabháin a bhailigh, c. 1933.
1. siúl LS.

37. DÓNALL NA nGEIMHLEACH, TADHG FÍRINNEACH AGUS TÓN FLEASC AG BÁIRE I SASANA

Bhí duine uasal fadó in Éirinn agus d'imigh sé anonn go Sasana mar ba ghnáth le daoine uaisle dul go Sasana ag caitheamh aimsire. Do ráinig leis go raibh sé ag féachaint ar bháire comórtais a bhí idir seisear fear – triúr ón dtaobh agus anbhualadh acu ar feadh tamaill mhaith don lá. Do dhein triúr acu an-raic ar an dtriúr eile – nár dheineadar aon tseasamh mór leo.

"An bhfacaís aon triúr in Éirinn?" a dúirt uasal ó Shasana le duine uasal na hÉireann, "a dh'imreodh báire leothu-san?" Níor labhair focal go ceann tamaill. "An bhfacaís?" a dúirt sé aríst. Níor labhair fear Éireann aon fhocal. "An bhfacaís aon triúr in Éirinn a d'imreodh báire leothu-san?" arsan Sasanach aríst. "Do chonac," a dúirt sé, "triúr in Éirinn a dh'imreodh báire leothu-san." "An gcuirfeá aon gheall síos?" "Do chuirfinn mo stát leat," arsa fear Éireann. Do phrioc sé é chomh mór san gur chuir sé an geall síos. Do tháinig sé abhaile ansan agus má tháinig do bhí sé buartha mar bhí an sprioclá ag teacht air agus ní raibh aon triúr le fáilt a raghadh go Sasana lena chois ag imirt an bháire. Do chuaigh sé a chodladh ina leabaidh an lá san go raibh an báire le bheith ar siúl, agus níor bhac dul go Sasana. An oíche a bhí chughainn do tháinig fear insan bhfuinneoig chuige agus é ina chodladh. "'Bhfuileann tú id' chodladh?" ar seisean. "Nílim," ar seisean.

"Éirigh agus téir go Sasana agus tóg do gheall." "Cé 'bhuaigh an geall dom?" "Do bhuas an geall duit agus beirt eile im' theannta." "Cé hiad san a bhuaigh an geall dom?" "Mise — Dónall na nGeimhleach, agus Tadhg Fírinneach agus Tón Fleasc an tríú fear, agus imigh agus tóg do gheall."

RBÉ 446, 70-71. Seán Ó Dubhda a bhailigh ar an edifón, Samhain 1935.

76. GABHA AN DROCH-IARAINN AGUS FEAR AN DROCH-AIRGID

Bhí gabha ann fadó agus bhí a ainm amuigh le méid a nirt. Bhí aon fhear amháin ann ach go háirithe agus do chualaigh sé mar gheall ar an ngabha so. "Sea," ar seisean leis féin, "tá sé chomh maith agam imeacht agus triail do bhaint as an ngabha san." Fear mór láidir dob ea an fear seo agus do cheap sé go mbeadh sé maith a dhóthain d'fhear don ngabha. Dhein sé suas píosaí beaga leathréil agus d'imigh sé chun bóthair lena chapall.

Bhuail sé isteach go dtí an ngabha agus d'iarr sé air cheithre chruite do chur féna chapall. Dúirt an gabha go ndéanfadh agus fáilte. Dhein sé na cheithre chruite oiriúnach don gcapall agus nuair a bhíodar déanta aige do loirg an fear so air iad. Shín an gabha chuige iad. Do rug an fear eile orthu agus do lúb agus do bhris sé na cheithre chruite le chéile. D'fhéach an gabha air agus tháinig dhá shúil dó. "Cad é an saghas iarainn a thugais dom?" arsan fear leis an ngabha. "Nach iarann lofa é sin a thugais dom? Ach tá sé chomh maith agam díol asat ach go háirithe." Shín sé na píosaí beaga leathréil chun an ghabha. Do rug an gabha orthu agus chuir sé idir a mhéireanna iad agus do bhris sé agus do mheil sé idir a mhéireanna iad. Chaith sé ar an dtalamh ansan iad agus dúirt sé leis an bhfear eile: "Más iarann lofa a thugas-sa dhuitse, airgead lofa a thugais-se dhomhsa." D'fhéach sé ar an ngabha agus dúirt sé: "Is fear mar do thuairisc tusa." D'imigh sé air abhaile agus níor tháinig sé ag baint aon triail as an ngabha as san amach.

RBÉ 218, 238-240. Máirtín Ó Súilleabháin a scríobh, 6/7/'36.

Ainmneacha Áiteanna

Abha na Mainge: 75, cf. CD, 68, 80
Abha na Scáil: 71, cf. ibid., 6, 89
Ard Fhearta: 35, cf. ibid., 83, 110-113
Baile an Ghóilín: 74, cf. ibid., 91
Baile an Lochaigh: 72, cf. TCD, 135
Baile an Mhuilinn: 6, 46, 77, cf. ibid., 29
Baile Breac: 64, cf. ibid., 135
Baile Dháith: 56, 67, cf. ibid., 127
Baile Eaglaise: 57, cf. ibid., 103
Baile Ghainín: 43, 70, cf. ibid., 125
Baile na bhFionnabhrach: 71, cf. ibid., 134
Baile na bPoc: 58, 67, cf. ibid., 129
Baile na hAbha: 65, cf. ibid., 78, 131
Baile Reo: 58, cf. ibid., 129
Baile Uachtarach: 67, cf. ibid., 93, 96
Béal Bán: 63, cf. ibid., 98
Buaile an Mhanaigh: 65
Caisleán na Mainge: 75, cf. CD, 79
Cathair Coileáin: 72, cf. TCD, 24
Cathair Deargáin: 72, cf. ibid., 115
*Ceann Eala: 36
Ceann Mara: 35, cf. SPC, 166, 179
Ceann Trá: 1, 25, cf. TCD, 54
Charraig Dhubh, An: 63, 78, cf. ibid., 74, 121
Cill Chúáin: 43, cf. ibid., 126
Cill Chúile: 71, cf. ibid., 121
Cnoc an Bhróigín: 45, cf. ibid., 45
Cnoc Bréanainn: 59, cf. ibid., 2-3
Cóbh: 4, cf. SPC, 155
Coimín, An: 59, cf. TCD, 79
Conamara: Aguisín 1, 34
Connacht: 59
Contae an Rí: 32
Corca Dhuibhne: 78, cf. TCD, 1-4
Corcaigh: 13, 60
Cuas Aibhnigh (?): 68
Cuas an Bhodaigh: 69, cf. TCD, 133
Cuileannach, An: 56, cf. ibid., 19
Cúl Dorcha: 69, cf. CD, 6, 44
Cúlach Thuaidh (?): 67
Daingean Uí Chúis: 55, 64, 66, 77, 78, cf. TCD, 5
*Droichead an Bhacaigh Bhuí: 50
*Droichead an Bhacaigh Rua: 51

*Áiteanna samhailteacha is ea iad seo.

Ainmneacha Daoine

Aoidh, Ned Sheáin: 25
tAthair Alpin, An (*sic*): 55, cf. CB, 41, 53, 56
*Bacach Buí, An: 50
*Bacach Mór, An: 3
*Bacach Rua, An: 51
*Bas Bharra Gheal: 3, cf. HIF, 600, 610
*Bráthair Ó: 25
*Cathal: 48
*Cuaecar, An: 6
de Moore, Pádraig: 63, cf. TCD, 130
Dónall an tSáis: 10, Aguisín 1, 10
Dónall na nGeimhleach: 37, 38, Aguisín 1, 37, cf. LSC, 270; SM, 64-69
tEaspag Moriartí, An (*sic*): 59, cf. CB, 112-113
*Gairm: 2
Ghrífín, Mac Uí: 56, 283
Ghrífín, Muintir Uí: 56, 59
*Gráinne: 35, 36
Husae, Seán: 64, cf. CB, 7, 14, 80; CD, 88-90
*Iarla Chinn Mhara: 35
*Lacha Chinn Eala: 36, cf. HIF, 610
*Liam na gCártaí: 15
*Lúthrach Laoigh: 36, cf. ibid., 603
*Mac Cumhaill, Fionn: 1, 2
Mac Gearailt, Pádraig: 43
Mainíneach, An: 57
Mantach an Chonnaigh: 59
*Maonus: 36
Méisis: 55
Mhaighdean Mhuire, An: 28, 29
*Micí na Muc: 5
Múrach Mór, An: 61
Naomh Micheál: 23
*Ó Briain, Seán: 4
*Ó Catháin, Dónall: 4
Ó Conchobhair, Seán (An 'Lord'): 58, cf. TCD, 134
Ó Donnchú Mór: 62
Ó Gormáin, Seáinín: 63
Ó Grífín, Séamas: 63
Ó Laoi, Páidí: 56, cf. TCD, 127
*Oscar: 1
Ó Síthigh, Maonus: 55, cf. CB, 56
Paid Mhaurice: 65
Paid Thomáis: 54

*Níl i gceist leis na hainmneacha seo ach cumadóireacht.

Sliocht as Litir ó Chaitlín Ní Shúilleabháin, Bean Fh. Uí Dhonnchú.

MEITHEAMH 1992

Baile na Buaile
an Daingean

A Cara,

Nílim ró mhaith cun scríobhaireacht
anois, ach deanamh mé mo dhíolacht.
Ní mór an fad an cuimhne atá agam
ar mo Shean-athair. Is cuimhin liom
nuair a bhíomúid beag, go mbíodh sé
ag imirt liathróid inar dhéanta.
Deinimíos liathróid as seana stoca.
Bíodh mo Shean-athair ina tumání, agus
ag múinne dúinn, conas liathróid a
imirt. Is cuimhin liom lá a chuaigh sé
ao Daingean, agus cheannaigh sé Hata
Nua. Bí an style nua go léir teacht an
am sin. Tá cuma an Bathalléir air,
a labhléir

I

arsa, mo sean-mháthair, is gráilang a
cothuig sé uaim, níoʒ aon baol orm
a bean beag, a dabairt sé liú, Ní ḟiú
dom imeacht uaim anois. Is cuimin liom
uair eile, bí orrasa an bord a ʒeaʒa
cum otonéar. Carʒas seacht[17] mhaʒa
déaʒ a cur ar an mbord. Ní Rabbas
act timpill 7 nó 8 de bliain. Is maiʒ
aʒá do cóirem aʒaʒ a caoliú a
dabarar mo sean-aʒair liom. Is feaʒʒ
an scoblióʒ a ʒórḟá sa ʒiʒ seo nó
air scaʒ. Ní mor an cumne aʒá aʒam
air Seán ó Dubda. Fear caol aʒd a
beaʒ é. Bí se aʒ munne scaile a
muráine. Zaʒac se ʒo d-ʒí mo sean
aʒair ar Roʒar. Zuʒac sé i
ʒ cnóuʒí dá uaʒ-ceaʒru ʒobaʒ do
mhaʒin máʒzin fós a meirucia...

Tá suil aʒam ʒo ḟang ʒú maʒaʒ
éuʒin as seo.
    Slán ل Beannacʒ
    Caiʒin ní Donnacú

Leabhareolas

AARNE, A. AND THOMPSON, S.　*The Types of the Folktale*, FF Communications No. 3, Helsinki, 1964.

ALMQVIST, B.　*Crossing the Border: A Sampler of Irish Migratory Legends about the Supernatural*, B.Á.C., 1988.

ALMQUIST, B.,　"Finscéalta Jeremiah Curtin", in Ó Fiannachta, P. (eag.), Baile an Fheirtéaraigh, 1989, 96-111.

BRUFORD, A.　*Gaelic Folktales and Medieval Romances (Béal. XXXIV)*, B.Á.C., 1969.

——　*Census of Ireland*, Central Statistics Office, Dublin 1851, Iml. I.

CHRISTIANSEN, R.　*Studies in Irish and Scandinavian Folktales*, Copenhagen: Rosenkilde and Bagger, 1959.

CHRISTIANSEN, R. TH.　"Towards a Printed List of Irish Fairytales", in *Béal.* VIII, B.Á.C., 1939, 100.

CROKE, T. C.　*Fairy Legends and Traditions in the South of Ireland*, New York: Lemma Publishing Corporation, 1971.

CROKER, T. C. AND CLIFFORD, S.,　*Legends of Kerry*, Tralee: Geraldine Press, 1972.

CURTIN, J.　*Myths and Folklore of Ireland*, New York: Weathervane Books, 1975.

DE BHALDRAITHE, T.　*English-Irish Dictionary*, B.Á.C., An Gúm, 1959.

DUNDES, A.　*The Study of Folklore*, New Jersey: Prentice Hall Inc., 1965.

FLOWER, R.　"Measgra ón Oileán Tiar", in *Béal.* XXV, B.Á.C., 1957, 46-107.

FLOWER, R.　*The Western Island*, Oxford University Press, 1978.

GOSE, E. B.,　*The World of the Irish Wonder Tale*, Dingle: Brandon, 1985.

LAOIDE, S.　*Tonn Tóime*, B.Á.C., Clódhanna Teo., 1915.

MACCONGÁIL, N. AND WAGNER, H.　*Oral Literature From Dunquin*, Queen's University, Belfast, 1983.

MAC SÍTHIGH, T.　*Paróiste an Fheirtéaraigh*, B.Á.C.: Coiscéim, 1984.

NAGY, J.　*The Wisdom of the Outlaw*, Berkeley: University of California Press, 1985.

NÍ BHRIAIN, M.　"Imeachtaí na Teanga", in Ó Ciosáin, M. (eag.), Baile an Fheirtéaraigh, 1973, 102-128.

NÍ DHÍORAÍ, A.　*Na Cruacha: Scéalta agus Seanchas*, B.Á.C.: An Clóchomhar Tta., 1985.

NÍ MHURCHÚ, E.　"An tIascach a Bhí", in Ó Cíosáin, M. (eag.), op. cit., 194-212.

Ó CEANNABHÁIN, P.　*Éamon a Búrc: Scéalta*, B.Á.C.: An Clóchomhar Tta., 1983.

Ó CIOSÁIN, M. (EAG.)　*Céad Bliain*, Baile an Fheirtéaraigh: Muintir Phiarais, 1973.

Ó CONCHÚIR, D.　"Éirí Amach Ghearaltaigh Dheasmhumhan i gCorca Dhuibhne", in Ó Ciosáin, M. (eag.), op. cit., 67-89.

Ó CONCHÚIR, D.　*Corca Dhuibhne*, B.Á.C.: Clódhanna Teo, 1973.

Ó CRÓINÍN, D. (EAG.)　*Seanchas Amhlaoibh Uí Luínse*, B.Á.C.: Comhairle Bhéaloideas Éireann, 1980.

Ó CRÓINÍN, D. (EAG.)　*Seanchas ó Chairbre*, B.Á.C.: Comhairle Bhéaloideas Éireann, 1985.

Ó CRÓINÍN, D. (EAG.)　*Seanchas Phádraig Í Chrualaoi*, B.Á.C.: Comhairle Bhéaloideas Éireann, 1982.

Ó DÁLAIGH, S.   *Timcheall Chinn Sléibhe*, B.Á.C.: Oifigh Díolta Foilseacháin Rialtais, 1933.

Ó DÓNAILL, N.   *Foclóir Gaeilge-Béarla*, B.Á.C.: Oifig an tSoláthair, 1977.

Ó DUBHDA, S.,   "Díoghlaim Duibhneach", in *Béal.* XXVIII, B.Á.C., 1950, 71-79.

Ó DUBHDA, S.   *Duanaire Duibhneach*, B.Á.C.: Clóchuallacht Fodhla, 1933.

Ó DUILEARGA, S. (EAG.)   *Leabhar Sheáin Í Chonaill*, B.Á.C.: Comhairle Bhéaloideas Éireann, 1977.

Ó DUILEARGA, S. (EAG.),   *Leabhar Stiofáin Uí Ealaoire*, B.Á.C.: Comhairle Bhéaloideas Éireann, 1981.

Ó DUILEARGA, S. (EAG.)   "Measgra Scéal ó Uíbh Ráthach" in *Béal.* I, B.Á.C., 1928, 400.

Ó DUINNÍN, P.   *Foclóir Gaedhilge agus Béarla*, B.Á.C.: Educational Company of Ireland, 1927.

Ó DUINNÍN, P.   *Cill Áirne*, B.Á.C.: Conradh na Gaeilge, 1902.

Ó FIANNACHTA, P. (EAG.)   *Thaitin Sé le Peig*, Baile an Fheirtéaraigh: Oidhreacht Chorca Dhuibhne, 1989.

Ó HÉALAÍ, P.   "Fiúntas an Bhéaloidis do Phobal Chorca Dhuibhne in aimsir Jeremiah Curtin", in Ó Fiannachta, P. (eag.), op. cit., 17-30.

Ó HEOCHAIDH, S. NÍ NÉILL M., Ó CATHÁIN, S.   *Síscéalta ó Thír Chonaill*, B.Á.C.: Comhairle Bhéaloideas Éireann, 1977.

Ó MAINÍN, M.   "Achrann Creidimh in Iarthar Dhuibhneach", in Ó Ciosáin, M. (eag.), op. cit., 40-61.

Ó MAINÍN, M.   "Is Mairg do Thréig an tAon Chreideamh Cóir", in Ó Ciosáin, M. (eag.) op. cit., 62-66.

Ó MAINÍN, M.   "Na Sagairt agus a mBeatha i bParóiste an Fheirtéaraigh", in Ó Ciosáin, M. (eag.), op. cit., 1-35.

Ó RUAIRC, M.   *Dán is Céad ón Leitriúch*, Tráchtas M.A., Maigh Nuad, 1991 (gan foilsiú).

Ó SIOCHFHRADHA, P.   "Seán Ó Dubhda", in *Béal.* XXXI, B.Á.C., 1963, 115-117.

Ó SIOCHFHRADHA, P.   *An Seanchaidhe Muimhneach*, B.Á.C.: Institiúid Bhéaloideas Éireann, 1932.

Ó SIOCHFHRADHA, P.   *Tríocha-Céad Chorca Dhuibhne*, B.Á.C.: Cumann le Bhéaloideas Éireann, 1939.

Ó SÚILLEABHÁIN, D.   "'Seanchas Bhórdóinín", in *Béal.* XV, 1946, 46-48.

Ó SÚILLEABHÁIN, S.   *Folktales of Ireland*, London: Routledge and Paul, 1966.

Ó SÚILLEABHÁIN, S.   *A Handbook of Irish Folklore*, Detroit: Singing Tree Press, 1970.

Ó SÚILLEABHÁIN, S.   *Legends From Ireland*, London: Batsford, 1977.

Ó SÚILLEABHÁIN, S.   *Scéalta Cráibhtheacha (Béal. XXI)*, B.Á.C., 1952.

Ó SÚILLEABHÁIN, S.   *Storytelling in the Irish Tradition*, Cork: Mercier Press, 1973.

Ó SÚILLEABHÁIN, S. AND CHRISTIANSEN, R. TH.   *Types of the Irish Folktale*, FF Communications V. 78, No. 188, Helsinki, 1969.

Ó TOOLE, E.   "A Miscellany of North-Carlow Folklore", in *Béal.* I, B.Á.C., 1928, 324-325.

THOMPSON, S.   *The Folktale*, New York: Dryden Press, 1946.

THOMPSON, S.   *Motif − Index of Folk − Literature*, Bloomington: Indiana University Press, 1958.

TUBACH, F. C.   *Index Exemplorum*, FF Communications V. 86, No. 204, Helsinki, 1969.